Scribbling pg 353 9/18/08

P9-EDT-347

Русский романс

Наталия Рощина

Плач палача

ИЗДАТЕЛЬСТВО
ФОЛИО
Москва
2005

УДК 821.161.1
ББК 84 (2Рос=Рус)6-44
Р81

Серия «Русский романс»

Серийное оформление Е.Н. Волченко

Компьютерный дизайн Ю.М. Мардановой

*В оформлении книги использованы
фотоматериалы Романа Горелова*

Подписано в печать с готовых диапозитивов 14.01.05.
Формат 84×108¹/₃₂. Бумага газетная. Печать высокая с ФПФ.
Усл. печ. л. 20,16. Тираж 6000 экз. Заказ 240.

ISBN 5-17-028148-X (ООО «Издательство АСТ»)
ISBN 966-03-1989-4 («Фолио»)
ISBN 985-13-3198-8 (ООО «Харвест»)

Выпускной вечер закончился так быстро, что, увидев восходящий диск солнца, Нина разочарованно вздохнула. Их привезли за город специально, чтобы последним, мощным впечатлением для вчерашних школьников стало таинство явления миру огненного светила — символа начала новой жизни. Особого эмоционального подъема эта картина у Нины не вызвала. Рассвет как рассвет. Утренняя прохлада заставляла девчонок зябко ежиться, потирать холодные руки, плечи. Некоторым повезло — мальчишки, пожелавшие быть галантными, предложили им свои пиджаки, оставшись в тонких, полупрозрачных белоснежных рубашках. Нина была в числе тех, кому повезло. Володя с важным видом накинул ей на плечи свой пиджак, критически осмотрев ее с ног до головы. Потом подмигнул и поднял большой палец вверх. Нина удивленно вскинула брови: что он хочет этим сказать? От этого Володьки Панина можно ожидать все, что угодно! Он непредсказуем, может, из-за этого она и дружит с ним столько лет, не обращая внимания на ухаживания других мальчишек? Почему он хитро улыбается, глядя на нее? На его лице столько триумфа. Неужели платье, которое она сама сшила по такому торжественному случаю, стало смотреться лучше благодаря его черному пиджаку, неуклюже сидящему на ее хрупких плечах?

Нина собиралась съязвить что-то по поводу его внимания и заботы, но Володя не дал ей начать очередную перепалку. Он развернул ее в сторону, куда сейчас завороженно смотрели все. Нина старалась как-то иначе оценить появление каждодневного чуда, но не ощущала внутри никакого вожделенного восторга. Она лишь понимала, что это — конец праздника. Он казался таким далеким, и вот — остался позади. Прожит последний день детства. Неужели в такой момент можно чему-то радоваться? Одноклассники вокруг кричали, подпрыгивали, смеясь, обнимали друг друга, а Нине хотелось плакать. Володька осторожно взял ее за руку. Она не выдернула ее, но прикосновение показалось ей неуместным. Ей не это сейчас было нужно. Нина не могла точно описать своих ощущений, настороженно прислушиваясь к тому, что происходит внутри нее самой. Что-то похожее на состояние волнения перед экзаменом. И билеты знаешь — на каждый вопрос заучен ответ, а все равно никуда не деться от переживаний. Наверное, есть такие, которые спокойно, со стойкостью существ, лишенных нервных окончаний, постепенно сдают экзамен за экзаменом. Нина была не из их числа. В эту торжественную для всех минуту Нина словно почувствовала груз наступающей взрослой жизни, которой мама всегда пугала ее. Он придавил девушку всей своей тяжестью непрожитого, непонятого, непрочувствованного. Нина даже приложила руку к груди — стало трудно дышать. Мамины внушения не проходят даром. Трудно чувствовать себя уверенной в завтрашнем дне, когда не на кого надеяться, только на себя, на свои силы. Считая, что сама она в жизни ничего не добилась, Алевтина Михайловна Орлова болезненно относилась к взрослению дочери. Она должна была быть уверена, что ее Нина проживет более достойную жизнь и состоится как личность.

— Нина, что происходит? — заметив тень огорчения и разочарования на красивом лице подруги, спросил Володя. — Что с тобой?

— Сама не знаю, — вздохнув, ответила Нина. Она могла только ему признаваться в своих слабостях. — Всходит солнце новой жизни, а мне почему-то страшно. Знаешь, хочется опять за парту: привычный ход событий, определенность каждого дня. Глупо? Не смотри так, я сама себя не узнаю. Слова кажутся бессильными что-то описать, передать.

— Не переигрывай, Орлова, — услышав последнюю фразу Нины, усмехнулся Илья Стоянов — признанный лидер 10 «А», безуспешно ухаживавший за ней последние два года. В этот прощальный вечер, когда они были единой командой, он больше не прилагал бесплодных усилий все-таки заинтересовать эту рыжеволосую фею, словно околдовавшую его. В нем проснулось желание показать ей, что он излечился. Захотелось уколоть ее, ущемить самолюбие. Хотя Стоянов понимал, что это мелко и неуместно для такого торжественного дня, все же он довершил задуманное. — Ты напоминаешь всем, что собираешься стать актрисой? Считай, что получилось. Остается придать лицу нужное выражение и начать: «Почему люди не летают?..»

— Илюша, постарайся не быть злым хотя бы сегодня, — сверкнув зелеными глазищами, отрезала Нина. Она не ожидала, что кто-то окажется свидетелем ее откровенного признания. Для ушей Стоянова оно точно не предназначалось. — Чертежная доска, которая станет по жизни твоей основной спутницей, и та может не выдержать. Всего в тебе полно: красоты, силы, таланта, но желчи — сверх меры. Это может тебя погубить.

— Обменялись комплиментами? — улыбаясь, вступила в разговор Лена Смирнова, лучшая подружка Нины: десять лет за одной партой — это что-то да значит. Открытое, усеянное веснушками лицо выражало укор. — Не можете даже в такой день не цапаться?

Лена была рада хоть на одну минуту оказаться рядом с Ильей — ее отношение к нему было известно всему 10 «А». Ленка ничего не скрывала — восхищение талантами Стоянова с годами переросло в первую любовь. Конечно — безответную, полную слез, разочарований. Наверное, это необходимый этап взросления, но философски относиться к нему получается только по прошествии многих лет. Пока же все кажется трагедией: оброненное слово, случайный взгляд. Стоянов никогда не замечал ее, не хотел замечать. Он жил в другом измерении, где нет места таким сереньким личностям, какой считала себя Лена. Да разве можно обратить на себя внимание любимого парня, когда рядом сверкает Нина? Они такие разные, как день и ночь, жар и холод. Выбор заранее предопределен. Но почему-то Лена не обижалась, не держала зла на подругу. Кто виноват в том, что один человек удачливее, другой — красивее, а третий — сильнее? Все, что недодает природа, есть варианты дополучить, прикладывая определенные усилия. Важно понимать, насколько тебе это необходимо и что ты готов совершить ради этого. Ради того, чтобы привлечь внимание Ильи, Лена не делала ровным счетом ничего. Такой вывод сделала Нина накануне выпускного:

— Он не твой. Ты просто придумала себе игру в любовь. Так играй, но без надрывного страдания.

— Не тебе меня учить. Ты, что ли, Володьку любишь? — парировала Лена.

— Не знаю. Мне с ним интересно.

— Интересно с двоечником, извечным заводилой разборок, отпетым хулиганом, который только и может что гонять на мотоцикле с утра до ночи?

— Представь себе, — Нина в упор посмотрела на готовую испариться от этого взгляда подругу. — Ты ведь отказалась прокатиться. Ты вообще — тихоход по жизни.

— Это не для меня, — отмахнулась Лена. — Жажда скорости — нет, увольте.

— Если хочешь знать, я вообще не хочу любить, — неожиданно добавила Нина.

— Что это значит?

— Не хочу ни к кому привязываться, страдать. Это такая мука — любить по-настоящему. Зачем обрекать себя на то, чего можно избежать? Ты книг не читала, что ли?

— Ты серьезно? — Смирнова была поражена.

— Абсолютно. Вот с Володькой мне спокойно и весело. Пока мне больше ничего от него не надо. Мне

вообще больше ничего от него не нужно, а что он вооб-
ражает — его дело.

— Ты используешь его? Нина, тебе только семнадцать, а ты бессовестно используешь людей: Володю,
меня, маму, даже Илью — тебе льстит его внимание и
то, что тебе от него ничего не нужно. Я права?

— Ленка, если хочешь поссориться, то продолжай, —
предупредила Нина.

— Не хочу.

— Тогда хватит на тему о любви. Мы с мамой живем вдвоем и нормально.

— Мне казалось, для тебя «нормально» — это мало.

— Я знаю, чего хочу от жизни, — пропустив мимо
ушей замечание Лены, продолжала Нина. — В конце
концов, мы говорим о вещах неиспытанных. Сердце
должно подсказать. Как можно описать сахар, не попробовав его? Нам любви еще дождаться надо — после поговорим.

— А сейчас о чем?

— О том, что через несколько дней мы расстанемся, и одному Богу известно, когда еще встретимся.

— Ты имеешь в виду, что не вернешься, даже если
не поступишь? — с тревогой спросила Лена.

— Точно, Леночка! Сюда я не вернусь, а то, что я
не Вивьен Ли, — это я сама понимаю. Здесь еще
везение нужно. Знаешь, немножечко помощи от нечис-
того, совсем чуть-чуть.

— Перестань, Нинка, вечно ты все сводишь то к
Богу, то к дьяволу.

— И докажи, что я не права...

Глядя на Нину в это раннее утро — последнее утро уходящего детства, Лена ощущала острое желание снова подвести разговор к этой фразе. Смирнова была уверена, что сейчас смогла бы доказать, что все предопределено и расставлено на свои места только благодаря усилиям Всевышнего. Последнее время она часто думала над этим. Быть может, из-за того, что бабушка не ложилась спать без молитвы, не садилась за стол, не возблагодарив Создателя. Несколько месяцев назад они стали жить вместе — бабушка Катя, мать Лениного отца, была совсем старенькая, и родители, продав дом в деревне, забрали ее жить к себе. Раньше каждое лето Лена проводила у бабы Кати — как любила говорить мама, на экологически чистых просторах. Теперь все изменилось, каждодневное присутствие бабушки внесло определенные изменения в распорядок жизни Смирновых, а для Лены многое стало открытием. Например, то, как каждый вечер бабушка подходила к образам, стоявшим в углу, зажигала свечу и едва слышно читала молитву за молитвой. Ее сухие губы произносили привычные слова легко, а Лена вслушивалась, восхищаясь, — как в голове остаются такие мудреные тексты.

— Ничего здесь сложного нет, внученька, — улыбаясь, говорила бабушка. — Нас смалу учили Закону Божьему. Молоко матери и молитвы — это было главным в жизни. Это сейчас — атеисты, богоотступники, прости господи. Вот и Тимоша мой тоже от образов взгляд воротит. Времена, говорит, другие. А времена всегда одинаковые, Леночка. По-людски надо жить, по заповедям. Иначе не избежать суда грозного.

Лена любила слушать неспешную речь бабушки. Тяжелый труд, войны, лишения рано состарили ее, но старение это коснулось в большей степени ее красоты, движений. Голова же у бабушки Кати была светлая, а историй разных в ней хранилось — не счесть.

— Бабуль, расскажи мне, как ты замуж выходила? — Лена обычно приходила по вечерам к ней в комнату. Родители устраивались перед телевизором, а она шла к бабе Кате, потому что ее рассказы были куда интереснее телевизионных. Лена словно чувствовала, что недолго осталось ее бабушке жить на белом свете, и оказалась права — этой зимой бабы Кати не стало. Она вдруг отказалась от еды, не захотела вставать с постели, даже разговаривала с трудом. И последнее, что сказала Лене: — Не дожила до весны, вот досада.

Лена никогда не забудет ее улыбку, скользнувшую по лицу, чуть рассеянный взгляд и последний выдох, долгий, шумный...

Бабушкины образа она забрала в свою комнату и последнее время часто сама обращалась к Всевышнему с множеством просьб. Кроме того, Лена просила прощения, как учила баба Катя, хотя в глубине души не понимала: за что? А после, выполнив необходимый ритуал, мечтала о том, что ее слова будут услышаны и жизнь ее не будет такой серой, скучной, однообразной, как у большинства окружающих ее людей. Маленький городок с обычными человеческими проблемами, радостями и огорчениями — для нее это было мелко. Как и Нине, ей так хотелось всего по высшему разряду. Чтобы все на «отлично», как в аттестате, чтоб блестело высшей пробой золота, как ее медаль, врученная вчера на выпускном вечере. Пожалуй, это было единственным, что связывало подруг, во всем остальном их вкусы, взгляды на мир различались. Нина, например, никогда не понимала тяги подруги к молитвам.

— О монастыре не мечтаешь? — смеялась Орлова, скептически глядя на иконы в комнате Лены. — И что говорят предки по поводу твоего нездорового интереса?

— Они не вмешиваются, — Лена не обижалась на подругу, не находя в ней союзницы в этом вопросе. — Ты не понимаешь, как это интересно. Я попросила отца достать мне что-нибудь по истории религий. Вот ты что знаешь о буддизме, иудаизме, христианстве?

— Почти ничего, но меня это не беспокоит.

— А мне интересно!

— Замечательно. Когда-нибудь ты мне расскажешь, кем на самом деле был дьявол: антихристом или жертвой.

— Нина, ты опять начинаешь!

— Нет, ничего я не начинаю. Просто у каждого свое отношение к религии. Для нашего возраста — это уже круто. Не находишь? А вообще нас воспитывают в духе атеистического взгляда на эти вопросы. Я горжусь тем, что ты у меня такая своеобразная личность, Елена Тимофеевна. Идешь против течения, так сказать. И как ты терпишь рядом с собой такую заурядную девушку, как я? — Нина улыбалась, задорно сверкая глазами, и у Лены пропадало всякое желание разговаривать на эту тему. Она избрала своеобразный способ ухода от конф-

ликтов — начинала говорить о другом, не имеющем
отношения к предмету спора. Нина легко поддерживала
такую игру. И казалось странным, что они за столько
лет дружбы не поссорились, словно и не нашлось серьезного повода. Они позволяли друг другу мыслить по-
разному, не делая из этого проблемы. Это была полная
свобода взглядов, скольжение без сучков и задоринок.
В этом нежном возрасте немаловажной причиной было
и то, что их сосуществующие без противостояния взгляды
не касались вопросов, связанных с выбором сердца: им
всегда нравились совершенно разные мальчики.

Вот и нынешнее неразделенное чувство Лены к Илье
не разъединяло, а связывало подруг. В женской дружбе
одно из важных условий — сопереживать страданиям
подруги, а как же заставить себя сопереживать, если
предмет страданий волнует обеих? Другое дело, что Нина
нравилась Илье тоже давно и безответно. Может быть,
именно эта безответность помогала Лене без паники и
отчаяния воспринимать сложившуюся ситуацию.

— Нас может погубить множество вещей, — зас-
тупаясь за Стоянова, сказала Лена. — Быть злым не
означает уничтожать себя. Между добрым дураком и
злым умником я бы выбрала второго.

— С каких пор ты записалась в адвокаты к будущему корифею конструкторской мысли? — засмеялась
Нина. Она увидела, как потухли глаза подруги, и поспешила исправить впечатление от грубо прозвучавших
слов. — Мы все нуждаемся в защите, почему везет
только таким злым красавчикам?

— Не считаю, что ему повезло больше, чем мне, —
заявил Володя, обнимая Нину за плечи.

— Это смотря что считать везеньем, — многозначительно произнес Стоянов, отходя в сторону к большинству одноклассников, все еще пребывающих в состоянии эйфории.

— Грустить сегодня запрещается, — улыбнулась Лена Орловой и тут же посмотрела Илье вслед. Обменявшись взглядами с Ниной, она не спеша последовала за ним. Лена не могла отказать себе в удовольствии побыть. рядом с Ильей хотя бы в этот день. Она продлевала себе праздник как могла, купаясь в придуманных разговорах, несостоявшихся танцах. Она вспоминала, как сегодня они шли, взявшись за руки, во время торжественного шествия выпускников. Это было настолько волнующе для Лены — идти рядом, вдыхать запах его одеколона. Непривычное ощущение — хотелось уткнуться ему в плечо, почувствовать себя слабой и забыть о существовании всех вокруг. Только это и имело смысл. Но глаза Ильи все время были чуть впереди — там, в паре с Володей Паниным, гордо подняв голову, шла Нина. Лена понимала, что настоящей королевой выпускного бала станет именно она. Это справедливо, и отличный аттестат здесь ни при чем. Орловой так идет сверкать, царить, и она прекрасно справлялась со своей ролью...

Лена знала, что на ней — одно из самых красивых платьев. Прическу ей сделала лучшая мастерица их парикмахерской, а над макияжем придирчиво и долго трудилась мама. Все это преследовало единственную цель — Лена должна была выглядеть по высшему разряду. И рассыпанные по лицу и плечам веснушки было решено считать достоинством, а не недостатком. Мама не раз говорила об этом, пытаясь избавить дочку от комплекса. Лена согласно кивала, но в душе мечтала иметь такую же матовую кожу, как у Нины. Странно, что у нее, рыжеволосой, такая удивительная кожа. Хотя за долгие годы дружбы Лена перестала удивляться тому, что у Орловой нет и не может быть недостатков. Этот факт не означал подобострастного отношения, скорее — восхищение дарами природы.

Светлые волосы Лены были подобраны, открывая красивую, длинную шею. Платье облегало фигуру, подчеркивая плавную волну перехода от тонкой талии к бедрам. В довершение — туфли на высокой шпильке делали ее выше, а походку — легкой, изящной. По восхищенным взглядам родителей Лена поняла, что они довольны результатами своего труда. Только тот, для кого это предназначалось, не выглядел очарованным. Его взгляд задержался на ней не дольше, чем на ступеньках крыльца, по которым они спускались, скользнул и только.

Лена старалась играть роль самой счастливой и веселой выпускницы, но, не замечая необходимого ей внимания со стороны Стоянова, чувствовала, что ее силы на исходе. Она все время следила за выражением своего лица, боясь, что на нем отразятся истинные переживания. Ей хотелось других впечатлений в этот замечательный день. А рядом была Нина, которой не нужно было ничего играть.

Она вся светилась, озаряя окружающих своим светом. Она была такой весь вечер, всю ночь и только под утро что-то в ее облике изменилось. Сначала Лена не могла понять, что произошло с подругой. У нее появилась привычка всякий раз анализировать поведение Нины. Лена не понимала, зачем ей это нужно, но делала это с завидным постоянством. Это доставляло ей необъяснимое удовлетворение.

Не только Володя заметил перемену в настроении Нины, Лена сделала это намного раньше, но никак не удавалось подойти и поинтересоваться: что случилось? И перебранка с Ильей явно касалась этого. Оказавшись в этот момент поблизости, Лена включилась в натянутый разговор. И закончилось все не лучшим образом: Илья проигнорировал, Нина отпустила шпильку. Лишь отойдя на несколько шагов, Смирнова оглянулась и, пристально присмотревшись к Нине, поняла, в чем дело: не зная, что за ней наблюдают, Нина стояла, опустив голову. Рядом что-то беспрерывно говорил Володя. Он говорил, словно старался в чем-то убедить ее, а она никак не соглашалась. Нина зябко куталась в его пиджак, грузно сидевший на ее маленькой, хрупкой фигуре, и ковыряла носком туфли сухую землю. Лена поняла, что Володя пытается отговорить ее уезжать из города. Это было неинтересно, потому что она знала, какие слова он произносит, — Нина не раз рассказывала ей об этом. Лена решила, что вмешиваться не стоит, повернулась и снова нашла взглядом Илью.

В этот момент Володя действительно решил, что настало время для самого серьезного разговора. Панин не хотел отпускать Нину, он чувствовал, что навсегда потеряет ее. Несмотря на кажущуюся смелость, гранича-

щую с дерзостью, Володя был добряком, человеком
мягким и легкоранимым. Но в это утро он был настой-
чивее обычного и его лицо выражало непоколебимую
решимость. Он воспользовался тем, что подруга явно
была в том состоянии, когда нужно было просто чуть-
чуть надавить. Она подавлена, она боится, хотя изо
всех сил делает вид, что мечтает поскорее уехать за
сотни километров от родного города.

— Нина, мы столько раз говорили об этом. Мне
казалось, я смог убедить тебя.

— Перестань, Володя. Я уеду — это решено. Мне
нет места в этом душном городе.

— Тогда тебе нужно в деревню. Там посвежее, —
усмехнулся Володя.

— Спасибо, я учту.

— Нина, выходи за меня замуж, — Панин давно
репетировал эту фразу, стоя перед большим прямо-
угольным зеркалом в прихожей. Он ощущал себя старше, сильнее, красивее, когда произносил эту фразу. Но
реакция Нины была полной противоположностью тому,
что он чувствовал.

— Да ты что, Володька?! — она рассмеялась, согнувшись от смеха и приседая. — Какой из тебя муж,
а из меня — жена? Мы только школу закончили, ты
забыл?

— При чем здесь школа? Главное, хотим мы этого
или не хотим.

— Нет, Володя, замуж я не собираюсь ни за тебя,
ни за кого другого. По крайней мере, еще лет пять хочу
походить в невестах.

— Я в армию пойду. Будь тогда моей невестой, —
продолжал настаивать Панин. Он волновался и едва

подбирал слова, чтобы не казаться смешным. Нина — мастерица посмеяться над неверным словом, неправильным ударением. Ей кажется это мелочью, а ему каждое ее слово то медом, то дегтем отдает. — Письма будешь писать, ответа ждать.

— Два года пролетят — не заметишь, — не отвечая прямо на поставленный вопрос, произнесла Нина. — Я могу писать, но обещать ничего не стану. Я не люблю обещать, не будучи уверенной, что выполню.

— Так много соблазнов вокруг, что говорить, — Панин повернулся и сделал несколько шагов в сторону одноклассников, обреченно добавив: — И я совсем не герой твоего романа.

— Володь! — Нина окликнула его и, виновато улыбаясь, приблизилась. Она положила руки ему на плечи, прямо глядя в глаза. — Я очень благодарна тебе за предложение, честное слово. Я никогда не забуду того, что с нами происходило все эти годы. Мне было интересно с тобой, спокойно.

— Что ты заладила «было, было», — резко убрав ее руки, сказал Панин. В его карих глазах мелькнула неприкрытая злость. — Я не профессорский сынок, а то бы ты по-другому разговаривала.

— Есть Илья Стоянов, но я не рядом с ним, — Нина удивленно пожала плечами. — Если ты такого мнения обо мне, зачем предлагать выходить замуж?

— Не знаю. Ничего не знаю, — Володька взъерошил черные кудри загорелыми пальцами. — Только без тебя мне никак. Хочешь верь, хочешь нет. Не уезжай!

— Ты как ребенок, Володька.

— Какой есть. Я к ребятам пойду, присоединяй-ся, — Панин направился к одноклассникам, ставшим в круг и поющим: «Мы все спешим за чудесами...»

Многоголосье сливалось в стройное пение, все ста-рались, вкладывая в незамысловатые слова все свое романтическое настроение. На лицах преподавателей, державшихся чуть поодаль, застыло выражение уми-ротворенности. Им нравилась теплая атмосфера этого раннего утра, спокойная уверенность их уже бывших учеников, их выставляемое напоказ желание казаться взрослыми.

А Нина так и осталась на месте, тоскливо глядя на стоящих чуть поодаль одноклассников. Сейчас казалось невозможным, что они перестанут видеться каждый день. Пути их разойдутся, они повзрослеют, обзаведутся се-мьями, детьми и когда-нибудь соберутся, чтобы попы-таться вернуть прошлое. Одних постигнет разочарова-ние, другие останутся равнодушными, третьи впадут в ностальгическую эйфорию, пытаясь казаться увереннее и сильнее, чем на самом деле. Все это произойдет не-скоро и, вероятнее всего, будет похоже на спектакль, где каждый отвел себе главную роль с монологом о прожитом...

Нина подошла к ребятам, когда они, допев анто-новский шлягер, сделали передышку. Воспользовавшись этим, Орлова решила обратиться ко всем. Она сделала это не из желания выделиться, она следовала велению своей души.

— Ребята! — сказала Нина своим грудным голо-сом, сразу привлекая к себе всеобщее внимание. Ее глаза блестели. — Давайте поклянемся никогда не предавать друг друга! Пусть наши отношения будут наполнены таким же чистым, живительным светом, как лучи восходящего солнца. И чтобы через много-много лет мы могли прямо смотреть друг другу в глаза!

— Интересно, из какого это монолога? — прошептал на ухо стоящей рядом Лене Смирновой Илья, а вслух произнес: — Это здорово! Я «за». Соединим наши руки.

Стоянов протянул вперед руку, и через мгновение ее покрыли десятки ладоней. Охваченные пафосом этой минуты, выпускники ощущали необыкновенный эмоциональный подъем. Они искренне верили, что так и будет, ведь не зря они соединили руки в этом рукопожатии. Блеск в глазах, жар в сердцах, голова свободна от малейшего негатива — все это создавало вокруг собравшихся особую атмосферу.

— А теперь грянем дружное и раскатистое ура, — предложил Илья. Его влияние на одноклассников было бесспорным. Над холмами, озаренными оранжево-желтым светом, пронеслось звонкое, радостное ура.

Нина тоже взмахнула руками, отчего с плеч ее упал Володин пиджак. Не обращая на это внимания, она кричала, словно освобождаясь в эту минуту от всей нахлынувшей грусти и страха перед будущим. Она избавилась от этого так же легко, как забыла об упавшем на траву пиджаке. Он уже был не нужен, значит, автоматически стирался из памяти. Нина не заметила, как Панин оказался рядом, поднял его и, медленно отряхивая, пристально смотрел на Орлову. В этот момент для

него было не важно, чистый ли у него пиджак. Володя
не замечал, что он делает. Его движения казались со
стороны бессмысленными. Главным для него было наблюдать за Ниной. И то, что он видел, его не радовало — она вычеркивала его из жизни, так же легко, как
он стряхивал серую пыль со своего пиджака. За годы
учебы Володя научился четко чувствовать настроение
Нины. И на этот раз он тоже оказался прав.

— Что ты так смотришь? — запыхавшись, спросила она. Ее распущенные волосы шевелил утренний ве-
терок. Полупрозрачное платье цвета морской волны время от времени облегало фигуру, делая ее обладательницу
очень соблазнительной. Все это должно было вызывать
восхищение, но разочарование ясно было написано на
лице Панина.

— Ты многого добьешься, Ниночка, — многозначительно произнес он. — Можешь не сомневаться.

— Поэтому у тебя такой вид, будто ты разбил свой
любимый мотоцикл?

— Мотоцикл — это святое. Ты же знаешь, скорость — моя страсть. Скорость и ты.

— Не начинай сначала, прошу тебя, — поморщилась Нина, поведя плечами. И только сейчас она заметила, что пиджак в руках Панина. Он перехватил ее
растерянный взгляд и улыбнулся. — Извини, Володь,
я поддалась всеобщей эйфории. Я бы сама подняла его.

— Это такая мелочь, — улыбнулся Панин. Он слишком долго смотрел Нине в глаза, а она не отводила
взгляда, решив, что выдержит его до конца. Она не
чувствовала себя виноватой. — Хотя я вообще теперь
не знаю, что для тебя важно.

— Ребята, пора в автобус! — голос преподавателя поставил точку в долгом прощании с детством. Без энтузиазма реагируя на услышанное, толпа постепенно разобралась на небольшие группы. Нестройными рядами они двинулись по направлению к автобусу. Еще через несколько минут холм опустел. Лишь ненадолго он превратился в культовое место, а теперь осталась только вытоптанная трава, щедро освещаемая солнечными лучами. Миг вечности, вечность мига...

Алевтина Михайловна стояла на перроне, едва сдерживая слезы. Нина просила ее не провожать, но мать не могла проститься со своей единственной дочкой, лишь поцеловав ее в прихожей и спокойно закрыв за нею дверь. Нет, материнское сердце разрывалось от предстоящей разлуки, и каждое мгновение, проведенное вместе, было важным, необходимым. Вглядываясь в напряженное лицо Нины, Алевтина Михайловна пыталась понять: что за сила такая гонит дочь из родного города? Ведь и здесь можно получить высшее образование. Разве плохо жить и работать в Саринске? Но Нина ничего не хотела слышать — она собиралась стать актрисой, а для этого нужно было уезжать за сотни километров из городка своего детства. Отговаривать ее было бессмысленно — девочка вбила себе в голову, что она станет второй Сарой Бернар. Алевтина Михайловна считала эту профессию самой неподходящей для нормальной жизни. Сколько раз она деликатно начинала издалека, подводя разговор к легкомысленности, неустроенности, вечному неудовлетворению, которые сопутствуют людям из этой среды. Одно слово «богема» вызывало панику в воображении женщины. Но именно эта мишура, кажется, больше всего и привлекала ее дочь.

Нина давно определилась с этим решением, но в эту минуту прощания почувствовала, как подгибаются коленки и губы подрагивают, не желая держать улыбку. Тяжело было смотреть на маму — она совсем раскисла, едва не плакала. Нина не могла выносить ее слез. Она становилась совсем беспомощной и жалкой. В такие минуты хотелось обнять ее, защищая от всех напастей. Но при всей своей ранимости Алевтина Михайловна была сильной женщиной и всегда подчеркивала это. Нина удивлялась тому, как в ее матери уживались два совершенно разных человека: строгий и добрый, слабый и сильный, спокойный и взрывной. И предсказать, какой из них стоит перед тобой, было практически невозможно. Нина чувствовала возрастающую напряженность ситуации и боялась, что мама все-таки расплачется и это станет последней каплей этого тяжелого дня. Хоть вбегай в вагон и не высовывайся в окно! Пусть все остается за пыльным стеклом. Только так можно начать новую жизнь, о которой она столько мечтала. Ничего не имеет значения, когда так четко видишь перед собой цель. Нина ощущала, что только желание стать кем-то важно для нее сейчас. Она готова сделать все от нее зависящее, чтобы приблизиться к его исполнению. Вряд ли мама понимает ее, одноклассники посмеиваются, хотя не могут не признать, что она хороша собой. В приемных комиссиях тоже ведь не слепые — они не смогут не обратить внимание на ее роскошную внешность. Она ничего не сделала для того, чтобы получить такую красоту, но не воспользоваться даром природы было бы глупо! Актерское мастерство приходит с опытом — об этом говорили многие известные всему миру актеры. Всему миру — у Нины захватывало дух! Она чувствовала, что легко сможет вживаться в любой образ. Немного жизненного опыта — и все получится само собой. Ей не придется играть. Она будет жить своими героинями, а когда-нибудь сыграет свою лучшую роль — себя саму. У нее уже кружилась голова! Она станет такой актрисой, какой еще никогда не было! И Саринск прославится именно тем, что здесь родилась неподражаемая Нина Орлова. Фантазии девушки уносили ее высоко, откуда все земное казалось мелким, незначительным. Черты лица размывались, деревья сливались в зеленые островки, дороги — в серые нити, одна из которых ведет ее к исполнению мечты. Ее ничто здесь не держит, только мама, но разлука не может быть долгой. Нина устроится и со временем заберет ее к себе. Она так и пообещала, а значит, должна выполнить.

— Все, мамочка, не переживай. Я прекрасно устроюсь у тети Саши, — услышав объявление о посадке, сказала Нина. — У нас немного времени осталось.

— Привет ей от меня передавай, — крепясь изо всех сил, ответила Алевтина Михайловна. Хоть и не к чужому человеку ехала дочка, все-таки родня Лены Смирновой, но не волноваться никак не получалось. — Приедешь, сразу позвони. Если, не дай бог, не получится... Возвращайся безо всякого. Чего в жизни не бывает.

— Хорошо, мамочка.

Пока Алевтина Михайловна стояла, соображая, что еще она хотела бы сказать Нине на прощание, та, смеясь, уже обнимала Леночку Смирнову. Подруги шептали что-то друг другу на ушко. Лена выглядела расстроенной. Она все время теребила косичку с невероятно яркой лентой, вплетенной в нее. Это делало ее младше своих лет и вызывало у Нины улыбку. Но Лене было не до смеха. В ее голубых глазах то и дело собирались слезы, но Нина нарочито строго стыдила ее. Она чувствовала себя старшей сестрой, которая должна подавать пример для подражания, и отлично справлялась со своей ролью.

Рядом с ноги на ногу переминался Панин. Он выглядел озабоченным, мрачным. Голова его была полна не самых радостных мыслей. Он следил за каждым движением Нины, словно прощался с нею навсегда. Он уже получил повестку из военкомата, успел пройти медицинскую комиссию. Панин был признан годным к службе. В этом он ни на минуту не сомневался, потому что увиливать от армии не собирался. Он давно готовил себя к этому, считая, что отслужить обязан. Это означало, что на два года жизнь его круто переменится. И к дисциплине придется привыкать, как ни крути. Володька подумывал о том, что хорошо было бы служить исправно, получать отпуска и наведываться домой. Только одно «но» — Нины в Саринске не будет. Лишь мама с отцом и обрадуются, а ему этого маловато. Будет в это время Нина учиться в своем театральном вузе, вращаясь в совсем иной среде. И не вспомнит она о нем через месяц-другой, что уж на годы загадывать. Володя ловил на себе ее мимолетные взгляды. После последних поцелуев с мамой, объятий с Леной настала его очередь. Алевтина Михайловна с Леной деликатно отошли на несколько шагов. Нина протянула руку Володе, он крепко пожал ее, не рассчитав, отчего Нина даже чуть присела, а после трясла покрасневшую кисть.

— Медведь, настоящий медведь ты, Володька! — засмеялась она.

— Я родителям писать буду, так адрес у них узнаешь, если захочешь, конечно, — делая вид, что говорит об этом вскользь, сказал Панин. — Тетя Аля с моей матерью частенько общаются. Вот через нее и можно узнать.

— Обязательно узнаю, а я на первых порах остановлюсь у Ленкиной родственницы. Потом видно будет, что к чему.

— Удачи тебе, артистка, — улыбнулся Володя. Он хотел, чтобы она запомнила его таким, а не хмурым, обиженным. Пусть запомнится эта улыбка и его загорелое лицо, без тени сомнения в том, что впереди их ждет только хорошее. — Дождись меня, Орлова. То, что сейчас замуж не хочешь, — понимаю. Но через два года мы вернемся к этому разговору.

— Смешной ты, Володя. За два года ты не одну девчонку встретишь. Может, среди них и найдешь ту, единственную.

— Ага, на границе там специально для Владимира Панина институт благородных девиц открыли, — покачал головой Володя и поспешил добавить: — Ты так и не поняла, что мне никто не нужен, кроме тебя!

— Не надо сейчас об этом. Мне тяжело это слышать.

— Тяжело?

— Я чувствую себя виноватой и в то же время понимаю, что это твое решение, только твое. Я никогда не говорила, что хочу за тебя замуж. Мы дружим, Панин. Пока я не готова на большее. Считай, что я — ребенок, который еще не вырос до взрослого восприятия жизни.

— Ты способная, хорошо все схватываешь, а учителей в этом плане хватает везде.

— Не о том ты думаешь, пойми ты, голова садовая.

— Я — служить, ты — учиться.

— Именно так, — Нина прислушалась: объявили посадку. — Все, Володя, целоваться не будем, чтоб не смущать родных и близких.

— Дай мне что-нибудь на память. Будет у меня талисман, — вдруг взволнованно попросил Панин. Резким движением он провел рукой по густым черным волосам, словно это могло помочь сообразить, что именно можно попросить.

— Господи, что ж ты в последнюю минуту! Голова не соображает, что бы такое придумать? — Нина приложила палец к губам, лихорадочно соображая. — Придумала!

Она быстро достала из одной сумки косметичку, поискала с минуту и вытащила тонкую серебряную цепочку с кулоном в виде маленького дельфина — этот

подарок она сделала себе сама на прошлый день рождения. Ей тогда так понравился этот изогнувшийся в прыж-
ке дельфин. Еще секунда — и он окажется в океанских
просторах. Это его стихия — безбрежный океан. Он
бесстрашно погружается в холодную толщу вод... Нине
показалось символичным иметь такую безделушку. Как
и этот житель океана, Нина хотела всегда быть готова
к прыжку. Дельфин лежал на ее горячей ладони, улыбаясь. Нине всегда нравилось, как эти рыбы сохраняют
приветливое выражение на своей добродушной мордашке.

— Держи, — на выдохе сказала Нина.

— Это мне?

— Ну да.

— Спасибо, — неуверенно произнес Володя, с тро-
гательной нежностью перебирая пальцами звенья це-
почки. Взгляд его остановился на серебряном дельфине.
Панин улыбнулся. — Спасибо. Я буду всегда носить
твой подарок. Он принесет мне удачу, отведет любую
беду.

— Рада, что тебе понравилось. Когда я его увидела,
этого смеющегося дельфина, то не смогла пройти мимо.
Надеюсь, он будет тебе действительно на счастье.

— Стоянов всегда говорил, что у тебя необычное
воображение из-за того, что ты родилась в такой уди-
вительный день, — рассмеялся Володя, почему-то вспомнив об Илье. По лицу Нины он понял, что она не в
восторге от этого. — Это я к тому, что помню: ты
любишь получать в этот день два подарка.

— Точно. Мама всегда подговаривала Деда Мороза, чтобы он поздравлял меня с Новым годом и днем

рождения, вручая при этом два подарка. Ради торжества справедливости, и только. Хорошее было время — время веры в Дедов Морозов, — добавила Нина, наблюдая, как Панин застегивает цепочку на шее. Он расстегнул еще одну пуговицу на своей белоснежной рубашке, чтобы было видно дельфина. — Здорово смотрится.

— Тебе пора. Тетя Аля посматривает на нас с нетерпением, а Ленка делает отчаянные знаки. Теперь она всю дорогу будет называть меня эгоистом. Ладно, потерплю. Ради тебя я готов многое вытерпеть... До встречи, Нина, — они еще раз пожали друг другу руки, обменявшись долгими взглядами.

Нина взяла сумки в руки. Рядом тут же оказалась мама, чуть позади — Лена.

— Ну, спасибо вам. Буду скучать. Ругайте меня, скрещивайте пальцы на удачу. Мамочка, все будет хорошо, — Нина второпях обняла маму, махнула на прощание друзьям и поднялась по ступенькам в вагон. Проводница недовольно ворчала на пассажиров, садящихся в последние секунды. Нина осталась в тамбуре и, выглядывая из-за ее спины, посылала воздушные поцелуи провожающим.

Алевтина Михайловна бежала вслед за уходящим поездом, пока он не набрал достаточно высокую скорость. Шаги ее замедлялись, наконец она остановилась с поднятой к глазам рукой — яркие лучи солнца слепили. Слезы полились из воспаленных глаз. Теперь Алевтина Михайловна могла позволить себе расслабиться. Всхлипывая, она вытирала платком вспотевший лоб. Она чувствовала себя так плохо, что даже разговаривать в таком состоянии с друзьями Нины не могла. Обычно общительная, легко располагающая к себе, она мечтала о том, чтобы провести обратную дорогу домой в одиночестве и молчании. Лена — понятливая девочка, она не станет лишний раз пытаться отвлечь ее пустыми разговорами, а вот Володька — тот будет беспрестанно говорить. У него удивительная способность не чувствовать момента, когда он лишний. Панина всегда много, в избытке. Нину это раздражало, но Алевтина Михайловна говорила ей, что это с ним происходит от переполненности чувствами.

Оглянувшись на оставшихся далеко позади Лену и Володю, она медленно пошла им навстречу. Молодые люди выглядели уставшими, расстроенными.

— Долгие проводы отнимают много сил, — поравнявшись с ними, произнесла Алевтина Михайловна. — Пора домой.

— Тетя Аля, — Лена внимательно посмотрела на нее. — У вас был трудный день. Наверное, даже разговаривать не хочется. Если вы не возражаете, мы с Володей пешком пройдемся.

— Из меня сейчас на самом деле плохой собеседник и для пешего похода я не гожусь, — вяло улыбнулась Алевтина Михайловна.

— Я буду звонить часто-часто, чтобы вы не грустили, — взяв ее за руку, сказала Лена.

— Спасибо, милая.

— Я тоже буду давать о себе знать, — не поднимая глаз, произнес Володя.

— Обязательно, Володенька.

— Ну, мы пойдем, — Лена слегка сжала ее пальцы и отпустила их.

— До свидания, ребятки.

Алевтина Михайловна пошла к остановке автобуса. Она шла, едва переставляя ноги, словно на них навесили гири. Как же тяжело ей было возвращаться в пустую комнату. Все теряло смысл, если рядом нет Нины. «Вот так расти их, вкладывай душу, а в один прекрасный момент ваше драгоценное чадо продемонстрирует, что больше не нуждается в вас», — думала Алевтина Михайловна, глядя под ноги, словно боясь упасть. Движения женщины были неловкими, заторможенными. Она шла, осторожно ступая. Мысленно она все еще бежала по перрону и смотрела на удаляющийся поезд. Он увозил ее Нину далеко, и время встречи они не назначали даже с точностью до недели. Они всегда были вместе — семнадцать лет все-таки, изо дня в день. Все горести и радости, маленькие победы и поражения, успехи и неудачи — все осталось в сердце. Каждый этап взросления дочери Алевтина Михайловна помнила очень отчетливо, ей не с кем было делиться своими переживаниями. Но она никогда не жалела о том, что в ее жизни однажды появилось крохотное существо. Память вдруг отшвырнула ее к самому началу, к первому дню их знакомства. Акушерка положила только что родившуюся девочку ей на грудь и улыбнулась:

— С дочкой вас! Знакомьтесь. Горластая, значит, все будет замечательно!

Посмотрев на девочку, Алевтина забыла все те мучения, которые пришлось пережить, прежде чем она появилась на свет. Место разрывающей все тело боли заняла бесконечная нежность. Слезы сами лились из глаз, и были они такими сладкими. Осторожно прикоснувшись к малышке, она сразу обратилась к ней по имени: «Ну, здравствуй, Ниночка, моя принцесса...»

Она родила ее в тридцать семь. От любимого мужчины, в тот момент, когда она совсем не была готова к материнству. Вернее сказать — перестав напрасно мечтать и мучиться по этому поводу. Она считала, что ее жизнь была серой, скучной, сама она — блеклой, боящейся лишний раз поднять глаза и оглядеться вокруг. Некому было подсказать, что нужно расправить плечи и ходить с гордо поднятой головой. Что нет повода настолько бояться людей, нового, жизни вообще.

С самого детства ей пришлось быть хозяйкой своей судьбы. Она рано повзрослела — после смерти матери надолго пришлось забыть о том, что она все еще маленькая девочка. Вскоре в доме появилась новая хозяйка. Жить с отцом и мачехой было нелегко. Новая жена отца невзлюбила Алевтину более остальных детей, вымещая свой потаенный гнев в постоянной, бесконечной работе, которую возлагала на падчерицу. Но Алевтина успевала все: доить корову, убирать в хлеву, выгонять птицу на сочные луга за околицей села. Ее маленькие ручки не знали покоя. Работа менялась в зависимости от времени года. Аля присматривала за младшими братьями и сестрами, помогала заготавливать еду для скота, падая к вечеру с ног от усталости. По вечерам вязала бесконечные носки, варежки, шарфики. При этом она сносно училась, проявляя особый интерес к литературе. Но читать дома удавалось редко. При виде книги в руках падчерицы мачеха впадала в гнев. Она ничего не говорила о том, что ей не нравится, никогда не повышала на детей голоса, но умела несколькими словами заставить их делать то, что хотела она. В большей степени это касалось Алевтины. Остальных приемных сыновей и дочерей она не так замечала, предоставляя им мало-мальскую свободу. Но невысокую с длинной косой девчушку она изматывала, как могла.

Иногда Алевтина собиралась поговорить с отцом обо всем, что наболело. Она хотела рассказать ему, как тяжело ей стало жить в отчем доме, где больше нет ласки, тепла. Где хозяйничает эта молодая, не знающая жалости женщина, велевшая с первого дня называть ее Варварой Петровной. Да по-другому и язык бы не повернулся — мачеха расставила все по местам с самого начала. Родившиеся Прохор и Матвей обращались к ней «мама» и получали от нее заботу, на которую она была способна, а остальным доставались жалкие остатки от того, что называется вниманием, чуткостью. С годами Але так хотелось узнать, что же привлекло отца в этой широкоплечей, грубоватой женщине? Почему он решил привести ее в дом и сделать полновластной хозяйкой? Он совсем забыл о матери. Даже на ее могилу детям приходилось ходить тайком. Неужели отец не видел того, что стало с их домом?

Однако, едва настроившись на откровенный разговор с отцом, Аля сникала. Она боялась, что он не поймет ее. Еще подумает, что она хочет увильнуть от рабо-

ты. Прослыть лентяйкой в деревне — поставить себе
несмываемое клеймо на долгие годы. К тому же Варвара Петровна была хитрой женщиной — она никогда не
жаловалась на детей. Напротив, она всегда их хвалила,
вскользь замечая, что им бы побольше усердия, так
были бы идеальными.

Особенно невыносимыми были летние каникулы —
тогда Аля работала от зари до позднего вечера. А утром все начиналось сначала. Тяжелее всего было переносить постоянное недовольство и попреки мачехи. Алевтина старалась изо всех сил, но чем более усердно она
выполняла ее поручения, тем больший гнев вызывала.
Так прошло несколько лет — в молчаливой ненависти, сквозившей в каждом взгляде, обращенном мачехой
на Алевтину. Именно в это время девочка выработала
привычку ходить с опущенной головой, ступая едва слышно — иногда такой способ передвижения помогал избежать очередного контакта с мачехой.

Потом случилось то, что отодвинуло все проблемы
на дальний план. Они и проблемами-то теперь не считались, потому что грянула война. Отец ушел на фронт.
В деревне практически не осталось взрослых мужчин.
Женщины, дети работали на равных. Вскоре в село
вошли немцы. Казалось, наступил конец света. Загорелые, говорившие на непонятном языке, они селились в
домах, вытесняя хозяев в лучшем случае в имевшийся
сарай. Не стала исключением и семья Али.

Все происходящее казалось девочке страшной сказкой, которая вот-вот должна окончиться. Аля помнила
ужас бомбежек, полную потерю сил от голода, плач

голодных братьев и сестер. Куски хлеба, которые милостиво давали немцы, помогли им не умереть от истощения. Алевтину подсылали к ним, и они практически всегда давали ей что-то из еды. Вид маленькой, хрупкой девочки с длинной косой приводил их в необъяснимое умиление. Им нравилось видеть, как она стоит и плачет, а потом снова плачет, уже получив что-то из еды. Эта порция делилась на множество частей между всеми членами семьи.

Все когда-нибудь заканчивается. Окончилась и страшная война, вернулся с фронта отец. Из девяти детей в живых осталось шестеро. Исхудавшие, едва переставляющие ноги, они повисли у отца на шее, плача. Такие сцены можно было наблюдать время от времени. Потом — реже, реже. Семье Орловых по военным меркам несказанно повезло — вернулся кормилец. Мужские руки были нужны разрушенному селу, обессилевшим от непосильного труда женщинам и детям. Работе не было видно конца. Но, несмотря на все перенесенные тяготы, люди чувствовали невероятный эмоциональный подъем от сознания своей победы. Сплоченность и вера в прекрасное будущее помогали восстанавливать нормальную жизнь невероятными темпами. Все постепенно налаживалось. Открылась школа, где отец Алевтины стал преподавать. Дети снова сели за парту. Аля тоже с радостью окунулась в уроки, домашние задания, но вскоре оставила школу, потому что ее руки были больше нужны в доме. Об этом много раз настойчиво говорила Варвара Петровна. Отец не стал спорить, и образование Алевтины окончилось после восьмого класса. Повзрослевшие дети устраивали свою жизнь: старший брат

Али женился, одна из сестер уехала в соседнее село.
Но в доме по-прежнему было многолюдно и голодно.
Конфликты между Алей и мачехой возобновились. Варвара Петровна снова вспомнила, что недолюбливает
падчерицу, забыв о том, что благодаря ее стараниям
они получали кусок хлеба в голодное время.

Но однажды все неожиданно изменилось. Шестнадцатилетней девчонкой Алевтину забрала к себе в
город сестра отца. Она приехала проведать брата, увидела ораву голодных ребятишек, полунищенское существование и предложила забрать с собой одну из девочек. Там тоже было нелегко, но главное — там была
работа. Выбор ее сразу пал на Алевтину. Хотя она
считалась в семье первой помощницей, что поспешила
сообщить мачеха, было решено отпустить девочку. Свое
веское слово высказал глава семейства, а спорить с ним
было не принято. Наверное, он чувствовал вину за то,
что девочке пришлось оставить учебу и полностью посвятить себя домашней работе. Он не говорил об этом
прямо, но в его взгляде частенько появлялось что-то
неуловимо болезненное. Как будто что-то беспокоило
его, но поделиться этим он не мог. В конце концов
мачеха съязвила что-то насчет избавления от лишнего
рта. Эти слова отозвались болью обиды в сердце девочки. Она-то свой кусок хлеба отрабатывала в поте
лица, не покладая рук, а в войну — рискуя жизнью.
И снова отец промолчал, бросив суровый взгляд на
жену. Но Аля не стала заострять на этом свое внимание, она понимала, что главное — наступает новая, неизвестная пора. Она и пугала, и манила одновременно.

Сборы не заняли много времени. Отец благословил ее, напутствуя на честный труд.

— Будь честной, дочка. Людей не бойся, но и душу нараспашку перед каждым не распахивай. О человеке суди по поступкам. Пиши нам. Найдешь работу — дай знать. Не обременяй никого своими проблемами — решай сама, и с головой. Подсказки слушай, да мнение имей свое, понимаешь? — оглядывая невысокую, прячущую глаза дочь, отец поджал губы, покачал головой и добавил: — Думаю, мужчины не станут докучать тебе, но когда-нибудь это все же случится. Бывает, что гадкий утенок превращается в прекрасного лебедя. Может быть, это о тебе? Надеюсь, тебе попадется порядочный человек. Господь с тобой. Поезжай, дочка, тебе будет лучше в городе...

Ее мнения никто не спрашивал, но Алевтина не привыкла перечить родительской воле. Так она оказалась в Саринске. Сначала жила на квартире своей тети, а вскоре поступила на швейную фабрику и получила комнату в общежитии. Тетя Зоя предлагала ей оставаться и дальше у нее, но девочка не хотела быть в тягость. Алевтина никак не могла избавиться от комплексов, которые привила ей мачеха. Они упорно следовали за ней, усложняя существование молодой девушки. Ей было трудно поверить, что забота и внимание, которое проявляет к ней тетя, идут от чистого сердца. Не было причин не доверять этой поседевшей женщине, всегда приветливо улыбающейся ей, но внутренний голос неизменно заставлял настораживаться. Отчего кто-то должен быть так добр к ней? Этот вопрос Аля задавала себе не раз.

Она так отвыкла от внимания и любви, что, получив все это в достатке, оказалась не готова принять. Наверное, поэтому Аля так стремилась жить самостоятельно. Она не могла каждый день бороться с одним из самых сильных страхов, хозяйничавших в ее душе: она боялась крепко привязываться к кому-либо. Ощутив пустоту от потери родного, самого близкого человека, она не хотела, чтобы это случилось еще раз. Она знала, что ее сердце не выдержит такого испытания.

Зоя Федоровна привыкла к племяннице очень быстро. Она даже сама не ожидала, но девочка вскоре стала важной частью ее жизни. Отступило одиночество, и появилось неизвестное ранее чувство радости от возвращения домой с работы. Она ни на минуту не пожалела о том, что привезла племянницу к себе. Девочка была очень неприхотливой, тихой, покладистой. Единственное, что сразу заметила Зоя Федоровна, — привычку племянницы запасаться хлебом. Она не могла лечь спать, если знала, что его осталось мало, или того хуже — нет вообще. Даже если она была сыта, она должна была знать, что в хлебнице есть самая лучшая еда. Зоя Федоровна все понимала — война не прошла бесследно. Она оставляла глубокие, незаживающие раны. Поэтому, зная, что племянница будет очень довольна, Зоя Федоровна поручила именно ей следить за тем, чтобы хлеб в доме не переводился. Аля справлялась с заданием, понимая, что тетя хочет сделать ее пребывание в доме максимально комфортным. Отношения между ними становились все теплее. Зое Федоровне нравилось делать приятные маленькие сюрпризы Алевтине:

коробку леденцов, заколку для волос, интересную книгу, которую та хотела прочесть. Ради племянницы она записалась в заводскую библиотеку и теперь частенько брала книги для поглощающей их с невероятной скоростью Али.

Хотя тетя старалась изо всех сил, чтобы племяннице было у нее уютно, Аля все же настояла на переезде в общежитие. Она слыла затворницей и хотела изменить мнение о себе. Она не шла ни у кого на поводу, просто понимала, что нужно внедряться в новую жизнь, а не отгораживаться от нее. Приходилось, что называется, ломать себя. Первым шагом Алевтины на пути к этому должен был стать переезд в общежитие. Зоя Федоровна перестала отговаривать ее и благословила. Она несколько раз перекрестила ее, поцеловала.

— Делай как знаешь, милая. Только не забывай меня, хорошо? Каждое воскресенье буду ждать тебя. Да что там воскресенье — двери моего дома всегда открыты для тебя.

Шумная жизнь среди молодежи благотворно подействовала на Алевтину — поначалу стеснявшаяся своего говора, удивлявшаяся привычным для горожан вещам, она трудно вписывалась в новую обстановку. Юноши обделяли ее своим вниманием, считая странной, слишком мечтательной. Да и внешность ее не была примечательной: невысокого роста, с крупными чертами лица и маленьким лбом, окаймленным пепельными кудряшками. Серые глаза выражали детскую робость, беспомощность и мудрость одновременно. Они чуть испуганно взирали на окружающий мир, а на губах то и дело появлялась виноватая улыбка. Она словно постоянно просила извинения за то, что не была похожа на остальных. Даже поселившись в общежитии, Аля не искала общения и обожала проводить время в одиночестве, зачитываясь очередной книгой. Там она ощущала себя уютно. Она то и дело представляла себя той или иной героиней и переживала все страсти и приключения, происходившие с ними. В реальной жизни не было ничего подобного, но до поры до времени Алевтину это не беспокоило.

Она ждала, пока ее заметят, выберут, боясь самой сделать какой-то шаг навстречу. Ей казалось ужасным, что девушка на танцах приглашает юношу. Ее лицо заливала краска от одной мысли, что нужно произнести обычные слова: «Можно вас пригласить?» Лишь когда одна за другой ее соседки по комнате стали выходить замуж, она почувствовала себя неуютно. За четыре года в Саринске у нее не случилось ни одного романа.

Работа на фабрике, проведывание тети Зои в выходной, редкие походы на танцплощадку, постоянное желание окунуться в полную любви и приключений книжную жизнь — это и было существование Алевтины. В нем не было ничего, о чем мечтала Аля, закрывая очередную прочитанную книгу. Она переживала свою отчужденность, но без паники. Как-никак она была еще так молода. Девушка верила, что у каждого свое время для счастья. Кому-то оно дается в ранней молодости, кому-то — в зрелости. Аля даже не пыталась брать в расчет тех, кто за всю жизнь так и не нашел своей второй половинки, смирившись с одиночеством. Она считала, что все в ее жизни складывается замечательно: работа, крыша над головой, молодость, жизнелюбие. Будет все, нужно только суметь дождаться того, что принадлежит только тебе.

В своих рассуждениях Алевтина заходила далеко. Они касались всего: самые обыденные вещи девушка видела по-особому, замечая в них радость, мимо которой остальные проходили равнодушно. Иногда этими мыслями хотелось с кем-то поделиться, но Аля боялась быть непонятой. Однажды решила, что лучшего собеседника, чем отец, ей не найти, и приехала домой, взяв свой первый отпуск. Но там ее встретили так, что желание повторить это не возникло. Мачеха Алевтины откровенно игнорировала появление падчерицы, отец пропадал целыми днями в школе, где в то время работал директором. Он уделил ей внимание в первый день ее приезда и, вероятно, посчитал, что этого достаточно.

— Ты зачем приехала-то? — его вопрос сразу расставил все на свои места. Откровенного разговора, о котором мечтала Аля, не состоялось. Отец возвращался поздними вечерами, быстро поглощал приготовленный ужин. Он ел, думая о чем угодно, кроме еды. Даже не замечал, как Алевтина замирает за столом напротив, ожидая похвалы за вкусно приготовленный ужин. Варвара Петровна оставалась верной себе — она «милостиво позволила» падчерице готовить в дни пребывания дома.

— Ты ведь не привыкла бездельничать? — растягивая губы в тонкую полоску, заметила она. — Отцу будет приятно заметить, что ты отличная кулинарка. Ты согласна?

Наблюдая за разочарованием на лице падчерицы, она теперь испытывала злорадное удовлетворение. Это был маленький штрих к ее портрету. Алевтина поняла, что со временем люди не меняются, они остаются верны своим привычкам, привязанностям и неприятиям. Значит, ей нечего делать в отчем доме. Чуда не будет. Она чувствует себя чужой, ненужной, одинокой. Из братьев и сестер в доме остались только Прохор и Матвей. Они не испытывали родственных чувств к приехавшей сестре. В их взглядах, усмешках было открытое желание поскорее избавиться от ее присутствия в доме. Общих тем так и не нашлось. Алевтина выдержала неделю и уехала, дав себе зарок не возвращаться туда, где ее не ждут. Напоследок она побывала на кладбище. Могилы матери там не было давно — во время войны бомбежка не жалела ни живых, ни мертвых. Односельчане сделали братскую могилу, на плите которой записали имена и фамилии всех, кто был захоронен здесь. Найдя в длинном списке фамилию матери, Алевтина почувствовала, как сжалось сердце: Орлова Нина Григорьевна. Девушка прислушалась к собственным ощущениям: ни горечи, ни подступающих слез. Память давно лишила ее возможности вспомнить даже лицо матери. Что же у нее осталось? Только пустота и боязнь перед жизнью, в которой ей предстоит все решать самой. Будто и привыкла к этому, хотя разве можно смириться с тем, что одинок? И обратиться к матери — только во снах, к отцу — лишь со словами прощания. Аля машинально расплетала и заплетала кончик косы, занимая дрожащие пальцы. Могила была ухоженной, даже травинки не нашлось, чтобы выдернуть. Холодный камень, ровный ковер ярко-зеленой травы, вечное безмолвие...

В Саринск она вернулась со вновь открывшейся раной — прошлое не отпускало. Оно шло, наступало на пятки, заставляя снова смотреть под ноги, не поднимая глаза на окружающий мир. Захотелось срочно увидеться с Зоей Федоровной. Она всегда понимала ее настроение. Аля уже не удивлялась тому, что эта женщина стала ей близка, и отношения с нею были важны, необходимы для молодой девушки. Она пыталась заполнить пустоту в своем сердце, возникшую давно и никак не проходящую.

Зоя Федоровна всегда была рада Алевтине. Суетясь вокруг нее, она снова заговорила о том, чтобы Аля вернулась к ней. В этом было не только желание покончить с одиночеством, но и боязнь неуклонно приближающейся старости. Ее легче было встречать в компании. Пожилая женщина настаивала на том, чтобы племянница перебралась из шумного общежития в ее небольшую, но уютную квартиру. Аля сопротивлялась, пока не нашла оправдание для своего пребывания в этом доме: тетя нуждалась в ней. Значит, это место, где она должна находиться. Ей сразу стало легко принять решение.

Жизнь снова делала новый поворот. По настоянию тети Алевтина поступила на вечернее отделение химико-технологического техникума Саринска. Зоя Федоровна полностью освободила ее от домашних забот, приветствуя желание племянницы учиться. Влияние на нее оказал мастер покрасочного цеха. Именно он красноречиво рассказывал о том, как быстро и уверенно шагает вперед эта наука. Аля заслушивалась его речами. Она вообще чувствовала, что этот невысокий, коренастый мужчина привлекает ее больше, чем она того хотела. Ей нравился запах табака, постоянно исходивший от него, пальцы, измазанные красками настолько, что, кажется, не отмыть.

Евгений Павлович Завьялов относился к ней по-отечески, все-таки он был вдвое старше Алевтины. На собраниях не забывал похвалить, подчеркивая целостность натуры. Говорил, что Алевтина Орлова — перспективный работник, которому нужно идти вперед. Он постоянно подводил ее к тому, что нужно учиться дальше. Часто они вместе выходили из здания фабрики, за разговорами проходя пару остановок. В основном говорил Евгений Павлович. Аля слушала, односложно отвечая. Ей было нелегко поддерживать беседу. Она то и дело теряла ее нить, утопая и выбираясь из омута голубых глаз этого мужчины. Она успела проникнуться к нему нежными чувствами, мечтая о том, что когда-нибудь он увидит в ней не только собеседницу. В одну из таких прогулок состоялся важный разговор.

— Учиться никогда не поздно, Алевтина, — его низкий, хрипловатый голос звучал убедительно. — Пока молода — дерзай. Потом семья, дети — не все могут совмещать. Сейчас — самое время двигаться дальше. Для многих девушек замужество — главное, но, присматриваясь к тебе, я вижу, что ты более серьезна, чем многие, с кем мне пришлось сталкиваться. Ты можешь достичь многого, Аля.

— Я еще не знаю, чего хочу от этой жизни. То, как я жила раньше, и как живу сейчас — ад и рай. Мне нечего больше желать.

— Странно, — искоса поглядывая на девушку, произнес Евгений Павлович. — В твоем возрасте и без желаний...

— Ну, не совсем, однако они очень скромны.

— Излишняя скромность не всегда признак добродетели, — внимательно вглядываясь в потемневшие от негодования глаза девушки, сказал Завьялов. — Извини, если мои слова обидели тебя. Я придерживаюсь мнения насчет тихих омутов.

— Это не обо мне, — раздраженно перебила его Алевтина. — Зачем так односложно, всех под одну гребенку? Мне больше нравилось, когда вы говорили об учебе. Кажется, вы почти убедили меня продолжить ее. Я привыкла решать все свои проблемы сама, но это не значит, что я остаюсь глухой к разумным доводам.

— Да? — Евгений Павлович не мог не заметить непривычно твердую интонацию. Пожалуй, он снова убедился в том, что эта невысокая, хрупкая девушка гораздо взрослее и сильнее духом, чем он думает.

Алевтина прислушивалась к его словам. Она почти убедила себя, что его усиленное внимание вызвано не только тем, что она — хороший слушатель, добросовестная швея, но и интересом к ней самой. Она уже успела придумать, как могли бы сложиться их отношения, если бы Евгений Павлович начал ухаживать за ней. Она даже забыла о своем страхе любить кого-то по-настоящему, оставила комплекс пожизненного одиночества, автоматически исключавшего волнение за другого человека. Она нашла, что это такая сладкая мука — чувствовать, как стук твоего сердца словно заглушает твою речь. И все потому, что ты видишь перед собой его... Осторожно наведя о мастере справки, Аля перестала питать иллюзии: Евгений Павлович давно был женат, растил сына и дочь. Девчонки сразу сообразили, что к чему, посмеявшись над Алевтиной.

— Ну ты даешь, Орлова! Мало тебе парней, так на престарелого женатика глаз положила.

— Не выдумывайте! — пыталась отпираться она, но врать патологически не умела, поэтому выдала себя с головой.

— Завьялов — человек видный и положительный во всех отношениях. Пил бы меньше, так давно в директорах ходил бы.

Последнее замечание насторожило Алю больше, чем семейное положение Завьялова. Она не любила даже запаха спиртного, а мужчин, злоупотреблявших этим, не понимала. Как она могла не заметить в нем этой слабинки? Правда, он частенько выглядел усталым, казалось, ноги с трудом переставляет. Но Аля связывала это с его нелегкой сменной работой: после ночи приходилось еще не один час проводить в цеху.

Аля перестала «давать поблажки» собственному воображению, заставив его отключиться. Этот мужчина чужой, а значит, она снова остается в своем выдуманном мире. Пусть так. Алевтина достаточно легко приняла, что Завьялов действительно относился к ней по-отечески, по-человечески обращая внимания на хрупкую, никогда не жаловавшуюся на судьбу девушку.

Тогда Алевтина окончательно решила, что пришла пора прислушаться к словам двух повидавших жизнь людей. И Зоя Федоровна давно говорила, что стоять у плиты — не самое благодарное дело даже для женщины. Только она думала, что племянница выберет что-то связанное с литературой, языками — девочка много читала. Но Алевтина удивила тетю. Ее выбор сначала показался ей странным, но Аля так захватывающе описывала перспективы развития этой науки, с таким азартом показывала учебники, исписанные длинными формулами, символами, что Зоя Федоровна успокоилась. Она решила, что девочка лучше знает свои способности, и единственное, в чем тетя могла содействовать, — предоставить максимальное время для занятий. Поэтому Аля больше не ходила по магазинам, не стояла у плиты или за стиркой. Зоя Федоровна почувствовала прилив сил, которые, казалось, стали покидать ее. Она была счастлива видеть, как меняется ее любимая племянница, которую в мыслях она давно звала дочкой.

Алевтина словно расправила плечи. Взгляд ее перестал быть затравленным, полным безотчетных страхов. Она даже похорошела, настолько, что молодые люди стали обращать на нее внимание, чего раньше не было никогда. Девушка стала больше внимания уделять своему гардеробу, благо шить она научилась хорошо, и ей не составляло большого труда за пару дней смастерить себе новое платьице, юбку, блузку.

— Какая ты рукодельница, Аленька, — нахваливала Зоя Федоровна очередную работу племянницы.

— А что ж вы для себя ничего не хотите? Сколько раз предлагала вам, а вы все отказываетесь, — улыбалась та.

— Когда-нибудь дойдет и до меня очередь. Я — клиентка капризная. Поморочу тебе голову, детка! — смеясь, отвечала Зоя Федоровна.

Аля все чаще останавливалась перед зеркалом трельяжа. Она распускала волосы и рассматривала себя со всех сторон, испытывая некое подобие удовлетворения от увиденного. Она часто смеялась, произнося мысленно слова злой мачехи из сказки Пушкина, обращенные к волшебному зеркальцу. Але оно неизменно отвечало, что милее ее нет в целом свете.

— Красивая, красивая, — неизменно подтверждала Зоя Федоровна. — Только посмелее надо быть. На шею вешаться не учу, не подумай, но и отваживать кавалеров не стоит. Время идет, милая. Я в свое — наперебиралась так, что осталась в старых девах. Так это всегда называлось.

— Тетя Зоя, расскажите, какая вы была? — Аля усаживалась рядом и останавливала на постаревшем лице женщины взгляд лучистых глаз.

— Обыкновенная, детка, я была, а думала о себе, что — царица распрекрасная. Сватались ко мне много раз, а мне то росту малого, то носки гармошкой — прямо беда. Пересидела я в девках. Теперь жалеть нечего, а лет до тридцати шести все пыталась изменить судьбу. Да видно, написанного на роду не исправить, — голос Зои Федоровны становился все тише. Погладив Алю по голове, добавила: — Слава богу, хоть на старости лет ангел пришел в мой дом. Спасибо, девочка, ты со мной.

— Это вам, тетя, спасибо. Не знаю, смогу ли отблагодарить вас за все, что вы для меня сделали. Теперь ваш дом — мой дом, а другого словно и не было. Моя жизнь началась здесь. Вы — самый родной человек...

Она едва успела отблагодарить тетю за все внимание, которым она щедро одаривала полюбившуюся племянницу. Через год после переезда у Зои Федоровны случился инсульт. Она умерла в реанимации, не приходя в сознание. В тот день Аля пришла в больницу, надеясь услышать что-то ободряющее от врачей. Они сказали, что эти сутки критические, переломные. Аля была уверена, что болезнь отступит. Но в отделении ее встретили скорбные лица — еще одна смерть близкого человека заставила ее сердце замереть. Девушка выронила кулек с апельсинами, и они покатились по длинному коридору, словно маленькие оранжевые мячи. Не слыша больше ничего из того, что участливо говорила ей медсестра, Аля смотрела на яркие фрукты, беспомощно лежащие вдалеке. Очертания их становились все более размытыми. Резкий запах нашатырного спирта заставил Алевтину поморщиться, отпрянуть. Она прижала ладони к лицу, качая головой.

— Выпейте, пожалуйста, это корвалол, — поднося прямо ко рту маленький стаканчик с резко пахнущей жидкостью, сказала медсестра. Она поддерживала побледневшую девушку под руку.

— Спасибо, — тихо сказала Аля, отдавая пустой стакан.

— Вы можете посидеть в ординаторской, пожалуйста, пойдемте.

— Нет, не нужно. Со мной все в порядке. Со мной, а вот с ней...

— Мне очень жаль.

— Мне тоже, — Аля удивилась тому, что не чувствовала приближения слез. Плакать не хотелось. Боль была такая, что внутри все ощущалось огромной, кровоточащей раной. Даже море слез не могло бы помочь выплакать эту боль.

Аля прожила следующие два дня так, словно происходящее ее не касалось. Так это выглядело со стороны: она попросила помочь ей двух девушек, с которыми раньше жила в общежитии, — те согласились. Ее лицо ничего не выражало, когда она готовила еду для поминок, получала на руки свидетельство о смерти, рассылала телеграммы родственникам и сидела у изголовья покойницы в последний день прощания. Только на кладбище она ощутила безвозвратность потери — холодный комок земли, который она бросила на опущенный в яму гроб, гулко ударился о его крышку. Аля вдруг подумала о том, что отец так и не приехал, никак не отреагировав на сообщение о смерти сестры. Вообще людей, пожелавших проститься с тетей Зоей, оказалось не много — женщина вела достаточно уединенный образ жизни. Аля представила, как одиноко было ей в этом городе, где прошла ее юность, молодость, где она разминулась со своим женским счастьем. И подумала, что это так несправедливо — лишать жизни в тот момент, когда рядом появился близкий человек. Немного счастья перед путешествием в вечность. В этот миг словно прорвало плотину — Алевтина разрыдалась, уткнувшись в плечо оказавшегося рядом Евгения Павловича. Он был одним из сослуживцев, которые приняли участие в ее горе.

— Поплачь, милая, — гладя ее по голове, тихо произнес Завьялов. Он все это время наблюдал за девушкой, понимая, что она на грани срыва. Внешнее спокойствие настораживало его больше, чем открытое проявление отчаяния. Теперь он немного успокоился — слезы, они для того и существуют, чтобы облегчать такие страшные минуты. — Утешить тебя сейчас никто не в силах. Время пройдет, и ты поймешь, что человек способен смириться с самыми тяжелыми утратами. А сейчас поплачь, девочка.

Она не замечала косых взглядов, которыми щедро одаривали их. Сплетни рождаются, не боясь холода смерти. Людская молва способна описать то, чего никогда не происходило на самом деле. Острые языки снова нашли тему для своих колкостей. Для них даже кладбище было естественным местом сбора информации. Но Аля ничего не замечала. В такую минуту она не могла думать о том, что этот мужчина первым пробудил в ней подобие влечения, жажды любви. Она просто искала поддержки и нашла ее в прикосновении его тяжелой ладони, негромких словах, сказанных глухо. Но злые языки с этой минуты решили приписать им нечто большее. Вспомнилось и то, как Алевтина неумело пыталась узнать что-то личное о Завьялове. Одним словом, когда Аля вернулась на работу после трех дней отпуска за свой счет, разрешенных начальством, она сразу заметила перемену в обращении. Она не поняла причины, пока не встретила суровый взгляд Завьялова. Аля не знала, что он способен так уничтожающе смотреть на нее.

Она теперь больше работала в дневную смену — ей пошли навстречу, учитывая учебу на вечернем отделении техникума. Завьялов, напротив, чаще выходил во вторую, а тут увидела она его, идущего по длинному проходу цеха. Сердце уже не выскакивало из груди — девушка лишилась иллюзий. Да и недавние тяжелые воспоминания, боль утраты еще слишком свежи.

— Здравствуйте, Евгений Павлович, — поравнявшись, сказала Аля.

— Здравствуй. Зайди ко мне по свободе, — в его голосе было что-то, насторожившее ее.

— Я и сейчас могу.

— Тогда пойдем.

Она едва поспевала за Завьяловым. Он шел быстро, широким шагом, ничуть не беспокоясь о том, что она почти бежит следом за ним. Евгений Павлович открыл дверь в комнату, стены которой были из толстого стекла, позволяющего мастеру видеть все происходящее в цехе. Сначала он хотел пропустить Алю вперед, но в какой-то момент передумал, замешкался, шагнул через порог первым. Не оборачиваясь, он прошел к своему столу, сел и жестом предложил Але занять место напротив. Скрестив руки на груди, он сурово посмотрел ей в глаза. Аля сжалась, не представляя, о чем будет разговор. Несколько секунд, прошедших в молчании, показались ей вечностью.

— Ты что же себе позволяешь, Орлова, — начал Завьялов, отмахиваясь от ее недоуменного взгляда. — Ты мне зачем такую каверзу делаешь? Вот точно говорят, что добрые дела не остаются без наказания.

— О чем вы говорите, Евгений Павлович?

— О чем? О том, что по всему цеху только и разговоров, что о нашем романе. Подробности опускаю.

— Что?!

— Убедительно выглядишь, молодец. Актриса ты хорошая, милая. Только зачем же добрые дела во зло обращать? С какой подружкой решила посекретничать? Желания твои скромны — это я слышал уже! Лицемерие! Мне сорок пять. Неужели ты нашла в наших беседах что-то, что дало тебе право... — Завьялов резко замолчал, потому что Аля вдруг закрыла лицо руками и плечи ее мелко задрожали. Растерявшись, он бросил взгляд в цех — казалось, все заняты работой и никому нет дела до того, что происходит здесь. Он заерзал на стуле, подавшись всем телом вперед, произнес уже более мягко: — Перестань. Не надо слез. Зайдет кто, что подумает?

— Глупо, как глупо, — прошептала Аля, поднимаясь и вытирая мокрое от слез лицо. Она повернулась и направилась к выходу. Не оборачиваясь, бросила: — Мне не в чем оправдываться. Я сегодня же подам заявление об уходе. Ваша репутация останется незапятнанной романом с такой серой, невзрачной девицей, как я.

— Ты не то говоришь.

— А вы?

— Девчонка, не смей обвинять меня ни в чем!

— Может, я и виновата. Был момент, когда мне показалось, что вы — особенный. Теперь это уже не имеет значения. Тем более, что мне еще несколько месяцев назад предложили работу в аналитической лаборатории. Это ближе к профилю моей учебы, но я все не хотела уходить с привычного места. Почти пять лет — не шутка. Я задержалась здесь, рядом с вами.

— Если ты сейчас уволишься, это только подтвердит слухи.

— Они для того и существуют, чтобы их подтверждать или опровергать. Решайте эту проблему с высоты своих сорока пяти лет, — дрожащим голосом произнесла Аля и вышла из кабинета.

Через две недели она уже работала лаборантом в аналитической лаборатории углехимического института Саринска. Аля старалась не вспоминать о Завьялове. Она поначалу ужасно обиделась на него и назвала трусом. Потом поостыла, рассудив, что в самом деле доставила человеку немало неприятных минут. Он ни слухом ни духом не догадывался о романтике, хозяйничавшей в ее голове, а она — разгулялась не на шутку. Не нужно было задавать вопросы о Завьялове — девчонки все извратили. Их фантазия сделала реальностью то, о чем Аля не смела мечтать. Она сказала себе, что ее вина слишком ничтожна, чтобы долго рассуждать о случившемся. Аля выбросила из головы все, связанное с периодом ее работы на фабрике. Нужно было жить дальше, надеяться снова не на кого.

Алевтине было не привыкать к такому положению вещей. Она не ожидала, что так скоро свыкнется с одиночеством. Она снова становилась единовластной хозяйкой своей судьбы. Другая бы впала в отчаяние, плакала от жалости к себе, но не Аля. Девушка была достаточно сильной, чтобы переносить все тяготы с улыбкой на лице. Ей удивительным образом удавалось приводить себя в нужное состояние, находить причины, по которым нельзя хандрить. А средством от депрессии у Алевтины была работа. Она окуналась в нее, начисто забывая обо всем, что огорчало ее минуту назад. Сначала это был скромный ремонт в квартире. Девушка не чувствовала себя здесь чужой — ее приняли эти старые стены сразу и безоговорочно. Как ей было уютно и спокойно проводить в молчании вечера! Кто говорит, что они долгие? Ей не было времени скучать, грустить — занятия, работа, любимые книги. Алевтина не замечала быстро бегущего времени, оставшись в душе маленькой девочкой, не знающей любви и заботы. Она снова стала затворницей, твердо решив не впускать в свое сердце никого. Ей это не нужно. Единственное желание — душевный покой.

Размеренная жизнь без приключений и неожиданностей не надоедала Алевтине. Она четко жила по собственному графику. Период вживания в новую работу и атмосферу нового коллектива прошел безболезненно. Поначалу все было в новинку: белые халаты, молоко за вредность, задания, которые приходилось выполнять. Одно было ясно — эта работа была ближе к тому, что приходилось учить в техникуме. Практика помогала легко выполнять контрольные. Аля заметила, что стала получать высокие оценки, при этом не проводя за учебниками больше времени. Длинные формулы больше не казались чем-то недостижимым для обычного ума. Своим большим круглым почерком Аля выводила уравнения реакций, с каждым днем все больше понимая, что ей удалось постигнуть то, что, казалось, было за пределами ее способностей.

Новый, в основном женский, коллектив с первых дней тепло принял свою молодую сотрудницу. Хотя Аля чувствовала, что к ней присматриваются. Кажется, она не давала повода быть недовольной собой. Она с удовольствием принимала участие во всем, что требовало ее вклада: рисовала газеты к праздникам, дням рождения; успевала выстоять в очереди за молоком для всей лаборатории и, невероятно довольная собой, ходила по комнатам, раздавая бутылки. Ей не нужно было напоминать, что в понедельник с утра надо идти в прачечную сдавать грязные халаты и забирать выстиранные. Она носилась по этажам, осваивая новые установки, радуясь возможности узнать что-то еще.

В комнате, где Аля работала, появилось много цветов. Сочные бальзамины свисали с высоких полок, радуя глаз яркими соцветиями, зеленью, на окнах устроились мохнатые фиалки, на стенах — темно-зеленые лианы. Аля приходила в лабораторию первой и, переодевшись, сразу занималась ими — ее молчаливыми друзьями.

— У тебя легкая рука, — говорили сотрудницы.

— И золотое сердце, — добавляла Людмила Семеновна — старейший работник лаборатории, особенно тепло относившаяся к Але.

Она очень нуждалась в этих похвалах, хотя всегда делала вид, что это — лишнее.

— Не перехвалите меня, — улыбалась Алевтина, безрезультатно борясь с румянцем, разливающимся по щекам.

— Не беспокойся, ты не из тех, кого можно захватить. Тебя это только подстегнет.

Людмила Семеновна была права. Аля все делала с душой, никогда — для «галочки». И так повелось с первого и до последнего дня ее пребывания в лаборатории.

Аля недавно отпраздновала свой тридцать пятый день рождения, когда вдруг вспомнились слова тети Зои: «До тридцати шести еще пыталась изменить судьбу...» За что бы Алевтина ни бралась, в голове упорно возникали давно произнесенные тетей слова. Она хоть пыталась, а вот Алевтина не делала и шагу, чтобы что-то изменить в своей жизни. Сколько раз подруги знакомили ее с мужчинами в надежде, что, наконец, придет и к ней женское счастье, — все напрасно. Она отвергала ухаживания, словно отмахивалась от надоедливой мухи. Бывало, и слово обидное скажет, оправдывая грубость настойчивостью кавалера. Она привыкла к одиночеству, не желая никаких перемен.

С годами Алевтина, как предсказывал давным-давно ее отец, превратилась из гадкого утенка в прекрасного лебедя. Она и сама заметила это, признавая за собой лишь единственный, сразу бросающийся в глаза недостаток — маленький рост. Она боролась с ним, надевая невероятные платформы, шпильки и летая в них на за-

висть многим. Становясь выше, она словно избавлялась
от массы комплексов, которые возникали у нее сразу
же при необходимости общаться, глядя снизу вверх. Но
ни каблуки, ни миловидная внешность не помогали ей
чувствовать себя уверенно рядом с мужчиной, которому
она явно нравилась. Стоило Алевтине понять, что на
нее обратили внимание, как, сжавшись внутренне, она
ретировалась. Любые попытки достучаться она отвергала. А на подруг даже стала обижаться за то, что они
хотели изменить ее мир.

— Как вы не поймете: у меня все в порядке, —
говорила Алевтина.

Она никому не позволяла приближаться к себе настолько близко, чтобы общаться на доверительном уровне. Те же, кто считались ее подругами, тоже не могли
похвастать тем, что знают Алевтину. Она держала их
на расстоянии, дающем возможность вести личную
жизнь, которая была ей по душе. Она сразу пресекла
попытки подруг переложить на ее плечи собственные
проблемы.

— Алечка, ты не посидишь с моим сорванцом пару
часов?

— Алечка, можно тебя попросить забрать мою кра-
савицу из детского сада?

— Алюня, ты не испечешь торт на завтра? — на все
эти вопросы Алевтина невозмутимо давала отрицатель-
ный ответ. А уж о том, чтобы превратить свою квартиру в место для свиданий, как намекали обустраивающие
свою личную жизнь подруги, вообще не могло быть и
речи. Алевтина сумела быстро и ясно объяснить всем, что

хотя она и считается одинокой женщиной, развлекать себя чужими проблемами не намерена. Исключение делалось только для Сони, да и то не каждый раз. Две ее маленькие дочки восьми и шести лет иногда проводили с тетей Алей воскресные вечера — у Сони болела мама. Приходилось разрываться на два дома, поэтому выходной день перед предстоящей рабочей неделей для обычных людей был отдыхом, а для Сони превращался в бесконечную вереницу дел, которые она едва успевала доводить до конца. От чего зависело желание Алевтины помочь подруге, она и сама не знала. Видя, как Соня едва не падает с ног от усталости, Аля говорила:

— Смотрю на тебя и в который раз убеждаюсь, что не так уж плоха моя одинокая жизнь. У меня нет такого изматывающего темпа. Мои мысли легки, голову не распирает от волнения по поводу мужа, детей, родителей. Я принадлежу только себе и, знаешь, все чаще вижу в этом преимущества.

— А я привыкла к своей жизни и другой не представляю. Ну как же я без своих девочек, без мужа? Забота о родителях — непростое занятие, но когда-то они нас ставили на ноги. Наша очередь отплатить им за все.

— Наверное, я никогда не пойму до конца всего этого. И не в детдоме росла, а словно сирота, — грустно заметила Аля. — Что ни получается, все к лучшему. Значит, я заслуживаю такой жизни. А одной все равно спокойнее.

— Алевтина, ты себя обманываешь, — то ли серьезно, то ли шутя говорила Але Соня — проработав много лет в одной лаборатории, она единственная могла позволить себе замечания в адрес подруги. — Разве можно вот так всю жизнь одной?

— Моя личная жизнь — это я сама. Почему, если это кого-то не устраивает, я должна что-то менять?

— Не верю я тебе. Ты тоже встретишь его — принца из своих романов. Слишком много читаешь, в реальность бы больше окуналась, — по-дружески журила подругу Соня. — Ты бы хоть описала свой идеал мужчины. Интересно, правда!

— У меня его нет и не было. Однажды показалось, что влюбилась, но быстро рассталась с иллюзиями. Значит, не мое было, о чем говорить? Столько лет одна — это не шутка. Тебе, замужней женщине, матери двух детей, меня не понять.

— Но ты ведь из плоти и крови?

— Трудно возразить.

— Значит, ты попадешься, как все мы. Влюбишься, растеряешься, потом соберешься и получишь свое... Я верю, что тебе повезет.

— Мне уже повезло: я пережила войну, я хозяйка своей судьбы.

— Я говорю о мужчине, — настойчиво переводила разговор Соня. — Нам нельзя без них. Это как воздух, которым мы дышим.

— Как видишь. Я еще не задохнулась.

— До поры до времени.

— Ну спасибо, подруга.

— Я ведь тебе только хорошего желаю, ты ведь знаешь. Что мы говорим о пустом. Пройдет совсем

немного времени, и ты скажешь, что я была права.
Я все равно верю, что ты скоро встретишь его!

— Дело твое, — улыбалась Алевтина, и улыбка у
нее получалась, как всегда, виноватая. — Не знаю,
почему я тебе позволяю говорить со мной об этом?

Предсказания Сони начали сбываться, когда в их
лабораторию пришел новый начальник. Алевтина поняла, что настал ее черед. Она боялась признаться самой
себе, что влюбилась в него с первого взгляда со всем
жаром, на который было способно ее невостребованное,
оттаявшее сердце. Алевтина спрашивала себя: чем он
похож на героев романов, которые словно были ее па-
раллельной жизнью? И отвечала — ничем. Невысокий, с невзрачными темно-русыми волосами, с походкой моряка и повадками особы, приближенной к
императору, Антон Савельевич Гринев сразил ее. Одного мимолетного взгляда его карих глаз было достаточно, чтобы Аля ощущала себя на седьмом небе. Теперь она понимала смысл этого банального выражения —
ниже никак, столько счастья! Она почувствовала себя
семнадцатилетней девушкой, сбросив груз одиноких вечеров, распрямив плечи и загадочно улыбаясь. Нет, она
даже тогда не позволяла себе быть такой счастливой и
смелой. Как всегда, она была не требовательна и до-
вольствовалась малым. Ей казалось, что достаточно
просто любить, не получая ничего взамен. Остальное
она придумывала, оставаясь наедине с собой. В ее фантазиях было столько красивой романтики, что в реальной жизни она не надеялась получить и половины. Это
не огорчало ее. Слишком долго длилось одиночество,

чтобы быстро принять возможность приблизить к себе даже любимого человека.

Словно нарочно, Антон Савельевич завел порядок, при котором журнал посещения теперь лежал не в коридоре на подоконнике, а на столе в его кабинете. Так что рабочий день начинался с приветственных слов, которыми он встречал вошедших. Утро для Алевтины начиналось со стресса. Она начинала волноваться, едва поднявшись с постели. Тщетно отвлекала себя по дороге к институту, а подходя к кабинету Гринева, чувствовала, что у нее становится сухо во рту и язык перестает повиноваться. Самым страшным для нее было показаться глупой дурочкой, которая не в состоянии даже нормально поздороваться. Она бодро входила в открытую дверь кабинета и, улыбаясь, произносила: «Доброе утро», получая в ответ неизменное: «Доброе, Алевтина Михайловна, теперь наверняка доброе». Она опускала глаза и, чувствуя, что краснеет, спешила выйти в коридор, где прижимала руку к груди. Сердце пускалось вскачь, Алевтина боялась, что грудь ее вздымается слишком высоко и часто. Ругая себя, она открывала дверь лаборатории и, надев халат, принималась поливать цветы. Это успокаивало. Алевтина улыбалась: расслабившись, она вспоминала пристальный взгляд карих глаз, озорно смеющихся ей каждый день. Она не пыталась задавать себе вопросы. С некоторых пор она предоставляла времени расставлять все по местам по собственному усмотрению.

Встретить Новый год было решено всей лабораторией. Алевтина не понимала, как это у нее получилось:

она вдруг предложила собраться у нее. Раньше она не позволяла подругам, знакомым захаживать к ней в гости. Алевтина постоянно придумывала несуществующие поводы, чтобы избавиться от непрошеных гостей. Исключение составляла только Соня. К ней Алевтина прониклась доверием, немаловажной причиной этого было то, что Соня умела не докучать и всегда оставляла Алевтину раньше, чем та успевала устать от общения с ней. Одним словом, предложение Алевтины, естественно, вызвало недоумение. Отшельничала по полной программе столько лет, а тут — сама изъявила желание, отказываться причин не было.

Аля вскоре пришла в себя, осознав, что сотворила. В ее уют войдет десяток совершенно чужих этим стенам людей! Нет, этого нельзя допустить. Она вдруг испугалась, решив на следующий же день сказать, что передумала. Но утром, войдя в кабинет Гринева, как обычно, первой из сотрудников, услышала в ответ на свое приветствие непривычный текст:

— Доброе утро, Алевтина Михайловна. Знаете, а я очень рад, что мы соберемся у вас. Я имею в виду Новый год.

— Да? Я тоже рада, — выдавила из себя Алевтина, понимая, что путь к отступлению закрыт.

— Вы наверняка прекрасная хозяйка.

— Обычная, Антон Савельевич. Впрочем, через четыре дня вы сами в этом сможете убедиться.

— Договорились, — загадочно усмехнулся Гринев и опустил голову, показывая, что разговор окончен. Уже вслед выходящей Алевтине он произнес: — Для меня это будет первое знакомство в неофициальной обстановке с коллективом.

Алевтина остановилась в проеме двери, понимающе кивая головой, но Гринев добавил, продолжая что-то писать:

— С коллективом... и с вами, — после этих слов он медленно поднял голову и уже без улыбки прямо посмотрел Алевтине в глаза. Та потеряла дар речи, часто мигая и дыша открытым ртом, словно рыба, выброшенная на берег. — Я смутил вас, простите.

— Я пойду? — вопросительная интонация удивила Гринева.

— Конечно.

Алевтина долго открывала дверь лаборатории, потому что ключ никак не хотел попадать в замочную скважину. Наконец, оказавшись внутри, она села за свой стол и долго сидела неподвижно, положив ладони на колени. В такой позе ее застала Соня.

— Привет, Аля, как дела? — защебетала она с порога, но, увидев лицо подруги, подошла и нахмурила брови. — Что случилось?

— Ничего.

— На тебе лица нет.

— А что вместо него? — кисло улыбнулась Алевтина.

— Маска из мела, которая пытается улыбаться.

— Это точно я, можешь пощупать.

— Так что же случилось? — настойчиво спросила Соня, понижая голос до громкого шепота.

— Ничего, я ведь сказала уже. Плохо себя чувствую.

— Может, пойдем в медпункт?

— Спасибо, мне лучше, — в подтверждение своих слов Алевтина поднялась и сняла с вешалки халат. При этом она неловко повернулась, зацепив лежащую на углу стола кипу папок, бумаг. Они упали на пол, сделав бордовый линолеум белым.

— Я помогу тебе, — поставив сумку на стул, сказала Соня. Присев, она начала собирать исписанные листки. Алевтина делала то же самое, но втрое медленнее. Потом взяла подругу за руку, показывая этим, что просит ее внимания.

— Соня, я боюсь.

— Чего?

— Ты оказалась права.

— В чем?

— Я попалась, — трагическим шепотом ответила Алевтина. Она поднялась и положила несколько подобранных бумаг на стол. За спиной она почувствовала горячее дыхание Сони. Убедившись, что они все еще одни в комнате, добавила: — Никогда не думала, что со мной произойдет что-то подобное.

— Давай мы поговорим об этом после работы, — с опаской поглядывая на стеклянные двери, сказала Соня. Она понимала, как важно Алевтине выговориться, но в любую минуту в комнату могли войти. Женский коллектив не располагал к откровениям. Как говорила Людмила Семеновна: «Кажется, здесь у стен есть уши». — Извини, что я прерываю тебя, но это для твоего же блага.

— Хорошо, спасибо, — улыбнулась Алевтина дрожащими губами. — Поужинаем у меня?

— Договорились.

Весь день у Алевтины все валилось из рук. Это было заметно настолько, что руководитель группы предложила ей немного раньше пойти домой.

— Идите, Алевтина Михайловна. Ничего срочного на сегодня нет. Кажется, вы плохо себя чувствуете?

— Да, Людмила Семеновна. Что-то с самого утра.

— Идите, дорогая. Я придумаю что-нибудь, если вы вдруг понадобитесь Антону Савельевичу. Но, надеюсь, все будет как обычно — он никогда не контролирует нас настолько. Идите.

— Спасибо. До завтра.

Алевтина зашла в соседнюю комнату, напомнив Соне, что будет ждать ее.

— Хорошо, хорошо, я после работы прямиком к тебе, — ответила та.

Алевтина пошла домой пешком, по пути зайдя в несколько магазинов. Она присматривалась к тому, какие платья выставлены на витринах — она должна была соорудить что-то модное к Новому году. Нужно было тряхнуть стариной — когда-то Алевтина неплохо шила. Уволившись с ткацкой фабрики, она словно позабыла об этой своей способности. Самое время взять в руки ножницы, сесть за швейную машинку. Осталось не так много времени. Алевтина увидела то, что искала: платье цвета морской волны из тонкого трикотажа, отделанное по последнему слову моды. Покупать его она не собиралась. Долго рассматривала, наконец, разобралась в том, что нужно изменить лично для нее.

Домой уже не шла — летела. Переодевшись и наскоро перекусив, взялась за работу. Первая попавшаяся под руку газета сослужила последнюю службу, став выкройкой будущего платья. Ткань Алевтина приобрела пару месяцев назад, получив премию. Она потратила на нее почти все деньги. И тогда она не жалела о том, что однажды стала транжирой, а уж сейчас... Она позволила себе эту роскошь, словно знала, что скоро ей будет необходимо выглядеть на все сто.

Алевтина работала с азартом и невероятным душевным подъемом. Он чувствовала в себе столько открывшейся энергии, что могла, к примеру, обшить всех своих сотрудниц. Улыбнувшись, Аля подумала, что вообще-то мысль не так уж плоха — хорошая портниха зарабатывает столько, сколько захочет. Она достала отрез, приложила его к себе и подошла к зеркалу: как ей идет этот цвет. Он выгодно подчеркивает матовость ее лица, пепельные волосы, сияющие глаза. Алевтина крепче прижала отрез к груди, глубоко вздохнула. Как же ей хочется, чтобы Антон Савельевич обратил на нее внимание. Не просто обратил, а потерял покой. Так, как она потеряла его и ничуть не жалеет о случившемся. Неужели она смогла прожить столько лет без этого чувства? Какая она черствая, глупая. Столько времени потеряла. Наверстать невозможно, но отчаиваться по этому поводу еще более глупо. Алевтина отошла от зеркала и приготовилась кроить. В этот момент она посмотрела на часы: стрелки показывали половину восьмого. Настроение у Али упало — Соня не пришла. Не пришла тогда, когда она так нуждается в ней. Что за невезенье!

Зазвонил телефон. Алевтина медленно подошла и сняла трубку.

— Слушаю, — недовольно произнесла она.

— Алечка, извини, пожалуйста, я не могу приехать. Позвонили из детского сада — Аллочка заболела. Так я практически вслед за тобой с работы отпросилась, — Соня говорила взволнованно, быстро, словно боялась, что Алевтина не дослушает самого главного и положит трубку. Она могла так поступить, обидевшись, и, зная об этом, Соня торопилась. — Боюсь, как бы не грипп у нее. Температура высоченная, вялая такая. Подарок нам к Новому году, вот незадача!

— Врача вызывала? — уже сочувствующим тоном спросила Алевтина. Она представила, каково сейчас Соне, и почувствовала, что обида, которую она распаляла в своем сердце, бесследно уходит.

— Завтра утром вызову... Алевтиночка, мне так жаль, что я не смогла приехать. Может, поговорим сейчас?

— Нет, тебе не до моих проблем. Лечи ребенка и постарайся сама не заболеть.

— Постараюсь.

— Звони, если понадобится моя помощь. Звони в любое время! — Алевтина знала, как некстати была эта болезнь: Соня едва успевала хозяйничать на два дома, ухаживая за пожилой мамой. Муж у нее был человек занятой: его рабочий день не заканчивался в пять сорок пять. Соня не привыкла надеяться на него. Она всегда говорила, что у него и так слишком много забот, чтобы обременять его женскими хлопотами. Соня всегда всех жалела, думала о том, чтобы облегчить существование близким. Алевтине казалось, что ответной заботы она не получает, но говорить об этом с подругой не решалась. Какое право она имела вмешиваться в жизнь семьи? — Я всегда готова тебе помочь, слышишь?

— Я знаю, спасибо. Не обижайся, так уж вышло.

— Ты обо мне сейчас не думай. У меня все в порядке.

— Все будет замечательно, ты только не комплексуй, — в голосе Сони была уверенность и строгость. — Не вздумай считать себя недостойной, слышишь?

— Я уже считаю себя королевой, — усмехнулась Алевтина, глядя на лежащий на столе отрез.

— Это то, что нужно!

— Все, подруга. Спокойной ночи. До связи.

— Спокойной ночи, Аленька. Мысленно я с тобой!

Алевтина положила трубку, провела пальцами по обоям на стене в коридоре: надоели ей эти ромбики, полосочки, но нечего и думать о том, чтобы переклеивать их перед вечеринкой. Она будет выглядеть так, что никто не заметит огрехов — всех ослепит хозяйка. Алевтина была уверена в этом. Она хотела изменить свою жизнь, значит, другого варианта у нее не было.

Вечеринка прошла прекрасно. Двенадцать человек собрались в квартире Алевтины и встретили Новый год шумно, весело. Время пролетело незаметно. Около пяти утра, подуставшие, они разъехались по домам. Алевтина провожала каждого с улыбкой. Принимала похвалы в свой адрес, сама благодарила гостей. Ей едва удавалось не показывать свое волнение. Ее игрой могла бы восхититься даже самая лучшая актоиса. Внутри у Алевтины все дрожало, а на лице играла спокойная, обезоруживающая улыбка. Она одаривала ею всех по очереди, поглядывая на пустеющий стол. Наступил момент, когда в квартире остались только двое — Алевтина и Антон Савельевич.

Она сразу поняла, что он захочет остаться с нею наедине. Она чувствовала это, хотя в словах Гринева не было ни одного намека. Алевтине не нужны были подтверждения своим догадкам. Она не могла ошибаться. Это было заметно по его взглядам, фразам, с которыми Антон Савельевич обращался к ней во время танцев. Он приглашал ее чаще остальных, успевая уделять внимание всем. Гринев невероятно устал, потому что не пропустил ни одного танца. Но он должен был вести себя так, чтобы никто не заподозрил ничего хотя бы на первой стадии того, что зарождалось между ним и гостеприимной хозяйкой. Гринев был старомоден в вопросах любви.

Алевтина не догадывалась, что Гринев давно и внимательно наблюдал за ней. Она купалась в собственных эмоциях, не замечая, что происходит вокруг. К тому же масса комплексов, с которыми она устала бороться, не давала ей возможности реально оценить ситуацию. Алевтина и помыслить не могла, что на нее сразу обратят внимание — вокруг было столько достойных, по-настоящему красивых женщин. К тому же она так и не стала продвигаться по служебной лестнице. Никаких амбиций, минимальные запросы. Она могла поступить на вечернее отделение института и успешно окончить его. Сколько раз ее руководительница говорила с нею об этом, но Алевтина отрицательно качала головой:

— Зачем занимать чужое место? Мне не хочется учиться дальше, а кому-то дорогу перейду. Разве это по справедливости, Людмила Семеновна?

Ее доводы были наивны, но спорить с Орловой было занятием бесполезным. Она часто становилась весьма упрямой, даже чувствуя, что стоит отступить. Наверное, в этом проявлялась противоречивость ее мягкой натуры: привыкшая защищать себя с детства, она тяжело и не-однозначно воспринимала попытки вмешаться в свою жизнь. Потом приходило понимание настоящего положе-ния вещей, но оглядываться назад Алевтина не любила: что сказано, то сказано, что сделано, то сделано.

Только Соня могла влиять на нее, да и то не всегда. Все зависело от душевного настроения, подачи совета. Подруга вела себя крайне деликатно. Но, несмотря на это, Алевтина иногда взрывалась:

— Какого черта ты даешь мне советы?

— Если они у меня есть, то самое умное — поде-литься ими. Не находишь? — невозмутимо отвечала Соня. Она знала, что Алевтина не умеет долго сер-диться, а значит, отойдет и подумает. А там, может быть, прислушается. Видя размеренную одинокую жизнь подруги, Соня не могла поверить, что та действительно не желает ничего большего для себя. Она не могла понять, как молодая женщина добровольно лишает себя простых радостей, ведя затворнический образ жизни, уходя в нереальный мир книжных романов. Пожалуй, это была единственная горячая тема, из-за которой под-руги время от времени переживали размолвки. Правду сказать, за последние пару лет Соня все реже говорила о неустроенности Алевтины. Она считала неловким напоминать женщине, подходящей к сорокалетнему рубежу, о том, что в ее жизни нет обычных радостей. Она смирилась с тем, что у них разные взгляды на эти самые радости, и была довольна, что Алевтина часто занималась ее дочерьми. Соня понимала, что они в какой-то мере — отдушина для нее.

Алевтина действительно уже не пыталась, как раньше, фантазировать о том, что в ее жизни что-то изменится. Она даже боялась этих перемен. И как это часто бывает, мы притягиваем к себе все несчастья, которых стараемся избежать. Хотя в какой мере любовь можно назвать бедствием? Для Алевтины же ее чувства стали настоящим испытанием. Она поняла, что влюблена и ей предстоит пережить наяву то, о чем столько раз она читала на страницах любовных романов. Она спрашивала себя: чем он так привлек ее внимание? Как заставил ее сердце стучать до сбоя дыхания, до спазмов? Это было мистическое перерождение, когда она забыла о возрасте, пытаясь оставить за спиной давно укоренившийся внутри страх привязаться к кому-то всей душой, всем сердцем. Это было на уровне инстинкта самосохранения. Она откуда-то знала, что не сможет пережить потери этого светлого чувства, разочарования в избраннике. Алевтина все понимала, но противиться накатывающейся на нее волне бесконечной, невостребованной нежности не могла.

Она даже не предполагала, насколько ее страхи понятны и близки Гриневу. Прошло чуть меньше года после его нового назначения. Он сразу почувствовал себя уютно в кресле начальника лаборатории. С коллективом отношения тоже наладились быстро. Единственное, что доставляло ему некоторое неудобство, — возникшее чувство к интересной женщине, работающей здесь давно. Он никогда раньше не чувствовал ничего подобного к своим сотрудницам, да и его семейное положение не позволяло. Гринев не был ловеласом, хотя отношения с супругой давно и безвозвратно испортились. Осталась одна видимость, вывеска, табличка на входной двери с общей фамилией. Реально — чужие люди, исполняющие свой долг перед единственным сыном. Антон Савельевич всегда придерживался мнения, что расставание родителей — убийственное событие для ребенка. Поэтому, не перекладывая ответственность за происходящее на плечи жены, он как мог играл роль примерного мужа, оставаясь хорошим отцом.

С каждым годом это становилось делать все труднее. Особенно после того, как жена в который раз призналась ему в связи с другим мужчиной. Он не почувствовал ревности, негодования — когда-то это случилось впервые, и он думал, что не сможет перешагнуть через предательство. Из-за Веры он стал во всех женщинах видеть потаскух. Только одни это скрывали, а другие выставляли напоказ. Он замкнулся, превратившись в угрюмого, молчаливого, недоверчивого мужчину с комплексом обманутого мужа. В очередной раз внутри разливалась обида, разочарование и такая боль, которая просто разрывала его на части. Не сказав ни одного обидного слова, он только пожал плечами и пристально посмотрел на жену. Она явно ждала другой реакции.

Ей был нужен скандал, выброс эмоций. Когда можно безнаказанно говорить все, что приходит в голову. Потом будут извинения, объяснения вроде того, что «я — слабая женщина» или «я не из камня» — все это уже было не раз. Она начнет плакать, причитая, что он сделал ее жизнь серой, скучной, что она — страстная натура, которой необходим постоянный внутренний подъем, шквал эмоций. Вера изводила его своими истериками, во время которых пыталась заставить его принять ее позицию, понять и позволить жить свободно. Антон Савельевич предложил ей развестись, но тогда она выложила единственный козырь — сын. Ради него она терпела такую безрадостную жизнь почти двадцать лет, а он собирается все разрушить. Гринев был ошарашен — его милостиво терпели! Неужели эта женщина настолько глупа и неблагодарна, что способна говорить такие вещи?! Нет, она просто хочет побольнее уколоть его. Как всегда, ей это доставляет огромное наслаждение, наверное, не меньшее, чем измены, которыми она опутала их брак.

Последний скандал не выходил у Гринева из головы. Ему было так стыдно за то, что он позволил себе ответить на ее выходку, но терпеть больше не было сил. Он и так ретировался в свой кабинет, попытавшись таким образом избежать очередного выяснения отношений.

— Не смей осуждать меня, Антон! Ты ничем не лучше меня. Ты сразу найдешь утешение в объятиях какой-нибудь блондиночки без мозгов. Тебе ведь нужно постоянное восхищение. А чем, чем, скажи, восхищаться? Чего ты добился в жизни?! Ты ни на что не способен — ни на то, чтобы сделать меня счастливой, ни на то, чтобы избавить меня от этой гнусности! Ударь, накричи, хоть что-нибудь! — Вера исступленно кричала под дверью его кабинета. Она словно забыла о том, что в соседней комнате сын, а на кухне — свекровь. Что ее поведение никак не вяжется с образом заботливой матери, готовой на любые жертвы ради ребенка. — Ты смог искалечить мою жизнь! Это единственное, что тебе удалось. Открой дверь. Я хочу посмотреть тебе в глаза!

— Посмотри, — неожиданно распахнув дверь, произнес Гринев. Она увидела в его взгляде что-то, заставившее ее отступить на несколько шагов назад. — Не кричи. Я и пальцем не прикоснусь к тебе, слышишь?! Ты не заставишь меня совершить еще одну ошибку! Но еще одна такая сцена, и я отвезу тебя с вещами к родителям в столицу. В эту бурлящую жизнь, которой тебе так не хватает!

— Ты не смеешь выгонять меня из собственного дома!

— Я старомодный мужчина. Я тебя сюда привел — я и вышвырну. Не доводи до греха. Ты же говоришь, что мы должны быть вместе ради сына? — перейдя на шепот, продолжал Гринев. Он едва нашел в себе силы говорить спокойно. — Я согласился, но без спектаклей. Поставим точку: я плохой муж, плохой любовник, никчемный с профессиональной стороны. Думай так, если угодно. Позволь же мне остаться хорошим отцом. Оставь меня в покое и делай что хочешь, но без показухи.

Ты уже ничем не удивишь меня. Понимаешь? Меня поддерживает одно: наступит время, когда я освобожусь от этого союза.

— Когда же это произойдет? — продолжала ехидничать Вера, но уже на расстоянии.

— Когда мой сын станет достаточно взрослым, чтобы не осуждать меня...

— Доживешь ли ты до этого? — процедила сквозь зубы Вера.

— Обязательно. У каждого своя чаша горечи — моя испита почти до дна. Оставь меня в покое, — он снова шагнул в полумрак своего кабинета и тихо прикрыл за собой дверь.

Гринев устал от напряженной атмосферы в доме. Он смотрел на красивое, надменное лицо жены, не тронутое морщинами, и не мог поверить, что когда-то потерял голову, решив во что бы то ни стало жениться на ней. Ему даже будущая теща говорила, что ее дочь — твердый орешек, но он даже не подозревал, насколько она преуменьшала недостатки Веры. Много было ссор в их совместной жизни, но за последний скандал Антон Савельевич постарел в один вечер. Он сразу ощутил груз прожитых лет, пустых лет, наполненных ложью, притворством, самопожертвованиями. А кому они нужны? Мальчик вот-вот окончит школу, пойдет в армию, женится, того и гляди. С чем же останется он, любящий родитель, отказывающий себе в самом необходимом — любить и быть любимым...

Его сердце уже отказывалось любить. Он не замечал того, что женщины уделяют ему внимание. Так было во время учебы в институте, хотя это было связано с его моральными принципами. Тогда он уже был женат и не желал замечать никого, кроме своей молодой и страстной жены. Он даже в мыслях не позволял себе желать другую, но его обаяние было слишком огромным, и многим казалось несправедливым, что оно достается такой надменной красотке, как Вера. Сколько он выдержал атак жены, ревность которой переходила все границы! В то время он воспринимал это как доказательство ее любви. Он был молод, глуп, неопытен в житейских вопросах. Уже тогда Вера изменяла ему, не желая, однако, получать то же самое в ответ. Этим объяснялась ее подозрительность, постоянные проверки, бесконечные расспросы. Она хотела контролировать его постоянно, позволяя себе любые вольности. Антон любил и, как все влюбленные, был слеп. Поздние возвращения жены от подружки он никогда не ставил под сомнения, пока его мать не взяла тяжелую ношу на свои плечи. Она деликатно намекнула ему, что Вера лжет. И делает она это так давно, что последнее время совсем завралась.

— Я уже несколько раз ловила ее на обмане, сынок. Мне нелегко говорить тебе это, но все слишком явно...

Слова матери оказались правдой. Антон вскоре убедился в этом, окончательно разуверившись в искренности чувств. Он болезненно пережил предательство любимого человека, решив, что такой союз нужно разорвать. Вера умоляла не говорить о разводе, прикрываясь самым главным аргументом — их сыну едва исполнилось два года. Она каялась, плакала, и Антон позволил себе простить. Он не мог знать тогда, что история повторится не раз, что он очерствеет, связанный однажды данным обещанием не расставаться ради сына. Он не мог предположить, что женщины перестанут существовать для него. Он поставит крест на личной жизни, а самыми важными для него будут удачи и неудачи сына. Всю свою любовь он направит на него, забывая о ноющем сердце, отмахиваясь от уставшей наблюдать за этим долгие годы матери.

Гринев выбрал одиночество в собственной семье, одиночество как таковое, согреваемое лишь теплыми отношениями с сыном. Антон решил, что с него и этого довольно, потому что боялся еще раз обжечься. В какой-то момент ему казалось, что это не по-мужски, но вскоре приходили привычные мысли — все становилось на свои места. Он с усмешкой наблюдал за попытками приблизиться к нему. Заранее обреченная на неудачу женщина пускала в ход все свое обаяние, но сердце Антона было защищено непроницаемой оболочкой. Так было на старой работе, но внимание, которое ему уделяли, зачастую раздражало Гринева. Иногда ему не удавалось этого скрыть — на него обижались за резкость, но теперь все изменилось, все было по-другому. Он почувствовал, как в его сердце появилось тепло. Это было нечто совершенно отличное от всего, что согревало его долгие годы. Оно ласкало, вселяло надежду, оживляло. Стоило закрыть глаза и расслабиться, как воображение рисовало ему улыбающееся лицо Орловой. Вот уже который вечер, засыпая, он мысленно обращается к ней, пытаясь понять, что это за женщина такая? Как ей удалось растопить его сердце? Неужели такое еще возможно? Сколько в ее поведении напускного, сколько притворства? На ее лице всегда играет улыбка, скользящая словно помимо её воли. Казалось, она не может по-другому — она должна одаривать всех теплом. При этом она стыдливо опускает глаза, стоит их взглядам встретиться.

Антон Савельевич присматривался к ней с первого же дня. Он помнил, как спешил на работу и, войдя в корпус института, заметил идущую впереди на высоченных шпильках женщину. Невысокая, несмотря на каблуки, стройная, с длинными пепельными волосами, скрепленными низко на затылке, она шла легко, словно паря над вытоптанным линолеумом. Гринев прислушался: она что-то тихо напевала. Мелодия была знакомой, и голос женщины — приятным. Антон Савельевич замедлил шаг. Он мог обогнать ее, но завороженно следил, как она свернула с парадной лестницы в коридор их лаборатории. Подошла к окну, где лежал журнал посещений, расписалась и, быстро открыв одну из дверей, юркнула внутрь.

Гринев подошел к подоконнику, нашел глазами фамилию той, что пришла на работу раньше всех: Орлова Алевтина Михайловна. Он запомнил ее имя, а журнал взял с собой в кабинет. Это должно было стать первым нововведением нового начальника лаборатории — он хотел, чтобы сотрудники начинали рабочий день с посещения его кабинета. Он улыбнулся: она тоже будет заходить, и он сможет видеть ее каждый день. Еще не рассмотрев ее лица, Антон Савельевич был уверен, что она красавица. В тот же день на общем собрании лаборатории его представил начальник отдела. Антон Савельевич знакомился с сотрудниками легко и непринужденно. Он почувствовал, что сердце застучало быстрее обычного, когда он произнес фамилию Орловой. Ее глаза улыбались, щеки покрыл румянец. Она была смущена больше, чем это было положено в рабочей ситуации. Оба ощутили импульс, промелькнувший между ними, связавший их незримой связью.

Каждое утро Гринев приходил на работу, зная, что через две-три минуты в кабинет войдет Орлова. Он ждал ее прихода, готовя разные фразы, которыми можно было бы задержать ее ненадолго. Но в ответ на ее «доброе утро» он неизменно отвечал «доброе утро, Алевтина Михайловна» и спешил писать что-то ненужное в блокноте. Лишь недавно он позволил себе произнести другой текст. Он осмелел в преддверии встречи Нового года. Этот праздник он привык встречать в домашнем кругу: мать, жена, сын и он. Это был ритуал, который они соблюдали ради мальчика. Семейный праздник превращался в ежегодное представление, после которого так хотелось скорее юркнуть в постель, закрыть глаза и заснуть. Но на этот раз Гринев решил сломать традицию: сын тоже впервые собирался новогоднюю ночь провести в кругу одноклассников. Антон Савельевич понимал, что вечер будет снова испорчен, если он останется дома. Вера обязательно сделает его невыносимым. Поговорив заранее с матерью, он почувствовал облегчение.

— Ну конечно, сынок, тебе нужно быть там, где твое сердце, — ласково сказала мама. Она как никто другой понимала его, ощущала самую ничтожную смену настроения. И конечно, не могла не заметить, что с ее мальчиком творится что-то в последнее время. Антон был поражен ее наблюдательностью, а она только негромко засмеялась. — Твоя мать стара телом, но не душой, дорогой. Хватит играть. Ты устал от всего этого, я ведь не слепая.

— А ты, как же ты? Останешься с ней вдвоем, что ли? — Антону было неловко.

— Я прекрасно проведу время у соседки. Она столько раз звала меня, но я отказывалась, выбирая для себя роль громоотвода в нашей семейной вечеринке. Теперь я могу принять ее приглашение. За меня не переживай.

Так Гринев окончательно укрепился в желании встретить Новый год в кругу сотрудников. Главное, что хозяйкой мероприятия будет Орлова — он не может упустить шанс изменить их отношения. Ничего крамольного — просто снять напряженность, которая неизбежна в отношениях «начальник—подчиненная». В такую ночь о рангах забывают. А она, чувствуя его настроение, держалась, едва скрывая волнение. Антон Савельевич видел, что она тоже украдкой следит за ним. Она бросала в его сторону мимолетные взгляды, отлично выполняя роль радушной хозяйки.

Она была такая красивая в своем длинном платье с глубоким вырезом сзади. В эту ночь она забыла о своей привычке прятать глаза и стараться быть незаметной. Она царила, не боясь обращать на себя внимание. Алевтина смеялась, украдкой наблюдая за Гриневым, и успокаивалась: он сосредоточен на ней, его взгляд сколь- зит по ее фигуре. Она не может ошибаться! Она была уверена в том, что сегодня выглядит неотразимо. Эта уверенность делала ее необычайно привлекательной. Плюс к этому волосы ее были тщательно уложены в замысловатый узел, несколько локонов свисали, мягко ложась на плечи. Гринев смотрел на нее, думая о том, что она родилась не в свое столетие — хотя бы лет на сто раньше. Ее бы так украсили чопорные прически тех времен, роскошные платья со складками, неспешно дви- гающимися, подчиняясь своей хозяйке. Антон Савелье- вич был уверен, что Алевтина смотрелась бы неотрази- мо. Она даже на работе в белом халате выделялась среди остальных: в ее движениях была продуманная неспешность, грация. Только глаза она слишком часто опускала вниз, глядя себе под ноги. Антону так хоте- лось подбодрить ее, сказав комплимент, от которого она расцветет, распрямит плечи. Но работа предполага- ла деловые отношения, вот сегодня — другое дело.

Оставшись вдвоем, они не сразу начали разговор. Алевтина выключила в прихожей свет и вернулась в комнату. Гринев разлил по бокалам шампанское, один из них подал хозяйке.

— Я никогда не пила столько вина, — улыбнулась Алевтина. — И мне никогда не было так хорошо, как сегодня.

— Значит, таким будет и весь год. Вы верите в приметы?

— Не знаю. Я не думала об этом. Наверное — нет. В какие-то силы, которые помимо нашей воли определяют события в жизни, — верю. Только я не знаю, как их назвать? Рок? Судьба? Рука Всевышнего?

— Все в жизни не случайно. И просто, и сложно, — задумчиво сказал Антон Савельевич, но тут же подумал, что эта ночь не годится для философских разговоров. Неповторимое время начала нового отсчета времени — его нужно проводить особенно, заполнить чемто запоминающимся. Гринев улыбнулся, поднимая бокал. — За вас, Алевтина Михайловна, за прекрасную хозяйку. Теперь я точно уверен в этом.

— Спасибо, — оба медленно выпили и осторожно поставили бокалы на стол.

Снова возникла неловкая пауза. Гринев решил, что на этот раз первым нарушит молчание. Прямо глядя Алевтине в глаза, он сказал:

— Я так рад, что переборол себя и замечательно провел время. Я ведь отшельник, давно и, думал, навсегда.

— Никогда бы не подумала такого о вас, — удивленно подняла брови Алевтина. Она взяла конфету, развернула шелестящую обертку и протянула ее Гриневу. Тот улыбнулся, но отрицательно покачал головой.

— Спасибо, сегодня много сладкого, слишком много для меня.

— А я обожаю конфеты. Сказывается детство, наверное.

— А я не могу заснуть, если дома закончился хлеб, — признался Гринев.

— Серьезно? — Алевтина поняла, что между ними должно быть больше общего, чем кажется на первый взгляд. Но после паузы сказала: — Вы не похожи на отшельника. Вы производите впечатление очень общительного человека, легко находящего общий язык.

— Да? Ну и слава богу. Значит, не все потеряно.

— В вашем ли возрасте быть пессимистом?

— Мне за сорок, — Антон Савельевич хитро сощурился. — Я, как женщина, не люблю говорить о своем возрасте. Это не кокетство. Может быть, потому, что в свои годы я так и не достиг того, к чему стремился... Иногда мне кажется, что я занимаю чужое место под солнцем. Тот, другой, добился бы гораздо большего, а я...

— Вам грустно, грустно и тяжело на душе. Не нужно притворяться — я вижу. Освободитесь от горечи. Мы остались одни. Можно не притворяться, только две пары глаз, никого больше... — Алевтина заметила, как Гринев подался к ней всем телом, через стол, словно хотел обнять, но забыл о преграде между ними. Ей стало не по себе. Она сказала то, что женщина первой говорить не должна. Закусив губу, она опустила голову. — Я имела в виду, если произнести вслух то, что накопилось, проблема уже не кажется такой неразрешимой.

— Извините, я совсем не хотел превратить этот чудный праздник в ночь исповеди, — Гринев виновато усмехнулся, и Алевтина подумала, что он сделал это так по-детски.

Беззащитный, потерявший лоск, не решившийся на откровенный разговор, он тяжело опустился на стул. Он так не вовремя занялся самокритикой — это всегда действовало на него удручающе. Хорошее настроение улетучивалось, оставляя в душе неприятный осадок от сознания собственной никчемности. В этот новогодний вечер он на время забыл о том, кто он есть, позволив себе окунуться в согревающее тепло зарождающегося чувства. Где-то в другом измерении остались Вера, сын, холодный дом, постель, в которую он давно ложится один, стараясь поскорее уснуть. Самое ужасное, когда Вера вдруг решает возобновить отношения и бесцеремонно приходит к нему, полусонному. Он не сразу находит в себе силы сопротивляться, а потом позорно соглашается на близость, воспоминания о которой жгут щеки утром. Стыд не позволяет ему смотреть в глаза домашним. Антон нервно повел плечами, вспоминая об этом. Он понял, что должен сегодня освободиться от своих призраков.

— Вы можете мне помочь, — вдруг тихо сказал Гринев.

— Что это означает? — настороженно спросила Алевтина.

— Я не хочу уходить. Мне некуда идти, — в этот момент Гринев был уверен, что поступает единственно верно. — Позвольте мне остаться.

— Это невозможно, — прошептала Алевтина. Антон Савельевич поднялся из-за стола, намереваясь подойти к ней, но, увидев страх в глазах женщины, остановился. — Это неправильно.

— Я знаю, — согласился Гринев. Каждый вложил свой смысл в сказанное. Алевтина имела в виду, что они слишком мало знают друг друга, что она не может вот так взять и оставить его в своем доме. А Гринев — что он не свободен, у него есть семья, о существовании которой Орлова наверняка знает. Он ошибался, она придерживалась собственных правил. — Вы мне нравитесь давно. Знаете, вы были первой, на кого я обратил внимание, войдя в корпус института. Я шел за вами, наблюдая за необыкновенно легкой походкой, грацией движений. Я даже предположить не мог, что вы окажетесь в моей лаборатории.

— Как странно, я обычно ощущаю взгляд, — удивилась Алевтина. — Даже споткнуться могу. Однажды каблук сломала.

— У меня были светлые мысли, поэтому обошлось без приключений.

— А сейчас?

— Что?

— Какие мысли у вас сейчас? — она не заметила, что делает шаги навстречу. И Гринев, и Алевтина медленно приближались друг к другу.

Оказавшись совсем близко, она почувствовала жар его дыхания. Закрыв глаза, она ловила этот растворяющийся в воздухе поток, подставляя ему свое пылающее лицо. Даже на высоких каблуках она была намного ниже Гринева. Спрятав лицо у него на груди, Алевтина ощутила легкое прикосновение: он взял ее за руку, слегка сжимая пальцы.

— Я влюблен, значит — светлые и полные надежды, — признался Гринев, и признание далось ему так легко. — Мне хочется признаваться вам в любви. Вы не будете смеяться надо мной?

— Нет, не буду.

— Вы очень красивая, — начал Гринев и глубоко вздохнул, пытаясь справиться с нарастающим волнением. — У вас необыкновенные глаза. Наверное, вам часто говорили об этом?

— Первый раз, — выдохнула Алевтина, пытаясь высвободить пальцы, — Гринев не заметил, что сжал их слишком сильно. Он боялся пошевелиться, спугнуть необыкновенное состояние ощущения близости желанной женщины.

— Как так?

— Я не позволяла себе и другим говорить такие вещи. Если говорить об отшельниках, то вы видите перед собой самого отъявленного.

— Не верю. Мужчины не настолько слепы, как вы пытаетесь мне доказать, — усмехнулся Гринев.

Ему было так легко на сердце. Он видел, как горят глаза этой женщины, ожидающей слов любви. Он был способен говорить их бесконечно. Такое с ним случилось лишь однажды, много лет назад, когда он делал предложение Вере. Но даже эти воспоминания казались ему сейчас менее яркими. Ощущения молодости и зрелости так несхожи. Сегодняшнее признание выстрадано, и в нем нет ни слова лжи. Хотя... Антон Савельевич почувствовал легкий укор — он несвободен. Несвободен формально: что такое штамп, когда душой и телом ты далек? Гринев помрачнел — это мимолетное напоминание искажает неповторимое мгновение. Нужно было быстро освободиться от всего, что мешает им приблизиться друг к другу. Он осторожно взял лицо

Алевтины в свои ладони. Зеленые глаза доверчиво смотрели на него. Он улыбнулся, едва прикоснулся сухими губами к дрожащим векам.

— Мне так не хватает таких минут. Их очень давно не было в моей жизни, — тихо произнес Гринев. Ему не хотелось вызвать жалость, но слова сами сорвались с языка.

— А что же было?

— Пустота, отрицание самого себя, надежда.

— Надежда? — она смотрела в его глаза, не мигая, пытаясь прочувствовать до конца этого непонятного мужчину.

— Да, я всегда верил, что встречу такую женщину, как ты. Только это помогало мне жить.

— Откуда ты знаешь, какая я?

— Я вижу сердцем. Оно не может обманывать. Это было бы жестоко. Я заслужил это счастье. Ты ведь не оттолкнешь меня?

Они не заметили, что перешли на «ты». Это произошло само собой, естественно, и теперь казалось странным, что еще пару минут назад все было по-другому. Алевтина не верила тому, что слышала. Все было похоже на новогоднюю сказку, в которой прекрасный принц встречает свою принцессу. Неужели она дождалась? Новый год, новая жизнь, любовь, семья, дети. Алевтина остановилась — она слишком ушла вперед в своих фантазиях. Готов ли он идти до конца? Пока он просто говорит о своем одиночестве и хочет остаться у нее. Остаться... Это означает, что они станут близки. Не оттолкнет ли его то, что он окажется первым? Что он решит: никому не была нужна или не желала размениваться по мелочам? Она не сможет объяснить всего, что творилось в ее душе. Никому не понять до конца сути одиночества и того, как, привыкнув к нему, уже трудно представить себя в другой жизни. Ему тоже знакомо это чувство. Может быть, это к лучшему — они будут одновременно меняться, постепенно впуская в свою жизнь новые ощущения.

— Ты примешь меня? — в голосе Гринева настороженность, неуверенность. Каждая секунда ее молчания делает его более уязвимым.

— Да, — наконец тихо ответила она.

— Ты не пожалеешь об этом никогда...

Они встречались уже полгода. Им удалось сделать так, что их отношения не стали достоянием гласности. Они так решили, тем более, что служебные романы всегда окружены не самыми добрыми слухами, намеками. Единственной посвященной стала Соня. Она узнала обо всем от подруги, да и то не сразу — накануне девятого мая. Алевтина решила сообщить об этом, когда после короткого предпраздничного рабочего дня они возвращались домой. Удивление, которое испытала Соня, не было наигранным.

— И ты столько времени молчала?! — обиженно и радостно воскликнула она, остановившись. — Не ожидала от тебя такой скрытности!

— Прости, мне казалось, что это касается только его и меня, но с некоторых пор стало невыносимо носить все в себе. Я должна была поделиться, понимаешь? Кроме тебя, у меня нет ближе подруги. Ты единственная, кому я безоговорочно могу довериться.

— Спасибо, солнышко, — Соня поцеловала Алевтину в щеку. — Я так рада за тебя.

— Знаешь, я никогда не думала, что это станет настолько важным для меня. Все изменилось. Я даже не заметила, как быстро все изменилось! — восторженно говорила Алевтина, поправляя пряди волос, выбивающиеся из-под шапки. — Я так боялась впускать кого-то в душу. Ты ведь знаешь, как я боялась.

— Знаю, милая.

— Я смотрю на мир другими глазами и жду от жизни только хорошего.

— Я ведь говорила, что рано или поздно ты попадешься, — улыбнулась Соня. — Правда, одно обстоятельство меня несколько смущает.

— Какое?

— Ты ведь знаешь, что он женат?

— Женат? — Алевтина остановилась, нахмурила брови. Ее состояние было схоже с тем, что чувствует нежная, хрупкая травинка, вдруг попавшая под острое лезвие косаря.

— Господи, Тинка, ты что, не знала? — Соня прикусила губу, досадливо поморщилась, ругая себя за длинный язык. Но она и представить не могла, что известное всем, для подруги — тайна. — Почему же он не сказал?

— Я никогда не видела на его руке обручального кольца, — задумчиво произнесла Алевтина.

— Мужчины часто поступают так.

— Заводят любовниц?

— Нет, не носят кольцо. Они не придают этому такого значения, как мы. Вот мой Виктор тоже говорит, что оно мешает ему работать.

— Мешает? — Алевтина просто повторяла слова, находясь в шоковом состоянии. Она медленно пошла вперед, оставляя подругу позади.

— На стройке, сама понимаешь, какая работа, — догоняя ее, продолжала Соня.

— Да, конечно. Ему точно мешает...

— Да очнись ты, Алевтина! — Соня взяла ее за руку.

— Зачем он скрыл? Ведь для меня было так важно знать, что мы встретились не случайно. Получается, что все — пошлая интрижка уставшего от жены мужа? — из глаз подруги тонкими, прозрачными ручейками текли слезы. Не замечая их, она улыбнулась своей привычной виноватой улыбкой, от которой освободилась совсем недавно. — Он мог объясниться, ведь мог?

— Послушай, что это меняет? Ты говоришь, что любишь его, он — тебя. Значит, он готов изменить свою судьбу. Он не мог сделать этот шаг без серьезных намерений. Просто дождись этого и все.

— Я оказалась в роли любовницы... — всхлипнула Алевтина.

— Любимой женщины — улавливаешь разницу?

— Не надо, Соня. Я всегда называю вещи своими именами.

— Тинка, пойми, у него с женой давно все на уровне скандалов и обязанностей.

— Откуда тебе это известно? — Алевтина высвободила руку и зло посмотрела на подругу. — Такие подробности могут знать только посвященные.

— Женский коллектив — вот и все объяснение. Просто ты никогда не поддерживаешь разговоров. Ты выше этого. Тебя ведь ничто не интересует! Ты жила в придуманном мире, а столкнувшись с реальным, запаниковала.

— Ты еще будешь осуждать меня?

— Нет, не думала даже. Просто я сказала, что меня смущает твоя восторженность на фоне его семейного положения. Меня смущает, а как относишься к этому ты — твое дело, твой выбор. И он никого не касается.

— Знаешь, я уже однажды попала в неприятное положение, только тогда не было ничего из того, что мне приписали. Я сразу уволилась с фабрики, — остановившись на автобусной остановке, сказала Алевтина.

— Надеюсь, ты не собираешься повторить это сейчас?

— Собираюсь, — с вызовом произнесла Алевтина. — Тогда не было оснований, а теперь есть.

— Глупо, глупо же! В конце концов, на что ты собираешься жить?

— Буду шить. Ты ведь знаешь, как это здорово у меня получается. Не самый плохой заработок.

— Нет, ты не сделаешь такой глупости!

— У меня будет ребенок, Соня. И я не собираюсь избавляться от него. Но и чужой муж мне не нужен. Так что мы оба останемся при своих интересах: он с семьей, о которой не пожелал рассказать, а я — с ребенком, которого успела полюбить больше жизни. Я сделаю для него все сама. У меня нет мучений выбора, — подъехал автобус. — Извини, я не поеду к тебе сегодня. Ты не обижайся. Я хочу побыть одна. До встречи, я позвоню поздравить девочек.

— О завтрашнем ужине не забудь. Приходи с Гриневым, не выдумывай. Чужих глаз и ушей не будет, — скороговоркой произнесла Соня.

— Нет, я не приду. Мой праздник, кажется, пройдет по другой программе, — Алевтина быстро вскочила на ступеньку автобуса. Села у окна, улыбнулась подруге, огорченно наблюдавшей за ней. Она чувствовала себя виноватой.

Алевтина послала ей воздушный поцелуй и облегченно выдохнула, когда автобус наконец тронулся с места. Она смотрела на знакомые улицы, переулки, вглядывалась в лица прохожих, спешащих по своим делам. Ей казалось, что каждый, кто обратит внимание на нее, поймет, что перед ним обманутая женщина. Алевтина стыдливо опустила глаза, она боялась, что сейчас снова заплачет и привлечет к себе внимание. Оно больше ей не нужно...

Дома она первым делом отключила телефон, накрыла его подушкой, вторую с отчаянной злостью швырнула на пол. Потом, оставив в прихожей обувь, не стала переодеваться. Легла на диван, укутала плечи пуховым платком, несмотря на то, что было тепло. Ее знобило, она чувствовала себя неуютно и снова одиноко. Перед Соней она хотела выглядеть сильной, но, оставшись наедине с собой, расслабилась. В один миг все, о чем она мечтала, разрушилось. А ведь сегодня она собиралась сказать Антону, что ждет от него ребенка. Еще час назад она была уверена, что эта новость обрадует его. Теперь все изменилось. Алевтина закрыла глаза, вспоминая их первую ночь. Казалось, здесь не было места обману, недосказанному. Она впервые была с мужчиной, жалея после о том, что так долго лишала себя такого несказанного счастья любить. Антон был нежен и страстен. Он учил ее овладевать премудростями обладания, помогая отбросить стыд, забыть обо всем и прислушиваться только к голосу плоти. Алевтина оказалась способной ученицей и не узнавала себя: очень скоро она легко получила удовольствие от близости. Ее истосковавшееся по ласке тело мгновенно отвечало на каждое прикосновение. Ощущения полета были непередаваемы. Орлова была неутомимой, словно боялась, что все происходит не наяву, а во сне. Она проснется — и все закончится. Но время шло, а она продолжала купаться в любви. Гринев был в восторге — он тоже получил то, о чем давно мечтал.

Он приходил каждый вечер, и они занимались любовью до глубокой ночи, засыпая усталыми, счастливыми. Алевтина чувствовала себя юной, полной сил. Ей казалось такой глупостью ее долгое затворничество. Зато оправдание она находила быстро: не было бы одного, не было бы другого. Не встретила бы она свое счастье, не познала бы высшего пика наслаждения с человеком, полностью вытеснившим из ее сердца грусть, тревогу.

Алевтина нащупала под подушкой телефон — наверняка Антон уже не раз звонил. Интересно, откуда: с

работы или осмелился из дома? Собирается ли он по-
здравлять с праздником жену и как объяснит ей свой
уход в этот день? Алевтина до боли прикусила губу.
Что он вообще говорил ей о ночах, которые провел в ее
постели? Застонав, женщина медленно поднялась, подошла к окну — серое небо, сильный ветер. Еще полчаса назад ярко светило солнце — переменчивая весенняя погода словно отвечала настроению Алевтины. Она
равнодушно смотрела на полупустую улицу, свежую
зелень газонов и деревьев. А дочка ее родится под
Новый год, а может, и в саму новогоднюю ночь. Это
будет как напоминание о том, что с ее отцом она познакомилась именно в этот день. Алевтина прижала руку к
животу, нежно погладила его. Она была уверена, что
носит девочку. Она уже испытывала нежность к ней, к
ее зеленым глазам, длинным волосам, заплетенным в
тяжелые косы. Портрет еще неродившегося ребенка в
один миг возник в воображении Алевтины. Она даже
услышала первый крик, с которым ее дочь войдет в
этот мир и заявит о своем рождении. Это будет кро-
шечная девочка, которую она научит всему, что умеет
сама, которую она обязательно убережет от своих ошибок. Она постарается сделать так, чтобы малышка никогда не чувствовала себя лишней, незащищенной на
этом свете, как это было не раз с ее матерью. Она
будет такой счастливой! И наблюдая за ее светлым вос-
хождением к вершинам, Алевтина утешится. Наверняка
в этом ее судьба — едва вкусив женского счастья,
потерять его во имя будущего. Она согласна, пусть,
хоть крошки остались ей от него. Многим не выпадает

и этого. Какая несправедливость! Кому-то все, а кому-
то — объедки. Усмехнувшись, Алевтина проговорила:

— Порой и они бывают такими сладкими...

Она так и не стала подключать телефон. Переодевшись в длинную белую сорочку, устроилась в глубоком
кресле, поглядывая на широкий диван, служивший ей и
Антону ложем любви. Она чувствовала, как комок снова подступает к горлу, и поспешила закрыть глаза. Уже
стемнело, Алевтина сжалась в комочек, положив подбородок на колени. Она понимала, что в такой позе не
сможет пробыть долго, тем более спать. Но возвращаться на диван не хотела. Она не могла спокойно
лечь, разбросав руки и ноги в стороны, как она любила
делать всегда.

Резкий звонок в дверь вывел ее из полусонного состояния. Алевтина вскочила и, сделав несколько шагов
по холодному полу, остановилась. Звонок повторился.
Она боялась сделать еще шаг: в прихожей была одна
доска, издававшая невероятно противный скрип, когда
на нее наступали. Антон шутил, что она протестует, не
желая, чтобы по ней ходили ногами. Алевтина хотела
неслышно подойти к двери, чтобы посмотреть в глазок.
Но она боялась, что обязательно наступит на эту зло-
счастную половицу. За дверью послышалась возня, кто-
то постучал. Алевтина посмотрела на себя в зеркало,
поправила платок на плечах, отбросила распущенные
волосы назад и решительно пошла к двери. Ей удалось
подойти неслышно — на лестничной площадке стоял
Гринев. Он наверняка заметил движение света в глаз-
ке, потому что сразу нажал звонок и не отпускал его

очень долго. Алевтина закрыла уши руками, чтобы не слышать этого пронизывающего ее насквозь звука.

— Открой, Алевтина! Я знаю, что ты дома, — негромко сказал Антон, подойдя вплотную к двери. — Открой, иначе я взломаю дверь!

Он действительно принялся с силой дергать ручку замка, успевая одновременно колотить кулаком в дверь. Алевтина подумала, что соседям наверняка не понравится этот шум. Они так хорошо, уважительно относятся к ней, нельзя же испортить свою репутацию из-за страха посмотреть правде в глаза. Алевтина решительно провернула ключ в замке и открыла дверь.

— Ты зачем шумишь? — спросила она, стараясь смотреть прямо в глаза Гриневу. Она щурилась от яркого света в подъезде, такого яркого в сравнении с темнотой, из которой она вышла. Облизав сухие губы, она сжала их.

— Здравствуй, Алюня, — удивленно сказал Антон, пытаясь понять ее настроение.

— Виделись уже. Что дальше?

— Я не понимаю тебя. Почему ты так разговариваешь со мной? Может, впустишь меня домой?

— Нет, не впущу. Это мой дом, и я хочу, чтобы ты оставил меня в покое. Не приходи больше, не звони, не спрашивай ни о чем. Тогда ты не услышишь того, что я могу наговорить сгоряча. А я не хочу, чтобы в твоей памяти остались эти слова, которые вот-вот сорвутся с моего языка.

— Что ты говоришь?!

— То, что слышишь. Уходи. Иди домой, к жене, детям. Кстати, у тебя есть дети? — в ответ Гринев поморщился, прижал ладони к лицу и резко отнял их, открывая покрасневшие щеки. — Боже мой, ты краснеешь, как девица. Не все потеряно, Антон Савельевич. Только впредь не обманывайте таких наивных старых дев, как я, ладно? Обидно за женщин, прошу чисто из солидарности к слабому полу.

— Я люблю тебя, — Гринев сделал шаг навстречу. — Ты нужна мне.

— Не подходи, — отступая в темноту коридора, грозно сказал Алевтина. — Ты обманул меня. Ты воспользовался тем, что я одинока, а ты так красиво говорил... Ты растопил мое сердце разговорами о собственном одиночестве. Я решила, что мы родственные души, которым будет легко вместе, ведь мы будем ценить каждый миг счастья...

— Ты права. Все так и будет, — перебил ее Антон. — Позволь мне все объяснить. Не на лестнице же?!

— Ничего не будет. У меня больше нет надежды, ты знаешь, что это означает? Ты говорил, что видишь сердцем? Ты должен понять.

— Прости, прости, пожалуйста. На колени упаду, только прости. Мне без тебя не жить. Я только стал оживать, а ты убиваешь меня. Не гони, давай разберемся. Все не так трагично, как ты себе придумала.

— Ты просил принять тебя в тот первый вечер, помнишь? — Гринев кивнул, проглатывая мешающий говорить комок. Почему он постоянно возникает так не к месту! Из-за него он не может сейчас же сказать то, что должен, что спасет их любовь. — Так вот я больше не принимаю!

— Аля!

— Прощай. Мы больше не увидимся, потому что на работу я тоже не вернусь.

— Ну, это вообще ни на что не похоже! — Гринев схватился за голову. — Не надо так, прошу тебя.

— Прощай, Антон. Ты поступил как обычный мужчина. Это я тебя придумала, мне и расплачиваться. Ведь наша жизнь не сказка, чтоб все кончалось хорошо, правда? Спасибо за все, — Антон попытался еще что-то сказать. — Я не могу тебя больше видеть!

— А я не смогу без тебя.

— Придется, — Алевтина медленно закрыла дверь и нарочито громко провернула несколько раз ключ в замке.

Она прижалась к двери, закрыв ладонью рот. Она стояла, едва держась на ногах. Через несколько минут Алевтина услышала шаги по лестнице, а посмотрев в глазок, увидела, что на площадке никого нет — все было кончено. Теперь она позволила себе плакать. Она всхлипывала, качаясь из стороны в сторону, что-то бормоча сквозь слезы. Ей было так больно, как никогда раньше. Она все-таки пережила то, чего боялась, но разбитое сердце лишь стучало чуть быстрее обычного. Ничто не указывало на то, что оно не выдержит предательства, потери любви.

С трудом переставляя ноги, Алевтина добралась до дивана. Теперь, когда она прогнала Гринева, она словно получила разрешение снова быть его единоличной хозяйкой. Достав из-под подушки телефон, она поставила его на журнальный столик. Будучи уверенной, что никто не станет больше звонить, подключила его.

В темноте села, глядя на освещенный тусклым лунным светом диск. В какой-то момент цифры слились в одну сплошную линию. Алевтина медленно опустилась на бок, закрывая глаза. Она крепко уснула, избавившись на время от мыслей, слов, от себя самой...

Нина росла крепкой, смышленой, не доставляя матери особенных хлопот. Она в раннем возрасте переболела всеми положенными болезнями в легкой форме, словно между прочим. Алевтина души в ней не чаяла, хотя девочка внешне была мало на нее похожа: густые каштаново-рыжие волосы, тонкий нос с чуть заметной горбинкой, пухлые губки и дуги бровей, придающие ее личику чуть насмешливое выражение. Только глаза взяла от матери — огромные, зеленые, они выделялись на матовом лице, сверкая, как два изумруда. Длинные вееры ресниц обрамляли их, довершая портрет. Алевтина не переставала удивляться тому, что в Нине не было ничего от Антона. Как будто она тоже отказалась от него, идя по стопам своей матери, и не пожелала взять от него хоть цвет волос, хоть разрез глаз.

Алевтина так и не сказала ему о том, что ждет ребенка, и, как обещала, ушла из института, отработав положенные две недели. Все это время сотрудники не переставали удивляться резкой перемене в настроении Орловой и ее неожиданному решению уволиться. Она оставила заявление на столе у Гринева девятого марта. Он даже не стал читать написанное и, пользуясь тем, что Алевтина, как всегда, пришла раньше всех, попробовал снова поговорить с нею.

— Остынь, прошу тебя, — глядя в одну точку чуть поверх ее головы, тихо попросил он. — Ты будешь жалеть, а я просто сойду с ума.

— Не нужно, Антон Савельевич. Мы на работе, пересуды нам ни к чему, тем более что я не передумаю. Я бываю очень упрямой, а вы не знали.

— Две недели на размышление, — мрачно сказал Гринев, найдя в себе силы посмотреть ей в глаза. — Мы должны поговорить в другой обстановке.

— Нет.

— Надеюсь, что ты передумаешь.

Алевтина, отрицательно качая головой, вышла из кабинета. Ей еще никогда не было так тяжело говорить «нет».

Он еще несколько раз пытался назначить ей встречу, но Алевтина в нарочито грубой форме отказывала. В конце концов Антон смирился и отступил. Орлова так и не смогла простить его.

Она сделала свой выбор, порвав со всем, что напоминало ей о Гриневе. Она даже с Соней стала меньше общаться, но та понимала, как тяжело ее подруге, и не настаивала на встречах, в телефонных разговорах не задавала лишних вопросов. Ее деликатность не осталась незамеченной, и спустя полгода Алевтина смогла снова вернуться к прежним отношениям с подругой. Она стала чаще звонить, приглашать Соню к себе, не отказывалась от предложений подруги скоротать вечер. Она не стеснялась уже заметно выросшего живота, двигаясь по-прежнему легко и не отказываясь от привычных каблуков. Правда, настало время, когда отекшие ноги потребовали более простой, удобной обуви. В этот момент наступил кризис: Алевтина перестала себе нравиться — маленькая, с круглым животом, распухшими губами и носом, она подолгу стояла возле зеркала, рассматривая свое тело. Оно казалось ей чужим, непривлекательным. Хотя чего ей было опасаться — рядом не было любимого мужчины, который бы мог разочароваться в ее прелестях. Одно приводило ее в восторг: словно общаясь с нею, ребенок то и дело толкал ее изнутри, отчего живот ее играл, переваливался из стороны в сторону.

Она была уверена, что носит девочку, с самого первого дня, как поняла, что беременна, и предчувствие не обмануло. Алевтина не могла вспомнить момента в своей жизни более трогательного, запоминающегося и светлого, чем знакомство с только что родившейся дочкой. Ласково касаясь ее красноватой кожи, Алевтина оглядела снующих вокруг акушеров, врачей взглядом, полным гордости. Она чувствовала, что глаза ее наполняются слезами счастья, и поспешила улыбнуться: «Это моя Нина, моя маленькая принцесса...»

Алевтина относилась к ней с умеренной строгостью и лаской. Она смогла найти золотую середину, не балуя девочку, не развивая в ней эгоизма, присущего единственному, любимому ребенку. Алевтина общалась с ней, как с взрослой. У Нины были свои обязанности по дому, она с удовольствием выполняла мамины поручения и особенно любила наблюдать за тем, как та работает. Нина частенько засыпала и просыпалась под размеренный стук швейной машинки. Алевтина быстро нашла желающих заказывать ей одежду: это были в основном женские платья, блузы, сарафаны, юбки. Когда становилось туго, она бралась и за шитье брюк — трехмесячные курсы кроя и шитья, которые Алевтина окончила, будучи работницей фабрики, сослужили добрую службу. К тому же у нее от природы было удивительное чутье ткани и фасона. Алевтине зачастую удавалось переубедить заказчика и выбрать другой фасон — она не могла просто шить. Она вкладывала в это душу, а значит, ее работа должна приносить удовольствие обеим сторонам. Если Алевтина видела, что заказчику не подходит выбранный фасон, она деликатно начинала издалека, показывая журналы мод, которые покупала регулярно. Ей приходилось тратить на это много средств, потому что достать хороший журнал, тем более — импортный, было проблемой. Но Алевтина знала, что эти затраты необходимы и в конце концов окупятся с лихвой. Так оно и происходило.

Нина тоже обожала листать красочные журналы, любуясь точеными фигурами манекенщиц, изысканными украшениями заокеанских модниц. Девочка каждый раз выбирала что-то для себя — платье, костюм, который, по ее мнению, был бы ей весьма к лицу. Она представляла себя повзрослевшей, одетой в красивый наряд и восхищенные взгляды, провожающие ее.

— Мама, а почему у нас женщины редко одеваются так же красиво, как на страницах этих журналов? — спросила она однажды.

— Потому что мы живем другой жизнью, девочка. У них все по-другому, — грустно вздыхала Алевтина.

Со слов многих своих заказчиц, побывавших за границей, она имела поверхностное представление о тамошней сладкой жизни. Дамы, делившиеся с нею воспоминаниями, сожалели о том, что там их денег не хватало на то, чтобы покупать одежду в модных магазинах. Их было много и с товарами на любой вкус, но цены кусались. Оставалось только любоваться, запоминать. А по возвращении они приезжали к Алевтине и заказывали что-то подобное увиденному. То, что у нее было даже несколько каталогов модной одежды, прибавляло ей популярности. Модницы иногда просто захаживали к ней полистать их, а со временем заказать что-нибудь для себя. Одним словом, под осуждающими взглядами соседей, считающих, что она должна работать в каком-то ателье и честно зарабатывать себе на жизнь, Алевтина брала заказы и шила. Однажды общественное мнение в лице какой-то старушки, из числа тех, которым все надо, было отражено в неком документе, полученном соответствующими органами. Алевтину вызвали, провели беседу, предупредили, что за тунеядство существует статья и положение матери-одиночки не спасет ее от наказания.

Отдав Нину в детский сад, Алевтина устроилась на работу в одно из маленьких ателье на место недавно уехавшей из Саринска опытной портнихи. Та была известна как мастер по брюкам — теперь Алевтине каждый день приходилось заниматься этим. Почему-то именно шитье мужских брюк меньше всего было ей по душе, но делать было нечего. Все говорили, что ей повезло: «прикормленное» место попалось. Встречая нового мастера, клиенты поначалу с недоверием делали заказ. Но Алевтина смогла закрепить за собой репутацию швеи, которая работает качественно и быстро, всегда укладывается в срок. Конечно, работая дома, она зарабатывала больше, но оставалось время и на частные заказы.

Время шло, Нина пошла в школу. Алевтина все чаще задумывалась о том, какую судьбу она хочет для своей дочери? Ответ приходил один — лучшую, чем у ее матери. Наверное, поэтому она категорически отказывалась учить Нину шитью. Девочка просила, даже показывала вещи, неумело сшитые ее руками. Алевтина оставалась непреклонной. Это было единственное, в чем она категорически отказывала дочери. Она водила ее во дворец пионеров на занятия танцами, записала девочку в группу изучения живописи — Нина с раннего детства неплохо рисовала. Алевтина знала, как дочке хочется научиться шить. Однако она делала все, чтобы мысли девочки были заняты другими вещами: книгами, танцами, рисованием, учебой в школе.

— Мама, я ведь не собираюсь всю жизнь просидеть в каком-нибудь ателье, — в который раз настаивала Нина. — Ты ведь знаешь, у меня другие планы. Я буду актрисой!

— Вот это да! — признание четырнадцатилетней девочки застало мать врасплох. Правду говоря, тон, каким это было сказано, тоже не очень-то понравился Алевтине. Она поняла, что перегнула со своими ограничениями и вбиванием дочери в голову ее неповторимости, ее яркой индивидуальности. Кажется, девчонка возомнила себя бог знает кем.

— Я поеду поступать на актерское отделение института кинематографии в столице. Я хочу, чтобы ты знала об этом, потому что время пролетит быстро, а оставаться в Саринске я не намерена. Ты должна свыкнуться с этой мыслью, потому что я не передумаю! — Нина с вызовом посмотрела на мать. — Только, пожалуйста, не начинай меня отговаривать. Я знаю, что мы никогда не расставались, и сама боюсь этого больше всего на свете. Но ради той жизни, о которой ты всегда мне рассказывала, я готова преодолеть любые трудности.

— Время все расставит по местам, дочка.

— А теперь вернемся к нашим баранам, — хитро улыбнулась Нина.

— Ты о чем?

— О том, что ты все равно должна научить меня шить. Я хочу встречать выпускной бал в платье, которое сошью себя сама. Это так важно для меня, мам! К кому же мне обращаться, как не к тебе? Я и так уже многое умею, осталось совсем чуть-чуть... Мамуля, ну пожалуйста.

— Хорошо, — тогда Алевтина не стала заострять внимание на первом заявлении дочери, решив, что романтическое настроение уйдет само собой. — Завтра первый урок кройки и шитья. Приду с работы — готовься.

— Всегда готова! — радостно захлопала в ладоши Нина.

Она оказалась прилежной ученицей. Алевтина уже давно поняла: того, что нужно, ее девочка будет добиваться любой ценой. Хорошо это или нет — однозначно не ответишь. Алевтина решила, что упорство — не самое плохое качество, лишь бы при этом не подминались другие важные категории. Нина быстро схватывала то, что вызывало у нее интерес, и никак не заставляла себя заниматься тем, что считала ненужным. Спорить с ней в этом плане было бесполезно. Алевтина знала, что характер у Нины не самый мягкий, поэтому за годы смогла выработать определенную тактику компромиссов в отношении ее строптивой дочери. Они быстро находили общий язык, никогда не ссорились. Словно две подружки, без секретов и недомолвок обсуждали все, что происходило в их жизни. Алевтина знала обо всем, что происходило в группе детского сада, где была Нина, потом — в классе, в котором она училась. О влюбленном Володе Панине и вздыхающем по Нине Илье Стоянове. О Лене Смирновой — бессменной лучшей подружке, которая смогла оставаться ею на протяжении более десяти лет.

Алевтина знала, что у дочери есть лучшая подружка и близкая подруга.

— Это разные вещи, мам, — серьезно говорила Нина. — Близкая — ты, только ты.

— Спасибо, милая, я счастлива. Я горжусь этим...

Они провели вместе семнадцать лет, которые, как казалось Алевтине, пролетели словно семнадцать долгих дней. И каждый из них был по-своему неповторим, каждый был ей по-своему дорог. Ни одного события, о котором не хочется вспоминать.

— Мама, а почему ты не выходишь замуж? — Нина давно хотела спросить об этом, но не решалась. Теперь, зная, что приближается ее отъезд из Саринска на неопределенное время, осмелела.

— Разве нам плохо вдвоем? — вопросом на вопрос ответила Алевтина Михайловна, смутившись.

— Хорошо, но это не ответ.

— Меня вполне устраивает моя жизнь. Надеюсь, что ты не чувствовала себя в чем-то ущемленной. Видит Бог, я старалась.

— Я не об этом, мама.

— Моя жизнь — не пример для подражания. Было много ошибок, много событий, которые предопределили мою судьбу. Ничего не поделаешь — нужно уметь принимать удары стойко, девочка. И это относится не только к мужчинам. Нам, женщинам, нужно быть сильными вдвойне, втройне: за себя, своих детей.

— А я тоже не хочу замуж, — Нина села на широкий подоконник, качая ногой.

— Пока тебе действительно рановато об этом думать, — сказала Алевтина Михайловна.

— Я тоже не собираюсь становиться рабой отношений.

— Откуда такие определения?

— Я тоже читаю книги и имею уши, мама, — Нина закусила нижнюю губу, напряженно вглядываясь в привычную картину за окном. — А когда-нибудь я тоже рожу себе девочку, и мы с ней будем жить счастливо.

Нина опешила, услышав, как после оглушительного грохота разбившейся тарелки, которую мыла мать, вдруг послышался ее тихий плач. Быстро спрыгнув с подоконника, Нина тотчас оказалась рядом.

— Мамочка, ты что?

— Ничего, ничего, — Алевтина Михайловна смахивала бегущие слезы, стыдясь того, что не может остановить их. Наконец она умылась все еще бегущей из крана водой и внимательно посмотрела на дочь. — Человеку нужно много и ничего. Сложно, да? Просто должна быть крыша над головой и покой под этой крышей, понимаешь?

— Да.

— Но для тебя я мечтаю о чем-то более высоком. Мне трудно объяснить это словами. Я хочу, чтобы твоя жизнь сложилась иначе, милая. Я мечтаю об этом, понимаешь? Сколько раз в трудные минуты только мысль о том, что ты добьешься гораздо большего, не давала мне впасть в хандру.

— Я не вижу ничего предосудительного в твоей жизни, мам. Почему ты так говоришь? — собирая осколки от тарелки, спросила Нина.

— Просто я все чаще спрашиваю себя: чего ты добилась, Алевтина Михайловна Орлова? Ответы меня не утешают. Я живу в квартире моей тети, я занимаюсь ремеслом, зная, что способна на большее. Я — мать-одиночка, и только мне известно, сколько колкостей пришлось пережить, сколько косых взглядов, — она снова принялась мыть посуду. — Я не жалуюсь, пойми, но для тебя такой судьбы не хочу. Я выросла без матери, отец практически отказался от меня, я пережила войну — это мои раны, незаживающие никогда. Не нужно идти по моим стопам, милая.

— Ты не говорила, что дедушка отказался от тебя.

— Он умер до того, как ты родилась, а еще раньше для него перестала существовать я. Тем не менее ты носишь его отчество и фамилию. Это определенным образом снимает с нас обеих чувство вины. Ты — Орлова, как я, он, моя мама.

— Почему не фамилия моего отца?

— Мы не один раз говорили об этом, девочка. Это исключительно мой выбор. Когда мужчина не знает, что женщина ждет от него ребенка, а вскоре их отношения прерываются — нельзя поступать иначе. Я решила, что ты должна появиться на свет. Ты — дитя любви, пусть даже короткой, — Алевтина Михайловна почувствовала, как защипало глаза.

— Мамочка, я так люблю тебя. Не плачь, не надо. Так тяжело, когда ты плачешь, — Нина обняла мать, поцеловала ее во влажную от слез щеку. — Хватит вопросов. Я больше никогда не спрошу тебя о том, что заставляет тебя плакать. Ты будешь гордиться мной, поверь. Я все сделаю для этого. Я ведь для этого и родилась. А мужики — они не всегда приносят счастье, правда, мам? Нам хорошо вдвоем, ты права.

Алевтина Михайловна вытерла мокрые руки. Сев за кухонный стол, вздохнула и устало улыбнулась. Она и сама не знала, как так получилось, что ей совсем не нужно было сильное и надежное мужское плечо, о котором говорили Соня и многочисленные знакомые, с которыми ее сталкивала судьба. Алевтина Михайловна раз и навсегда решила, что надежнее себя самой на этом свете ничего нет и нечего жить иллюзиями. После разрыва с Гриневым она почувствовала, что не нуждается в том, что называют любовью. Она даже читать стала исключительно детективы — эти сюжеты теперь больше подходили к ее внутреннему состоянию.

За ней пытались ухаживать как холостые, так и женатые мужчины, но она упорно отвергала их. И делала это не всегда тактично. Одному заказчику, слишком явно намекавшему об ужине при свечах, ответила резко:

— Вы знаете, у меня ранний климакс, так что от того, что происходит после ужина, я давно не получаю удовольствия, — поклонник ретировался и больше ни разу не заказывал брюки у Алевтины.

А однажды она поняла, что ей симпатизирует Иван Трофимович Серегин — директор школы, в которой училась Нина. Высокий, чуть полноватый мужчина робел и смущался, разговаривая с Алевтиной Михайловной. На родительских собраниях, посвященных предстоящему выпускному вечеру, он говорил словно только для нее, не сводя с нее своих серьезных глаз. Потом находил повод задержать ее и говорил об общих вопросах как классный руководитель Нины. После одного из таких собраний тема плавно перешла в совершенно иное русло. Алевтина Михайловна даже не заметила, как получилось, что она уже отрицательно качала головой, отвечая на предложение провести вместе воскресный вечер. Он сделал еще несколько попыток показать свое расположение и желание сблизиться. Последний раз это было на торжественном собрании по случаю выпускного вечера. Грубить такому человеку Алевтина не стала. В глубине души польщенная его вниманием, она тактично отклонила его ухаживания. Она сбивчиво что-то говорила, пытаясь объяснить необъяснимое — она не нуждалась больше в мужчине. Она не чувствовала в своем сердце ничего похожего на то, что предвещает если не любовь, то хотя бы нежность. Алевтина Михайловна потеряла способность любить. Она всю себя отдала своему первому настоящему чувству, получив бесценный подарок — дочь. Ей больше не нужно ничего. Она не собирается разрываться между мужчиной и дочерью. Она увидела, как погасли глаза Ивана Трофимовича, и виновато улыбнулась.

Сердце Алевтины Михайловны стучало размеренно — ей было пятьдесят четыре. Возраст, который подступил незаметно и все чаще приводил к мысли о том, что все случилось так поздно. Нине только семнадцать, вся жизнь впереди, и так хочется разделить с нею все этапы, быть рядом. Алевтина Михайловна, как никто другой, знала, как это важно — знать, что тебе есть кому открыть свое сердце. Есть кому нежно провести ладонью по волосам, прижать к груди и просто помолчать. Когда все понятно без слов и становится легче от одного прикосновения. Так было всегда между нею и Ниной. Дочь — единственное существо, полностью властвовавшее ее сердцем. Алевтина Михайловна и радовалась такой близости, и боялась ее. Она словно всегда чувствовала, что придется платить слезами и болью неутихающей тоски, когда настанет пора расставания. И случилось это так скоро.

— Ниночка, я жалею только об одном — что не родила тебя пораньше. Увижу ли я своих внуков?

— Что за разговоры, конечно, увидишь! — горячо произнесла Нина. — По такому случаю я постараюсь преподнести тебе этот сюрприз поскорее.

— Всему свое время, девочка, — засмеялась Алевтина Михайловна. — Ну, роди я в восемнадцать — у меня ведь не было бы тебя!

— Да, что бы ты без меня делала? — снова прижимаясь к матери, тихо сказала Нина.

— И думать боюсь...

Теперь, когда Нины не было рядом, Алевтина Михайловна поняла, насколько привязана к дочери. Приходя после работы домой, она не находила себе места. Ей хотелось готовить для двоих, слушать рассказы дочери о том, что случилось в этот день, но все это осталось в прошлом. Почему-то Алевтине Михайловне казалось, что их отношения изменятся и никогда не станут прежними. Расстояние еще никого не сближало, тем более, Нина так рвалась к самостоятельной жизни. Она наслушалась ее причитаний о несостоявшейся собственной личности и решила во что бы то ни стало заявить о себе во весь голос. Алевтина Михайловна уже ругала себя, что была так настойчива в том, что касалось достижений в жизни. В конце концов, не всем быть академиками, известными личностями, космонавтами. Нужно просто найти свое место и чувствовать себя хозяином своей судьбы. Осознавать, что все идет так, как надо, и ты можешь не краснеть за свои поступки, свой выбор. Это по-настоящему нелегкая задача. Алевтина Михайловна пришла к мысли, что неправильно говорила с дочерью о том, как нужно идти к цели. Главное —

верно определить ее. Девочка могла спутать ориентиры, приняв настояния матери о цельности, удачливости, счастье за необходимость быть на виду, блистать, публично демонстрировать свои достижения. Она собралась прославить Саринск — это мимолетом прозвучало из ее уст. Меньше всего Алевтина Михайловна собиралась взрастить в ней непомерные амбиции.

— Нина, Нина... Надеюсь, у тебя все будет хорошо. Девочка моя, как же я скучаю по тебе, — каждый вечер Алевтина Михайловна разговаривала с ее фотографией. Ее собеседница лишь молча улыбалась, запрокинув голову назад. Большое цветное фото — дело рук Володи Панина. Он сфотографировал Нину в день ее рождения. Первый раз она осталась довольна увиденным. Алевтина Михайловна вспомнила, как загорелись ее глаза.

— Молодец, Володька! Вот такой я себе нравлюсь. Скажи, я всегда такая? — Панин что-то пробормотал в ответ, вызвав смех Нины. Махнув на него рукой, она поставила фотографию на столе возле вазы с цветами. Потом подошла и поцеловала его в щеку. — Спасибо. Мне очень понравилось. Теперь я точно знаю, что я фотогенична. Это так важно для моей будущей профессии.

Алевтина Михайловна вздохнула — что она вбила себе в голову? Какая она актриса? Никогда не замечала за дочерью тяги к лицедейству. Хотя все, за что она бралась с интересом, давалось ей легко. Научилась ведь шить, да еще как. Последнее время часто давала дельные советы. Алевтина Михайловна даже подумала, что ей бы модельером стать. Новая профессия, пока не особенно популярная, но всему свое время. Нина была бы одной из лучших в этом. Но шитье она называла своим хобби, что тут поделаешь.

— Когда-нибудь я буду давать интервью и очень удивлю своих поклонников тем, что умею шить. К тому же платье, которое на мне будет в этот момент, обязательно докажет, что я делаю это отлично, как все, за что берусь! — Алевтина Михайловна смотрела на фотографию, и в памяти всплывали обрывки ее разговоров с дочерью. И чем больше она вспоминала, тем очевиднее становилось, что между ними растет пропасть. Все мысли и мечты Нины были так далеки от того, о чем мечтала ее мать. Ей оставалось ждать, наблюдать и молить Бога, чтобы уберег ее дитя от непоправимых ошибок. Они будут, как ни старайся, но чтоб не такие, которые всю жизнь перевернут.

Алевтина Михайловна вздохнула, поцеловала фотографию Нины и легла спать. Она хотела поскорее уснуть, чтобы настало долгожданное «завтра» — в воскресенье Нина обещала звонить. Они так договорились — по средам и воскресеньям. Почему-то в прошлую среду Нина не позвонила, но Алевтина Михайловна успокаивала себя: у нее слишком напряженное время. Может, не получилось вырваться на почту, мало ли что у нее там за график. Пока волноваться нет повода. А вот в воскресенье она точно найдет время, наверняка...

Володька играл любимую песню Нины — музыка лилась с тонких струн, которые легко перебирали его почти такие же тонкие пальцы. Пацаны собрались на одной из последних вечеринок у костра — скоро пришлют по почте уведомление, что необходимо явиться в военкомат с вещами. Это будет означать только одно — детство закончилось. Два года школы мужества, как говорил отец Володи, пойдут ему на пользу. Он был уверен, что армия никоим образом не может испортить человека — она шлифует характер, помогает стать настоящим мужчиной, выбивает дурь из головы. Все разговоры о дедовщине отвергались и считались поводом для маменькиных сынков продолжать оставаться мальчишками.

— Они не хотят взрослеть и придумывают всякие небылицы, чтобы их снова, как всегда, жалели, — говорил Панин-старший, не обращая внимания на укоризненные взгляды жены. Они оба знали, что могли сделать так, чтобы Володя не служил, но отец даже слушать об этом не хотел. В нормах его морали это расценивалось бы как поступок, достойный осуждения и презрения. — Мой сын покажет себя настоящим солдатом! Мы будем гордиться тобой, Владимир. У тебя и имя такое великое — владей миром, покажи, на что ты способен!

Патриотическое настроение отца передалось и Володе. Он прошел комиссию, был признан годным к службе и теперь в отличном настроении проводил последние денечки в родном Саринске. Он был горд собой. Единственное, что беспокоило его все время, — Нина, ее отъезд. Было бы так здорово, если бы она пришла провожать его, как это сделают другие девчонки, но об этом можно и не мечтать. Жаль... Незабываемые минуты, они так помогают потом, вдали от дома. Несмотря на задиристый характер, Володька был очень сентиментальным. Он порой напускал на себя слишком наглый, устрашающий вид лишь для того, чтобы скрыть собственную мягкотелость. Когда Нина была рядом, ему это давалось легче. Желая нравиться, он интуитивно чувствовал, что нельзя дать ей почувствовать свою слабость. Она была рядом, пока ощущала себя в безопасности. Ей всегда льстило общение с ним, сорвиголовой, признанным местным хулиганом. Его проступки были по-юношески полны бравады самоутверждения, легкомысленны, но совершенно лишены жестокости. Володе удавалось быть лидером, которого беспрекословно слушали, уважали. Трения между мальчишками он решал за столом переговоров. Панин никогда не бросал слов на ветер: напрасно не устраивал драк, умел сохранять порядок в районе, где считался главным.

Он гонял на подаренном отцом к семнадцатилетию мотоцикле, вызывая зависть у мальчишек. Сзади часто сидела Нина. Она редко соглашалась надеть шлем, и ее длинные рыжие волосы развевались ярким шлейфом. В такие минуты Володя чувствовал себя счастливым: руки Нины обнимают его, она прижимается к нему грудью, крича на ухо: «Быстрее, быстрее!» Они выезжали на загородную трассу, и Володька выжимал из мотоцикла все, на что тот был способен. Громкий смех Нины словно придавал ему ускорение, а Володю вводил в неописуемый восторг.

— Я Маргарита, я лечу! — запрокидывая голову, кричала Нина, а Панин прислушивался к ее словам сквозь шум ветра, не понимая, что она имеет в виду. Ее смех становился мистическим, она представляла себя не обычной девчонкой, а настоящей ведьмой, летящей на очередной шабаш.

Панин представил ее раскрасневшееся лицо, горящие от возбуждения глаза. Она была такой красивой, она всегда такая близкая и недоступная. Теперь о таких мгновениях можно надолго забыть. Когда-то они снова увидятся? Зазнается Нинка, точно зазнается — зная ее характер, Володя был почти уверен, что станет неинтересен ей. Она уже забыла о его существовании, лишь поставив ногу на подножку уходящего поезда. Она сбросила годы их дружбы, как ненужный груз. Нина умеет оставлять прошлое за спиной. Панин резко ударил по струнам, гитара замолчала. Кто-то подкинул сухих веток в костер. В темноту полетели яркие искры, отрываясь от пламени и мгновенно растворяясь в бесконечности.

— Ну, давайте, ребята, за нашу дружбу! — вторая бутылка водки быстро разлилась по стаканчикам, кружкам. Панину пить не хотелось, но выглядеть белой вороной считалось в его команде самым непозволительным выпендрежем. К тому же отец всегда говорил, что пить без закуски — дело глупое... Но, вопреки правилу, Володя вместе со всеми поднял свою дозу горького напитка и, быстро проглотив его, утеряся рукавом рубашки.

— Хорош, ребята, — прикуривая, сказал он. Он почувствовал, как горячая волна разлилась по телу, ударила в голову, закружила. Хмель сделал его речь более медленной — приходилось обдумывать каждое произнесенное слово. — Голова должна быть затуманена слегка, а не перестать варить окончательно.

— Сегодня, может быть, последний раз собрались, — послышался слева голос Артема — одноклассника Панина. — Можно забыть о тормозах напоследок.

— Молчи, Пятак, — отмахнулся Володя, глубоко затягиваясь. Пятак — была фамилия Артема. — Типун тебе на язык. Соберемся еще не раз.

— Откуда такие сантименты? Будущему вояке они не к лицу. Ты ведь у нас от армии не косишь, что же переживаешь? Днем раньше, днем позже — один хрен, — криво усмехнувшись, заметил Артем. Он не упускал случая отпустить колкость в адрес Панина. Это доставляло ему удовольствие. В такие мгновения ему казалось, что авторитет лидера резко падает — Панин не всегда находил, что сказать в ответ. Сказывалось то, что он был не самым прилежным учеником в их классе. Его всеми признанное главенство раздражало Артема. Он всегда считал себя более достойным на роль лидера. И в этот полный прощальной грусти вечер он хотел выделиться. Все внимание Володе? Это несправедливость. И с ней Артем собирался бороться. Водка помогала его красноречию и убирала некоторые ограничения, существующие на трезвую голову.

— Отлепись, Пятачок, — кто-то пьяным голосом произнес обидную для Артема кличку.

— Кто рявкнул? — медленно поднимаясь, спросил он. Его глаза, освещенные бликами костра, метали гром и молнии. — Забью собаку!

— Успокойся, Артем, — тоном, не допускающим возражения, произнес Володя.

— А ты не выпендривайся слишком, вояка. Ты одной ногой уже в солдатском сапоге, так что не сильно командуй.

— Ну что у тебя за натура такая, — усмехнулся Панин. Он чувствовал нарастающее раздражение в адрес Артема и всеми силами пытался избавиться от него. Обстановка явно накалялась. Лучший способ избежать конфликта — перевести по возможности все в шутку. Но пьяные шутки имеют неприятный привкус — об этом Володя не задумывался. — Не можешь воду не мутить. Ты ж не Балда, что пришел за оброком.

Пацаны громко и дружно засмеялись. Артем сжал кулаки.

— О, какие мы начитанные, — язвительно сказал он. — Сам прочел или твоя Нина вслух просвещала?

— При чем здесь Нина? — Володя поднялся, положил гитару на сухую траву. Ноги сами подвели его к Артему. В бликах костра их лица казались мистическими и жестокими — скулы обострились, глаза приобрели зловещий блеск. — Так при чем?

— А что ты так нервничаешь? Не понравилось «твоя»?

— Не понравился твой тон — попахивает издевочкой. К чему бы это?

— Хотел сделать тебе приятное. Назвал девчонку просветительницей, и причем не чьей-нибудь, и не угодил. Хотя ты прав. За эти пару недель, что она в столице, все могло измениться. Ты не в курсе? — Артем подошел вплотную к Панину. Горячее дыхание обжигало лицо Володи.

— В курсе чего?

— С кем твоя Нинон проводит долгие вечера, например. Не писала об этом? Не звонила?

— Я о ней знаю все, что мне нужно. А ты свой пятачок в мои дела не суй, понял! — Панин не почувствовал, как переступил через грань, когда впереди только драка. Во второй раз за этот вечер он отступил от своих правил и был готов бить обидчика до победного. Он заставит его замолчать! Распустил язык. — Ты что себе позволяешь?!

— Ладно вам, пацаны. Свои — что из-за бабы ссориться, — послышался чей-то примирительный голос.

— Она вам не баба! — рявкнул в темноту Панин.

— Ни тебе, ни нам, а кому-то еще какая баба будет! — смачно прищелкнув языком, произнес Артем. — Рыжая, бесстыжая!

Резкий удар мгновенно свалил его с ног. Вокруг костра прокатилась волна недовольства, но вмешиваться в разборку не стал никто. Дерущихся обступил плотный круг наблюдающих. Поднявшись с земли, Артем потрогал ноющую челюсть, почувствовал соленый вкус во рту. Это разъярило его. С диким криком он кинулся на Володю, замахнулся, но тот отклонился и в свою очередь сильно ударил в живот. Артем согнулся и, шатаясь, едва удержался на ногах. Внутри разлилась горячая волна боли, но он пытался отогнать все ощущения и сосредоточиться на одном — ответном ударе.

— Хватит вам, — кто-то снова пытался примирить дерущихся. Наверное, это был тот самый момент, когда все еще можно было остановить. Немного настойчиво-

сти — и не произошло бы непоправимого. — Почуди-
ли и довольно!

Панин получил сильный удар в лицо, закрыл его
руками, попятился, извергая ругательства. Тяжело дыша,
он остановился, сохранив равновесие. Такой ненависти
он вообще никогда и ни к кому не чувствовал. Он перестал видеть напряженные лица вокруг. Его глаза выде-
ляли только мрачное, полное ответной неприязни лицо
Артема. Если бы взглядом можно было убить, на сухой
траве уже лежали бы два бездыханных тела. В следующий момент Володя оказался уже рядом с Артемом, а
невероятной силы удар свалил того с ног. Он тяжело
упал на землю. Послышался какой-то странный звук, и
настала пугающая тишина. Панин почувствовал, как в
груди что-то оборвалось, в голове застучало, заглушая
нарастающий гомон испуганных мальчишек.

— Ты убил его! — эта фраза отрезвила Панина.
Продвигаясь на негнущихся ногах, он растолкал скло-
нившихся над Артемом, быстро присев рядом с ним.
Под головой у него лежал небольшой камень — удар
об него оказался смертельным. Голубые глаза юноши,
страшно застыв, смотрели в темное небо, не мигая.
Володя приложил палец к артерии на шее: там не было
никакой пульсации. Взяв Артема за голову, Панин резко одернул руки — пальцы коснулись чего-то липкого,
горячего.

— Кровь, — пробормотал он, показывая всем ок-
ровавленные ладони.

— В больницу его надо поскорее, — раздался глухой голос.

— Ему уже никуда не надо, — прошептал Володя, обхватив голову руками.

Он перестал что-либо соображать, просто сидел на земле, покачиваясь из стороны в сторону. Оранжевые языки костра казались ему развевающимися на ветру волосами Нины. Он протянул руку, желая прикоснуться к ним напоследок, но ощутил резкую боль в ладони. Кто-то толкнул его, что-то пронзительно крича. Черные силуэты деревьев вокруг молча двигались в монотонном ритме. Даже костер словно стал менее ярким — непроглядная мгла опускалась на Володю с пугающей скоростью. Через мгновение она окончательно поглотила все вокруг. Больше ничего не было, только дрожь, подступающая тошнота и животный страх...

Нина шла звонить маме, она заранее продумывала фразы, которыми начнет и закончит разговор. Говорят, именно это запоминается лучше всего, значит, она не должна оплошать. Мама чувствует все, недаром она постоянно задает одни и те же вопросы. Она словно не может поверить, что у дочери все так хорошо, как она хочет ее убедить. В ее голосе недоверие, плохо скрываемое беспокойство. Нина удивлялась — неужели материнское сердце действительно видит и его не обманешь? Мистика какая-то. Тетя Саша вот ничего не подозревает — она легко проглотила ложь о состоявшемся поступлении, о бесконечных собраниях, на которые теперь должна была ходить Нина. И Ленка визжала от восторга в трубку, поздравляя ее. Наверняка по всему Саринску разлетелась весть о ее удаче. Нина досадливо поморщилась — знали бы они, что происходит на самом деле. Вранье следовало за враньем, но Нину ничто не останавливало. Свои неоцененные актерские способности она воплощала в жизнь своеобразно, стараясь не слышать возмущенный голос совести. Теперь нужно было быстро решить проблему с общежитием, в которое якобы должна была переехать Нина. Конечно, рано или поздно любая ложь раскрывается. Если тетя Саша захочет проведать ее — обман станет для нее неожиданностью. Но пока до этого далеко, Нина не хотела думать даже на несколько дней вперед, настолько непредсказуемой была ее жизнь в столице.

Например, сегодня она собиралась встретиться с Геннадием Ивановичем. Она познакомилась с ним не в самый радостный день. Он сам затронул ее в вестибюле института, подсев к ней с успокаивающими фразами. В этот день она не нашла своей фамилии в списке зачисленных на факультет. Наверное, у нее на лице читалось «не прошла». Она смотрела на незнакомого мужчину, одетого в светлый летний костюм, приятно улыбающегося ей, и не понимала, почему он старается ее утешить? Его слова убеждали ее в том, что жизнь не останавливается от первой же неудачи. И вообще нужно хорошенько подумать, прежде чем решить — где заканчивается неприятность и начинается полоса везения. Нина прислушалась к нему, попадая все больше под обаяние этого улыбчивого человека.

— Все может быть даже к лучшему, Нина, — через пару минут общения они уже успели познакомиться. — Я помог многим таким же красивым девушкам, как вы, устроиться в жизни. Ни одна из них не пожалела об этом.

— Вы что, сутенер? — с детской непосредственностью, тоном заговорщика спросила Нина.

— Ничего себе! — рассмеялся Геннадий Иванович, хлопая себя по колену ладонью. Он долго не мог остановиться. У него даже слезы выступили. Вытирая их чистым носовым платком, он качал головой. — Фантазия у вас, однако!

— Извините, — сконфуженно пробормотала Нина, краснея.

— Ничего, это даже забавно, — улыбнулся Геннадий Иванович. Вытащил из бокового кармана пиджака небольшой блокнот, ручку, что-то написал и, вырвав листик, протянул его Нине. — Держите, если не будет других планов, звоните. Я помогу вам получить профессию на все времена. Стюардесса — это романтично и беспроигрышно. Как у вас с английским?

— Хорошо. В школе была пятерка.

— Вот и замечательно. Внешние данные тоже в порядке. Отбор строгий, отсев большой, но попытать счастья всегда стоит. Надеюсь, что вы позвоните.

— Спасибо, — взяв листик, сказала Нина.

— Пока не за что, — Геннадий Иванович поправил гладко зачесанные назад волосы и поднялся. — До встречи.

— До свидания.

— Кстати, вам есть где остановиться?

— Да, спасибо.

— Прекрасно. До свидания, Ниночка.

Неспешной, вальяжной походкой он направился к выходу из вестибюля. Все это время Нина завороженно смотрела ему вслед. Ей не приходило в голову ничего из того, о чем предупреждала мама. Большой город, большие соблазны — что-то вроде этого. Чувство самосохранения полностью затмила распирающая гордость — она впервые запросто общалась со взрослым мужчиной. Впервые он так серьезно, на равных разговаривал с ней. Нина даже на мгновение забыла о том, что провалила поступление в институт. На удивление, это не казалось девушке катастрофой. Она так же легко отказалась от мечты блистать на экране, как свыклась с мыслью о голубых просторах, в которых она будет парить. Геннадий Иванович обрисовал ей перспективы не менее интересной профессии, где она сможет блистать. Много ли в Саринске стюардесс? Кажется, нет. Так вот она будет лучшей. Летая на международных рейсах, она увидит мир, в совершенстве овладеет английским. Она будет выглядеть, как заморская леди, ведь она сможет покупать вещи, косметику в магазинах, недоступных для ее соотечественников!

Нина позвонила Геннадию Ивановичу через пять дней. Не то чтобы она все это время раздумывала, нет. Она решила, что откликаться сразу — неприлично, и выдержала паузу. Нина своеобразно набивала себе цену. Кажется, ее звонка уже не ждали. Ровным голосом Геннадий Иванович назначил встречу на сегодняшний вечер. Он говорил устало и несколько обреченно, как будто сожалел о том, что оставил свой номер телефона. Нина начала нервничать. В таком состоянии она всегда теряла аппетит, но поесть все же было нужно. В желудке было до неприличия пусто — разговаривать в голодном состоянии о серьезных вещах было бы затруднительно. Денег, выделенных мамой, могло хватить еще максимум на четыре-пять дней. Так что нужно было экономить — Нина не имела никакого желания возвращаться в Саринск, не устроив свое дальнейшее пребывание в столице. Ей было наплевать, сколько это займет времени. Она должна приехать домой победительницей. Иначе ее ждут насмешливые взгляды, шепот за спиной, а уж как Илья Стоянов порадуется — трудно себе представить. Нет, она не даст им повода для торжества! Нина поджала губы, резко тряхнув копной густых волос — у нее все будет по высшему разряду. Она обещала. Этого ждет мама, а ее ожидания она обмануть не в праве.

Заскочив в пирожковую, Нина купила три пирожка с капустой. Она на ходу машинально поглощала их, мысленно репетируя разговор с мамой. До переговорного пункта оставалось пару минут ходьбы. Нина шла, разглядывая многочисленных прохожих — этот вечно спешащий поток поначалу пугал ее. После размеренной жизни в Саринске здесь все напоминало кинофильм, прокручиваемый с бешеной скоростью. Тетя Саша первые дни ездила с нею, пока Нина не изучила маршрут до института и обратно. Сейчас она уже ощущала себя одним целым с бесконечным потоком погруженных внутрь себя людей. Казалось, никому нет дела друг до друга — неосторожное касание, беглое «извините», недовольный взгляд в ответ — все. Это была каждодневная жизнь улицы с основным законом — двигаться в собственном направлении без приключений. Заводной механизм, однажды запущенный и не требующий смены деталей.

Нина легко взбежала по ступенькам переговорного пункта и, выстояв приличную очередь, зашла в освободившуюся кабинку, поглядывая на часы: она боялась опоздать на свидание.

— Слушаю вас! — мамин голос показался ей грустным.

— Привет, мамочка! — Нина пыталась говорить как можно беззаботнее.

— Здравствуй, милая! — оживилась Алевтина Михайловна. — Как ты, девочка?

— Все замечательно. Не волнуйся, у меня все, все в порядке — я поступила.

— Поздравляю и целую тебя! Когда ты приедешь?

— Не знаю точно. Мне ведь нужно дождаться поселения в общежитие.

— Понятно. А как тетя Саша?

— Привет тебе передавала. Лене скажи, что она звала ее в гости.

— Передам, — Алевтина Михайловна, как всегда, растерялась. Никак не получалось сосредоточиться и задать волнующие вопросы. От радости, что слышала Нину, она совсем потеряла способность нормально мыслить. Это потом, когда в трубке послышатся гудки, она будет ругать себя, что не спросила о многих вещах. — Ниночка, я так скучаю по тебе!

— Я тоже, мамочка, но так нужно. Ты ведь понимаешь, что так нужно?

— Конечно, милая. Я рада, что у тебя все получается. Так горжусь тобой! — Алевтина Михайловна почувствовала, как слезы застилают глаза.

— Спасибо. Что у нас нового? — переводя разговор с темы о своем зачислении, спросила Нина. Ей
было невыносимо обманывать маму, но другого выхода
она пока не видела.

— Леночка поступила на экономический факультет,
Илюша Стоянов тоже прекрасно сдал вступительные.
Вообще большинство твоих одноклассников стали сту-
дентами. Виделась с вашим классным руководителем —
передавал тебе привет.

— Иван Трофимович? Спасибо, — получалось, что
она одна из немногих, кто переоценил свои способности. Это испортило Нине настроение. — Да, а Панина
моего еще не призвали?

Нину меньше всего интересовало в этот момент все,
что касалось Володьки. Ее мысли были далеки от всего, что касалось Панина. Она оставила всю романтику
школьных отношений, не собираясь углублять их. Она
спросила о нем, понимая, что должна поинтересоваться,
проявить положенное внимание. Ей нужно было выглядеть такой перед мамой, Ленкой, мамой Володи, которая всегда ласково улыбалась ей. Все-таки их связывала многолетняя дружба, открытое покровительство
Панина и его всем известная любовь к ней. Он был
прав, когда думал, что все это очень скоро сойдет на
нет. Нина из вежливости задала свой вопрос, даже не
собираясь глубоко вдумываться в то, что ответит мама.

— Володю не призвали, Ниночка, — как-то вяло,
словно недоговаривая, произнесла Алевтина Михайлов-

на. Она ждала этого вопроса, ждала и боялась. — У него большие неприятности, доченька.

— Что случилось? Говори скорее, у меня время заканчивается, — Нина насторожилась.

— На него завели уголовное дело.

— Какое еще дело? — Нина почувствовала дрожь в коленях, стало сухо во рту. — Что он натворил?

— Он убил человека, одноклассника, Артема Пятака.

— Что?! Володька? Этого быть не может!

— Не буду о подробностях, Ниночка. Мы все в таком шоке от случившегося.

— А Володина мама, ты виделась с ней? Разговаривала? Что она говорит? Она говорила с ним? — Нина в панике задавала вопросы, не давая матери возможности ответить на них.

— Я не...

Разговор оборвался. Нина выскочила из кабинки, решив еще раз заказать переговоры. Она снова стала в очередь, но по прошествии некоторого времени поняла, что если выслушает все, что не успела договорить мама, то не сможет пойти на встречу с Геннадием Ивановичем. Во-первых, она уже опаздывает, во-вторых — ей и так тяжело от этой новости. Подробности ей сегодня ни к чему. Нина медленно вышла из здания переговорного пункта, не поднимая глаз, направилась ко входу в метро. Она шла, а в голове словно глухой набат звучали слова: «Он убил человека...» Володька убил? Что же могло произойти? Ведь Нина, как никто другой, знала, что он не способен на такой страшный проступок. Что же теперь будет? Нина почувствовала, что вот-вот лишится чувств. Она крепко ухватилась за гладкие перила подземного перехода, сделала несколько шагов и остановилась, опираясь о холодный мрамор стены.

Предчувствие не обманывало Нину. Алевтина Михайловна не договорила самого страшного и для дочери, и для себя. Она узнала о случившемся, возвращаясь с работы. Она шла, борясь с головной болью. Последнее время она беспокоила ее все чаще и простой анальгин перестал облегчать состояние. До дома оставалось пару минут медленной ходьбы. Уже была видна пятиэтажка с открытым окном на третьем этаже. Их было много, открытых окон, но Алевтина Михайловна сразу и безошибочно выделила свое. Яркий солнечный свет заставил ее прищурить глаза. И тут она заметила Лену Смирнову, идущую ей навстречу.

— Здравствуй, Леночка, — превозмогая боль, она приветливо улыбнулась подруге дочери, поравнявшись с нею.

— Здравствуйте, Алевтина Михайловна, — Лена выглядела очень расстроенной. Она даже не спросила по обыкновению о Нине.

— Что ты такая грустная, Леночка? — Алевтина Михайловна удивленно подняла брови.

— Значит, вы не знаете...

— Не знаю? Ты о чем говоришь?

— Панина арестовали вчера вечером, — дрожащими губами произнесла Лена.

— Володю? За что?

— Он убил Артема из нашего класса. Пьяная драка.

— Убил?!

— Случайно. Володя ударил, Артем упал и стукнулся головой об острый камень, — Лена уже говорила шепотом, едва сдерживаясь, чтобы не заплакать. Она говорила, не поднимая глаз на Алевтину Михайловну, потому что не сказала еще всей правды.

— Господи, беда-то какая, — прижав ладонь к лицу, тоже прошептала та. — Володя ведь никогда не был драчуном. Что же случилось? Я сейчас же заеду к Даше. Она всегда спрашивает о Ниночке... А Светлана Петровна, бедная женщина — потерять единственного сына.

Алевтина Михайловна забыла о головной боли, о Лене, повернулась и направилась к автобусной остановке. Володя с матерью жили в двух остановках отсюда.

— Алевтина Михайловна! Тетя Аля! — Лена догнала ее, взяла за руку. — Не ходите туда.

— Почему? Нина и Володя... Ты же знаешь, они дружили. Я должна поддержать Дашу.

— Вряд ли тетя Даша будет рада видеть вас, — настойчиво произнесла Лена.

— Не понимаю. Ты что-то недоговариваешь?

— Да. Они подрались из-за Нины. Артем сказал в ее адрес что-то грубое, — Лена набралась храбрости и посмотрела в зеленые глаза Алевтины Михайловны. — Володя защищал ее, как всегда, только на трезвую голову у него это получалось лучше. Послушайте меня, вряд ли Володина мама захочет видеть вас. Она обвиняет вас и Нину во всем. И тетя Света тоже...

— Господи! За что же такое горе?

— Володя так сильно любил ее... — Лена все-таки расплакалась.

— Почему ты говоришь о нем в прошедшем времени?

— Потому что для него все кончено, вы не понимаете? — Лена повернулась и пошла прочь.

— Леночка, что же делать? — дрожащим голосом спросила Алевтина Михайловна.

Не оборачиваясь, Лена развела руки в стороны, пожала плечами. Глядя ей вслед, Алевтина Михайловна почувствовала, что случилось непоправимое. И Нина замешана в истории, которая оставит след в ее жизни навсегда. Материнское сердце отбросило все, кроме самого важного для него: безопасность своего ребенка. Конечно, скрыть факт случившегося от Нины не удастся, но подробностей она узнать не должна. Поэтому Алевтина Михайловна дала себе немного времени для раздумий, сознательно оборвав телефонный разговор с Ниной. До следующего звонка выяснится что-то еще, связанное со случившимся. А пока нельзя обрушивать на нее невероятной тяжести чувство вины за происшедшее. Алевтина Михайловна понимала, что это — не выход из положения. Нина вернется, все узнает и, не дай бог, не сможет жить с этим в родном доме. Начнет обвинять ее, что не сказала вовремя правду. Теперь матери хотелось, чтобы дочь как можно дольше задержалась в столице. Страсти не улягутся навсегда, но хоть немного поостынут. Хотя разве может стать менее болезненной потеря сыновей? Одному дала последний приют земля, а другого ждут невесть какие испытания в жизни, искалеченная судьба.

Алевтина Михайловна нажала на рычаг телефона, положила трубку и схватилась за голову. Она вспомнила похороны Артема, на которые едва отважилась пойти. Не пойти означало признать то, о чем говорили со всех сторон. Она должна была быть там, стоять сзади за опустившими головы одноклассниками, глядя в спину онемевшей от горя матери Артема. И в конце нашла в себе мужество подойти к ней, взять за ледяные пальцы и тихо произнести самые теплые слова, которые были бы уместны в этой ситуации. Светлана Петровна подняла на нее заплаканные глаза, закрыла их. Слезы потекли по постаревшему лицу, губы задрожали. Отвернувшись, она уткнулась в плечо Ивана Трофимовича, стоявшего рядом. Алевтина Михайловна поняла, что та не может видеть ее, и медленно отступила назад, в сомкнувшиеся за ней ряды одноклассников и друзей Артема. Она интуитивно почувствовала, что эта история будет иметь продолжение. Ей стало не по себе, но успокаивало одно — время лечит самые глубокие раны. Бог даст, Светлана сможет понять, что Нина — только повод гибели ее сына. Пьяная агрессия сделала свое дело — только она причина случившегося несчастья.

Алевтина Михайловна пыталась представить реакцию дочери на ее сообщение. Она понимала, каким неожиданным и болезненным оно стало для нее. Особенно в свете того, что ее девочка стала студенткой и ожидала от жизни светлой полосы, ничем не омраченной. Покачав головой, Алевтина Михайловна прижала руку к груди: одна в чужом городе, на пороге самостоятельной жизни — здесь хватает стрессов и впечатлений, а тут такое... Нина действительно едва не потеряла сознание, только представив себе все, что происходило в Саринске. Ей никак не удавалось представить, что же могло произойти, что заставило Володю совершить такое! Она стояла, прижавшись к мраморной стене, пока не почувствовала, что ей стало холодно. Прохожие едва удостаивали ее мимолетными взглядами. Нине было даже лучше, что никто не проявил участия. Это хорошо, нужно учиться стойко переносить трудности, зная, что опереться не на кого.

Посмотрев на часы, она поняла, что медлить нельзя: опоздать на первую встречу — создать о себе не самое хорошее впечатление. Нина несколько раз глубоко вдохнула и выдохнула горячий летний воздух и, взяв себя в руки, решительно направилась ко входу на станцию. Прохладный поток воздуха окатил ее освежающей волной, когда она вошла в стеклянную дверь с надписью «вход». Сжимая жетон в руке, она подошла к турникету, но тут поняла, что не может бросить его: рука дрожала, не желая слушаться. Чуть не плача от досады, Нина оглянулась за уже наблюдающей за ней дежурной. Та стояла на своем рабочем месте, возле узкого прохода, предназначенного для льготного контингента. Покусывая губы, Нина подошла к дежурной, протягивая ей жетон.

— Не могу попасть... не могу... Дрожит рука, — глухо произнесла Нина, чем еще больше насторожила женщину.

— Ты не пьяна случайно? — ледяным тоном спросила та, внимательно глядя на Нину.

— Нет, нет. Я вообще не пью, принципиально. Просто нервы.

— Такая молодая, а уже нервы и принципы! — победоносно оглядывая спускающихся и поднимающихся по лестнице пассажиров, сказала дежурная. Она обращалась к ним, а не к побледневшей девушке, стоящей рядом. — Ну и молодежь пошла.

— Вы можете мне помочь? — едва владея собой, спросила Нина. Она протянула жетон и умоляюще посмотрела в непроницаемое лицо.

— Я вот думаю, кого мне звать: врача или милицию.

— Черт, да что же это такое?! — от нарастающей злобы на непонимание, недоверие Нина вдруг ощутила, как тело ее напряглось. Она была готова сказать то, что не следует, и едва сдержалась. Резко повернувшись, она за несколько шагов снова оказалась перед турникетами. Рука была твердой — жетон оказался на месте, и справа загорелся зеленый свет. Не глядя в сторону дежурной, Нина стала спускаться на станцию. Как раз подходил нужный состав, и она сразу зашла в вагон. Там, вопреки предупреждающей надписи, она прижалась спиной к дверям, закрыла глаза. Ей нужно было освободиться от мыслей о Володе, иначе ее лицо будет выражать страх и скорбь. Это не лучший вариант для того, зачем она ехала на встречу. Ей нужно успокоиться! Она пыталась отвлечься, почему-то вспоминая стихотворения Бернса на английском языке. Она выучила несколько на спор — Илья Стоянов и она всегда придумывали подобные состязания. Она тогда выиграла — учительница отметила, что произношение и чувство, с которым она читала стихи, заслуживают самой высокой оценки, а Стоянову нужно подтянуться. Говоря по правде, Илья тоже здорово читал тогда, сбившись лишь однажды. Но этого бывает достаточно, чтобы проиграть. На лице Нины мелькнуло подобие улыбки: она вспомнила откровенную досаду на лице Стоянова. Сейчас это воспоминание помогло ей снова стать собой. Она ошибаться не должна, ни единого сбоя — как для сапера.

Столица показалась Нине сосредоточением мирового зла, неудач и обмана. Но прошло немного времени, прежде чем девушка начала чувствовать себя здесь, как рыба в воде. Начать с того, что встречи с Геннадием Ивановичем не привели к тому, о чем он с таким жаром рассказывал. Наивная Нина совершенно недопустимо позволила обмануть себя. Вальяжный, солидный вид мужчины напрочь лишил ее природной проницательности. Она почувствовала что-то подобное возрастающей симпатии к нему и после первого же ужина в небольшом, но уютном кафе согласилась посмотреть, как живет ее будущий благодетель — так она окрестила его мысленно. Теперь Нина по-иному смотрела на все то, что произошло в тот вечер. Тогда она не задавала себе никаких вопросов, не видела ни в чем подвоха. Даже в том, что Геннадий Иванович сразу предложил заехать к нему, услышав, как Нина прочла ему два стихотворения Бернса. Она привела нового знакомого в неописуемый восторг.

— А еще говорят о потерянном поколении! — восхищенно произнес он. — Такая светлая голова и природная красота — удивительно редкое сочетание. Родители могут гордиться вами, Ниночка.

— Мама, у меня одна мама, — ответила Нина. — Она мечтает о самом лучшем для меня.

— Как любая любящая мать.

— Да, вы правы.

— Но, возвращаясь к английскому, — резко сменил тему Геннадий Иванович. — Я могу показать вам удивительные вещи. У меня дома есть нечто, что заинтересует вас. Вы не будете разочарованы. Соглашайтесь.

Он пообещал показать уникальное издание Голсуорси и Драйзера на английском языке, а она почему-то решила прихвастнуть, что легко будет читать с листа. Весь вечер до поездки к нему домой Геннадий Иванович выглядел расстроенным. На вопрос Нины о причинах ответил, что назначил встречу в этом кафе не только Нине, но и человеку, непосредственно занимавшемуся отбором девушек. Тот должен был записать для себя паспортные данные девушки, посмотреть ее аттестат, мимоходом проверить знания английского и, в конце концов, оценить внешние данные. Но этот важный человек, конечно же, не пришел. Нину не смутил тот факт, что такие вопросы почему-то должны решаться в полумраке кафе, а не в официальном заведении. Она совершенно попала под влияние Геннадия Ивановича, даже утешая после того, как стало очевидно, что никто больше не придет.

— Не огорчайтесь, Геннадий Иванович. Занятой человек — не смог распределить свое время нужным образом. В следующий раз получится наверняка, — улыбаясь, говорила Нина, а Геннадий Иванович только безнадежно махнул рукой.

— Ну ни на кого нельзя положиться. Сам не сделаешь — никто не сделает! — недовольно сказал он, наливая в бокалы шампанское. Его бокал был пуст, а Нина едва притронулась к напитку. Он удивленно поднял брови: — Вам не нравится шампанское?

— Спасибо, но я вообще не пью ничего крепче минеральной воды.

— Вот это да! Но бокал искристого напитка исключительно для настроения, вопреки принципам, один раз, прошу вас!

— Не уговаривайте. Я никогда не пила, вдруг я стану глупой и излишне говорливой.

— Женщинам идет болтливость, особенно чуть хмельная. Это придает им особенное очарование.

— Ага, и возвышает мужчин до небес — мол, какие дуры. И так мелют что ни попадя, а тут...

— Вы меня окончательно покорили, Ниночка, — раскатисто смеясь, проговорил Геннадий Иванович. Его тело сотрясалось от безудержного смеха. Снова понадобился носовой платок, чтобы вытереть набежавшие слезы. — Во второй раз, между прочим.

Когда Нина приняла приглашение и согласилась на полчаса заглянуть к Геннадию Ивановичу домой, настроение его стало еще более приподнятым. Они доели десерт, выпив еще по бокалу шампанского. Нина почувствовала себя совершенно раскованно. Ей понравилось это состояние легкого опьянения. Оно каким-то невообразимым образом делало существующие проблемы менее острыми, отодвигало их, размывало. Нина не отказалась от последнего тоста «за приятное знакомство» и, лукаво поглядывая на Геннадия Ивановича, поднялась вместе с ним из-за стола. Взяв его под руку, она с гордо поднятой головой шла через небольшой зал. Она заметила, что их провожали заинтересованные взгляды. Нина не стала задумываться, кому они предназначались. То ли завидовали ее расцветающей красоте и молодости, то ли вальяжности и нескрываемой уверенности ее спутника.

Поймав такси, он всю дорогу рассказывал о том, как в студенческие годы учил иностранные языки. За это его называли полиглотом, что очень льстило его самолюбию. Потом он вдруг посмотрел на часы и чуть настороженно поинтересовался, когда она обычно возвращается домой.

— Я уже не ребенок, — тряхнув головой, заявила Нина. Шампанское сделало ее решительной, забывшей о некоторых ограничениях, о которых говорили мама и тетя Саша. Все их предостережения казались ей наивной, никому не нужной перестраховкой. Сами настращают, а потом избавляйся от комплексов как хочешь. Нина кокетливо прищурила глаза и, глядя на Геннадия Ивановича, взмахнула длинными ресницами. — Сейчас только десять вечера. Через полчаса будет половина одиннадцатого — детское время. Я ведь к вам на полчасика...

Геннадий Иванович снова раскатисто засмеялся, ненароком прижимая Нину к себе. Она не нашла в этом движении ничего предосудительного, только улыбнувшись в ответ. Ее новый знакомый нравился ей тем, что вел себя не так, как это делали взрослые мужчины. Он не смотрел на нее свысока, не читал нотаций, не пытался во всем навязывать свое мнение. И это было совсем не похоже на то, как она проводила время со сверстниками — ей было с ними не так интересно, даже с Володькой при всей его неутомимой фантазии. Воспоминание о Панине на мгновение лишило вечер романтического ореола. Словно жизнь разделилась на две части. В одной детство, школа, Володька и его безрадостное будущее; в другой — самостоятельность, раскованность, работа, мужчины, любовь. Нина почувствовала готовность забыть о первой ради благополучия во второй.

Но первые шаги во взрослую жизнь оказались слишком стремительными. Геннадий Иванович помог Нине переступить черту, за которой начинается другой отсчет времени. Этот вечер начался для обоих в стенах уютного кафе, а закончился на просторной постели в спальне Геннадия Ивановича. Все произошло настолько быстро, что Нина опомнилась только на следующее утро, открыв глаза и увидев рядом с собой спящего мужчину.

— Доброе утро, — переворачиваясь на другой бок, сонно произнес Геннадий Иванович.

— Который час? — спросила Нина, с ужасом понимая, что тетя Саша наверняка с ума сходит.

— Часы напротив тебя, девочка, — глядя на нее опухшими глазами, ответил Геннадий Иванович. Он с хрустом потянулся и быстро встал с кровати. Нина широко открыла глаза — он был совершенно голый. Перехватив ее взгляд, он удивленно поднял брови. — Что тебя так смущает?

— Ничего, — прошептала Нина, понимая, что и она лежит под одеялом обнаженная.

— Кофе будешь? — он подошел к журнальному столику, взял открытую бутылку шампанского и налил в бокал. Потом вопросительно посмотрел на Нину, поднимая второй бокал. — Может, начнем с шампанского?

— Нет, не хочу.

— Мое дело предложить. Ты что так уставилась на меня?

— А мы уже перешли на «ты»?

— Мы даже успели переспать, дорогая. Я — твой первый мужчина, проводник в страну наслаждений. Ты вообще что-нибудь помнишь или придуриваешься, чтобы выглядеть обманутой провинциалкой? Меня зовут Гена, вспоминаешь?

Нина закрыла глаза, потрясла головой и снова открыла: перед ней лицом к лицу стоял мужчина, бесстыдно улыбаясь. Взгляд Нины словно магнитом притягивало к его телу. Едва обозначенные мускулы, упругая кожа, практически лишенная волосяного покрова. Сейчас при ярком свете он казался чуть старше, чем Нина представляла.

— Так ты будешь кофе? — повторил он свой вопрос, присаживаясь на край кровати рядом с Ниной. — Все было так прекрасно, что с тобой?

— Это было? — переспросила Нина, понимая, что задает самый глупый вопрос из всех возможных. Голубые глаза Геннадия Ивановича блеснули неприятным холодком. — Я же говорила, что не пью...

— Ты хочешь сказать, что все произошло из-за шампанского? — проведя пальцем по щеке Нины, он взял ее за подбородок. — Нет, милая. Я за километры шлюху чую. Сам — кобель еще тот, не буду скрывать, так как мы стали близки. У меня не бывает секретов от любимых женщин. А ты — самая лучшая из всех, кого мне доводилось заполучить.

— Значит, значит, не будет никакой школы стюардесс? Никакого просмотра, ничего не будет, да? — голос Нины сорвался.

— Ты начинаешь меня разочаровывать, — поднявшись, ответил Геннадий Иванович.

— Значит, никаких полетов. Вы меня обманули...

— Неправда. Ты летала этой ночью раза три, — усмехнулся Геннадий Иванович, надевая халат, и добавил: — от оргазма. Ни с чем не сравнимое чувство полета, верно?

Нина молчала, натянув одеяло до подбородка. Она чувствовала, что дрожит и не может с этим справиться. Ей хотелось плакать, но показывать свою слабость было бы еще более унизительно. Ситуацию хуже представить трудно. Нина закусила губу: «Идиотка, какая же я идиотка!»

— Ладно. Все в порядке. Я иду в душ, потом на кухню, и ванна окажется в твоем распоряжении. Там же найдешь халат для себя. Не смотри на меня волком. Ты еще будешь вспоминать меня с благодарностью. В конце концов, я не делал ничего против твоей воли, — уже из коридора он крикнул: — Свататься к родителям не поеду, не жди, поскольку жениться не собираюсь. Но предлагаю продолжить знакомство. Переезжай ко мне. Ты ведь наверняка снимаешь квартиру, а она дорого стоит. На актерской карьере можешь поставить крест. Домой тоже возвращаться нет желания, да? Я предлагаю тебе райскую жизнь, только срок ее не оговариваю. Подумай, девочка.

Из ванны раздался шум душа, а Нина, вскочив, решила быстро одеться и убежать. Он никогда не найдет ее, потому что не будет знать, где искать! Лихорадочно соображая, она оглядела комнату: на журнальном столике открытая бутылка шампанского, коробка конфет, ваза с фруктами. Ее вещи лежали на кресле и на полу рядом с ним. Нина прижала ладони к пылающему лицу. Не чувство стыда жгло ее изнутри, а сознание, что ее так ловко провели. Негодование, разраставшееся внутри, могло разорвать на части — Нина стиснула зубы. Она представила, какими глазами будет смотреть на нее тетя Саша, и мгновенно осела на пол на ослабевших ногах. Волосы рассыпались по плечам, скользнули по спине, замерли, как и их хозяйка.

— Ванна свободна, — послышался голос Геннадия Ивановича и удаляющиеся шаги. До Нины донеслась негромко включенная на кухне музыка.

Она продолжала сидеть, не шевелясь, опираясь руками о мягкий шерстяной ковер. Потом начала бездумно проводить ладонью по ворсу — в одну сторону, в другую. Податливые нити ласкали нежную, чувствительную кожу, и эти прикосновения немного успокоили Нину. «Что произошло — то произошло, — философски решила она. — Значит, нужно выжать из этой ситуации максимальную выгоду. Он мне не противен — это уже неплохо, а я сделаю так, что он не захочет отпускать меня. К тому же он понимает, что мне от него нужно: ему одно, мне другое. Что-то вроде сделки с взаимными интересами. Отказываться глупо». Нине стало беспричинно весело. Она будет жить здесь, пока что-то не изменится, а может быть — останется здесь надолго, войдя в роль хозяйки. Она сделает так, что он будет нуждаться в ней больше, чем думает сейчас. А она получит то, чего ей недостает. Не самый плохой вариант, учитывая, что тетя Саша стала что-то подозревать. Нина видела это по ее недоверчивым взглядам, которыми она провожала ее каждое утро на «„отработку“ в новом строящемся корпусе института». Она ни о чем не спрашивала, но не нужно было быть психологом, чтобы почувствовать — обстановка может выйти из-под контроля. Небылицы, которые плела Нина по поводу проблем с общежитием, становились все менее правдоподобными. Тетя Саша не гнала ее. Напротив, она предлагала ей оставаться у нее на все время учебы. Одинокой женщине было не так грустно коротать вечера в ее обществе. Но для Нины это был не выход — постоянное общение, постоянная ложь. Она должна придумать что-то! Девушка была на грани отчаяния. И вот появляется Геннадий Иванович. По крайней мере проблему с жильем он поможет ей решить.

Окончательно решено, она переедет сюда, сказав тете Саше, что получила комнату в общежитии. Нужно будет только успокоить ее по поводу сегодняшней ночи. Нина решила, что не станет заранее придумывать причину своего отсутствия. Она сориентируется на месте, глядя в глаза тете Саше. Она поверит или сделает вид, что поверила, — это уже не имеет значения, а через недельку нужно будет поехать домой, хотя бы для того, чтобы взять теплые вещи. Можно, конечно, попросить маму прислать их посылкой, но она обидится. Она точно обидится. А еще хуже — решит, что с ней что-то случилось, и примчится к тете Саше. В этом случае та точно поделится с ней своими подозрениями, а маму обмануть не так просто. Лучше общаться с ней в Саринске. Нине казалось, что ей будет легче плести свою сеть лжи дома. Мама не сможет ничего проверить — раз, спокойный и уверенный вид дочери не оставит сомнений, что у нее все в полном порядке, — два. Пройдет время, а там видно будет...

Поднявшись, Нина с гордым видом направилась в ванную. Задержалась у двери, наблюдая за тем, что происходит на кухне: Геннадий Иванович стоял спиной к ней. По его движениям можно было понять, что он что-то медленно нарезает, подпевая звучащей музыке. Аромат кофе смешался с запахами из открытой ванной комнаты.

Почувствовав на себе взгляд, хозяин квартиры оглянулся и вопросительно поднял брови.

— Ты зайдешь вымыть мне спину? — с видом усталой обреченности спросила Нина.

— Обязательно, Ниночка.

— Заранее благодарна, Гена, — и, закрыв за собой дверь, оставила его в недоумении стоять у кухонного стола. Смена настроения показалась ему слишком быстрой. Геннадий сдвинул брови, задумавшись о том, что за девица эта рыжеволосая, зеленоглазая Нина. Не

поспешил ли он? Пожалуй, с ней нужно держать ухо
востро — она непредсказуема.

Алевтина Михайловна не знала, куда посадить дочь.
Два дня, что она была дома, стали для матери нескончаемым праздником. Она слушала рассказ дочери о ее
жизни в столице: о том, как принимала тетя Саша, как
проходили экзамены, как завязывались новые знакомства. Нина заранее выстроила в голове некую схему,
которой следовала, стараясь не сбиться. Нужно было
следить за каждым словом, чтобы не промелькнуло нечто несвязанное с вымыслом, приводившим маму в восторг. Пока девушке все удавалось, и Алевтина Михайловна не чувствовала подвоха. Она просто не могла
поверить в то, что ее Ниночка способна так искусно
лгать, глядя ей прямо в глаза. Это было за пределами
ее рассудка. Удивляло одно — за два дня пребывания
в Саринске дочь не задала ни одного вопроса о своих
друзьях, одноклассниках. Никому не звонила, не сообщила о том, что вернулась. Набравшись смелости, Алевтина Михайловна сказала ей об этом, но Нина только
улыбнулась, целуя ее.

— Мамочка, тебе уже надоела моя болтовня?

— Ну что ты!

— Я только хотела, чтобы какое-то время мы побыли вдвоем, исключительно вдвоем. Я не знаю, когда
приеду в следующий раз. Может быть, только после
сессии. Неужели ты хочешь, чтобы я променяла наши
милые разговоры на встречи с Леной или... — Нина
хотела сказать «Володей», но вовремя спохватилась. —
Тебе скучно со мной?

— Нет, нет. Я со своей стороны не хочу тебя ограничивать. Я вообще в какой-то необъяснимой растерянности, как будто принимаю царственную особу: боюсь сказать, сделать лишнее. Не могу справиться с напряжением, волнением. Совсем стареет твоя мама, Ниночка.

Нина улыбалась, приговаривая, что она здесь не гостья и не стоит так суетиться по случаю ее приезда. В этот вечер она совершенно расслабилась после горячей ванны и теперь сидела на кухне у окна, наблюдая за матерью.

— Как же, доченька? Радость-то какая! — мать целовала ее в пахнущую незнакомыми духами макушку. — Стойкие духи какие — волосы вымыла, а они все равно пахнут.

— Да? А я не чувствую, — слукавила Нина: эти духи подарил ей Геннадий — настоящее французское качество, мечта! Она забрала с собой маленький флакон, с удовольствием пользуясь им дома.

— Ты словно повзрослела за это время. Смотрю на тебя и не узнаю — моя ли это Нина?

— Твоя, только твоя, мамочка, — Нина прижалась к материнской груди. В этот момент она ощутила тепло милых сердцу прикосновений, нежных слов, в искренности которых сомневаться не приходится. Только мама может так легко проявить силу своих чувств и мгновенно вызвать отклик в душе. — И я дома в полном твоем распоряжении.

— Ты надолго, доченька? — взволнованно спросила Алевтина Михайловна, вглядываясь в лицо Нины. Она сама удивилась, что до сих пор не задала этот простой вопрос. — Ты так редко звонила, да и что по телефону успеешь сказать. Услышу в трубке гудки, тогда и вспомню главное. Так когда тебе нужно возвращаться?

— Как сказать... Желательно вернуться на следующей неделе, чтобы довести до ума комнату в общежитии. Я познакомилась с девочками, которые будут жить со мной. Так вот, мы договорились вернуться чуть пораньше, чтобы все сделать на совесть: обои сменим, подкрасим кое-что. Уют — очень важная вещь. Все-таки не на один день.

— Дружно, значит? Новые знакомства...

— Получается. Я освоилась без проблем. Сначала, конечно, мне казалось, что я отличаюсь от столичных ровесниц, но потом я поняла, что нужно быть уверенной в себе. Это — главное, тогда друзья появляются быстро. В чужом городе без друзей нельзя.

— Несколько дней знакомства дружбой называть рановато, — нахмурив брови, произнесла Алевтина Михайловна. Слишком восторженно дочка говорила о своих новых знакомых, совсем не вспоминая о старых. Неужели она забыла их разговор о Володе? Женщина не могла понять, почему Нина не спрашивает о Панине? Конечно, она сама оберегала ее от всего, что происходило в Саринске в связи с происшедшим. Маленький городок кипел, но, кажется, страсти улеглись. Только Володина мать не может успокоиться. Люди говорят, что каждый день она ходит в местную церквушку и на коленях проводит там часы, что-то бормоча. Даже мать Артема сказала, что прощает ее сына. Прощает, но видеть его больше никогда не хочет. Саринск слишком мал, чтобы затеряться в нем. Поэтому семья Артема пару дней назад уехала из города. Алевтина Михайловна не знала, куда именно. Ей было жаль этих людей, бегущих от всего, что напоминает о погибшем сыне. Только разве получится убежать от того, что в сердце?

— Ты что, мам? — Нина взяла ее за руку, слегка сжала.

— Да так, вспомнила кое-что.

— Ты что-то скрываешь?

— Мне ли скрывать, Ниночка. Я как на ладони. Все мои горести, радости — твои неудачи и удачи. Все хорошо у тебя — и мне спокойно.

— Мамуль, я так скучала по тебе, — Нина понимала, что должна сейчас снова сказать об этом. Мать смотрела на нее с напряженным лицом. — И важно то, что мы всегда будем находить общий язык, правда?

— Надеюсь на это.

— Я хочу говорить только о нас с тобой, а не о том, как я провела все это время. Ничего особенного, понимаешь? Суета, экзамены, ожидание. Хуже всего — ждать.

— Зато потом как приятно получить ожидаемое.

— Да, и я рада, что у меня пока все получается. Я стараюсь выполнить свое обещание. Ты ведь помнишь его?

— Конечно.

— Ты будешь гордиться мной, мамочка.

— Хорошо, хорошо, — нетерпеливо перебила ее Алевтина Михайловна. Она настраивалась на другой разговор, и Нина почувствовала это.

— Теперь твоя очередь, наверняка тебе есть что рассказать. Ты ведь понимаешь, что я хочу услышать? Это тяжело и непоправимо. Я не знаю, как спросить, мне страшно! Я имею в виду... я о Володе.

Нина выдохнула это имя, почувствовав, как отчаянно заколотилось сердце. Оно в один миг пустилось вскачь, мешая нормально дышать — воспоминания вдруг стали такими болезненными. Нужно выбросить из головы, выбросить навсегда. Иначе, что бы ни сказала мама, она будет сожалеть, что была такой чопорной, чужой в свою последнюю встречу с Паниным. Получается, что не уберег его талисман... Не смог дельфин отвести беду, остановить поднятую руку. А ведь столько лет ей было весело, беззаботно с Паниным. Когда все девчонки завидовали ее бесстрашным поездкам на мотоцикле вместе с ним. И первый поцелуй связан с Володькой... Нельзя погружаться в эти воспоминания. Они намертво привязывают ее к прошлому, Саринску, а она твердо решила вырваться, освободиться.

Не поднимая глаз, Нина следила за тем, как мать медленно открыла дверцу духовки — заглянула и снова закрыла; обжигающий поток горячего воздуха прошел понизу. Скрип дверцы неприятно резанул слух. Вздрогнув, Нина аккуратно сложила руки, положив их одну на другую, выпрямила спину, как они делали с Володькой в школе, и замерла. Учительница тогда объявила соревнование на самую дисциплинированную парту, обещая награду в конце урока. Нужно было постараться не получить ни одного замечания. Нина вспомнила, как они с Паниным застыли, внимая каждому слову преподавателя, а после звонка на их парте появился красный вымпел — они были признаны лучшими. Это была такая радость, чувство победы, превосходства. Тем более, что Володька всегда был таким непоседой. Нина в тот же день прибежала домой, восторженно рассказывая о том, что они с Володькой лучшие! Она убежденно говорила, что смогла уговорить его на этот поступок, а никто другой не смог бы!

Алевтине Михайловне часто говорили, что Володя плохо влияет на ее дочь, но она только улыбалась в ответ. Она была иного мнения, зная, какой крепкий орешек ее Ниночка. Если она дружит с Паниным, значит, так и должно быть. Она знала, что Нина находит общий язык с Володей и даже командует ним. Ее влияние на этого кареглазого мальчика было бесспорным. Он всегда прислушивался к тому, что она говорит. Благодаря Нине он окончательно не распрощался со школой еще в восьмом классе. Он многое делал исключительно ради нее. Свой последний поступок тоже...

Зябко поведя плечами, Нина с силой сжала пальцы, до боли в суставах. Ей трудно было поверить, что в этот ее приезд все настолько изменилось. Вот мама поглядывает на нее странно, внимательно глядя в глаза. Наверняка и Лена будет разговаривать с ней иначе — между ними незримый Панин, который не даст им возможности общаться как прежде. Володьку она не увидит не потому, что его призвали, а потому, что он под следствием и впереди его ждет тюрьма. Еще вчера ее это совершенно не волновало. Она забыла о существовании Панина, Стоянова, Смирновой и всех, кто связывал ее с той, ушедшей частью ее жизни. Нина оставила их в прошлом, не пытаясь больше связывать себя с ними. Даже тоска по маме стала менее острой. Вчера это казалось естественным, но едва ступив на платформу городского вокзала, Нина поняла, что так легко оборвать эту связь не удастся. По крайней мере здесь, где каждая улица, сквер, переулок напоминают об этом.

Нина следила за резкими движениями мамы, которая словно не услышала ее вопроса. Она все слышала, просто тянула время, подбирала нужные слова. В какой-то момент она даже решила, что не станет говорить того, о чем знают все. Пусть Лена Смирнова откроет дочери глаза на горькую правду. Тогда у Нины будет возможность прийти к ней, положить голову на грудь, ожидая ласки, понимания. Если она вообще воспримет все близко к сердцу. Глядя на Нину, Алевтине Михайловне чудилось, что она вовсе не настолько интересуется судьбой Володи, как хочет показать. Она какая-то отрешенная, спрятанная в свою новую жизнь, куда ей, матери, нет доступа. Алевтина Михайловна поняла, что ей не нравится в дочери, чего она не может принять — она не допускает ее к себе так близко, как это было всегда. Она старается, но у нее никак не получается. Чтобы не показывать этого явно, нашла способ переключиться — Панин.

— Так что же о нем нового? Наверное, я единственный человек в Саринске, который не знает подробностей.

— Тебя волнует твоя неосведомленность или суть самого дела? — Алевтина Михайловна села напротив, внимательно посмотрела на дочь. Что-то изменилось в ее облике, что-то ускользающее, неподдающееся описанию. Говорить стала по-другому: чуть растягивая слова, манерно — быстро переняла столичный говор. — Тебе нужно не упасть в грязь лицом, отвечая «я в курсе», так, что ли? Послушай, каким тоном ты задаешь вопросы! Между прочим, ты дружила с Володей десять лет! Я не вижу ничего похожего хотя бы на сострадание. Ты способна на это после своей столичной эйфории?!

— Мама, что ты такое говоришь? — Нина удивленно смотрела на взволнованную мать.

— Я знаю, тебе хочется услышать другое, но, милая девочка, боюсь, что тебе не понравится правда.

— Ты словно меня обвиняешь в том, что произошло. А я была за сотни километров отсюда.

— Иногда достаточно присутствовать незримо!

— Мама!

— Прости, — поспешила извиниться Алевтина Михайловна. Она колебалась: говорить — не говорить?

— Ты пугаешь меня.

— Вы долго дружили — я не могла воспринимать происшедшее легко, пойми, — начала оправдываться Алевтина Михайловна. — Как гром среди ясного неба. Я не видела его со дня твоего отъезда. Он звонил несколько раз, спрашивал о тебе.

— А ты?

— Я? Передавала ему от тебя приветы.

— Зачем?

— Он нуждался в них. Простое человеческое внимание. Приветы, которые ты почему-то забывала передать своим друзьям. И Леночке, кстати, тоже, — голос Алевтины Михайловны снова стал твердым. — Саринск для тебя — воспоминание, от которого нужно избавиться. Мы все — досадное прошлое! Я ошибаюсь? Скажи, что я ошибаюсь, девочка.

Нина убрала руки со стола, скрестила их на груди и усмехнулась. Она не ожидала такого поворота — милая, мягкая мама вдруг выпускает коготки, обвиняет: «И в чем? В том, что за столько времени на новом месте, в новой обстановке она не только не потерялась, напротив — нашла себя. В том, что у нее впервые что-то получилось без ее материнского участия? Как же ей, оказывается, обидно, что ее девочка вернулась все еще уверенная в себе. Неужели все настолько мелко? Ну, дела! Однако насчет Саринска она попала в десятку!» — Нина поджала губы, выдерживая паузу. Последнее время, общаясь с Геннадием, она замечательно овладела этим нехитрым приемом вынудить собеседника говорить дальше, открываться до конца. И с мамой она решила не отступать от своих новых правил игры.

— Ты ошибаешься, — ледяным тоном ответила Нина.

— А что дальше?

— Дальше? Вернемся к Володе. Он был и остается моим другом. Что бы ни толкнуло Панина совершить этот ужасный поступок, я не виню его и не оправдываю. Я просто принимаю случившееся как всегда.

— Он убил Артема Пятака, если помнишь...

— Что ему за это будет?

— Первый нормальный вопрос, — Алевтина Михайловна надела рукавички и, открыв дверцу духовки, вытащила пирог. Аромат свежей выпечки и фруктов стал еще более насыщенным. Но Алевтина Михайловна вдруг подумала, что их разговор не способствует приятному чаепитию со свежей выпечкой. «Неужели она сможет спокойно есть?» — глядя на Нину, подумала она, но отрезала кусочек и положила на блюдце. — Его осудят по статье за непредумышленное убийство с отягчающими обстоятельствами. Сначала его ждет колония, потом — тюрьма.

— Он никогда не пил настолько, чтобы совершать глупости.

— Убийство не глупость, а преступление, — Алевтина Михайловна покачала головой. — Вся жизнь под откос.

— Кто же виноват? Остался без твердой руки. Оказывается, стоило мне ненадолго отлучиться, как он...

— И часто тебе приходилось оберегать его от глупостей, как ты это называешь?

— Бывало.

— Не вешай себе незаслуженные награды, Нина. Противно слушать!

— Мамочка, почему ты так разговариваешь со мной? Я ведь тоже очень сожалею. Только что же мне теперь делать? Я ему не невеста, не жена и никогда бы не стала ею, как он, бедный, об этом ни мечтал.

— Да, я чувствую, у тебя совершенно иные планы, — произнесла Алевтина Михайловна, и Нина уловила в тоне матери сожаление, смешанное с иронией.

— Ты же сама говорила, что я должна добиться в жизни большего. Говорила?

— Говорила, не отказываюсь.

— Так почему же ты сейчас хочешь повесить на меня пожизненные страдания за чужую глупость? Почему тебе так хочется видеть меня испуганной, заплаканной, готовой идти за ним в тюрьму, что ли? — Нина вышла из себя. Пожалуй, она впервые так резко разговаривала с матерью. — По-твоему, в этом мое высокое предназначение?

— Мы говорим на разных языках, девочка.

— Неправда.

— Ты бы хоть вид сделала, что жалеешь его, непутевого.

— Неужели это не написано на моем лице? — возмутилась Нина.

— Нет. И общаться ты ни с кем не хочешь, потому что тебе наплевать на всех и все. Что с тобой случилось, Нина?

— Ты придираешься ко мне. Я скоро уезжаю, а ты решила оставить такие неприятные воспоминания о доме, о наших беседах, — Нина развела руки в стороны. — Я никогда не считала себя декабристкой. Слишком высокие идеалы и, по-моему, бессмысленные. Всего должно быть в меру.

— И с каждым словом мне еще больше жаль бедного, наивного Володьку.

— Отчего же?

— Потому, что он подрался из-за тебя. Он защищал твою честь. Он не мог допустить, что кто-либо может дурно отозваться о его девушке. О прекрасной Нине, которую он в мыслях всегда называл своей невестой. Он убил Артема из-за тебя! — выпалила Алевтина Михайловна.

На мгновение за столом повисла тишина, такая, что обеим казалось, что стук сердца раздается на всю кухню. Нина опустила глаза, проглотила сухой, колючий комок в горле и придвинула ближе блюдце с пирогом. Осторожно прикоснулась к нему дрожащим мизинцем: пирог был еще очень горячим. Алевтина Михайловна молча наблюдала за дочерью, мысленно ругая себя за то, что сказала резко и обвиняюще. Но ответ Нины показал, что мать напрасно беспокоилась о душевной травме, которую могло нанести такое сообщение.

— Значит, таково общественное мнение... Ты бы сама до такого не додумалась. Прекрасно... — теперь уже прямо глядя в глаза матери, сказала Нина. — Он всегда был готов совершить поступок ради меня. Ему это удалось. Тронута. Наверное, он сейчас доволен собой — его мечта сбылась и на всю жизнь хватит воспоминаний. Только он не учел одного — меня в этой жизни не будет никогда. И не было бы, понимаешь? Его никогда не было в моих планах. Жена водителя — на что еще можно надеяться с его способностями? Это его предел. Его, но не мой!

Алевтина Михайловна закрыла лицо руками. Она уже ничего не понимала. Ей хотелось отнять ладони и увидеть, что она одна на кухне. Присутствие дочери было адской мукой. Равнодушие, цинизм, которые она источала, пронзали материнское сердце.

— Ладно, не страдай так, пожалуйста, — миролюбивым тоном произнесла Нина. — Ну хочешь, я даже схожу к нему на свидание?

— Это было бы слишком кощунственно в свете всего, что ты только что говорила, — глухо ответила Алевтина Михайловна и, встав из-за стола, вышла из кухни.

В комнате она легла на диван, отвернувшись к стене.
Ей было невыносимо тяжело. И никто, ничто не могло
облегчить эту тяжесть. В один миг разрушился созда-
ваемый годами образ прекрасной дочери, которую она
воспитала. Алевтина Михайловна поняла, что все это
время что-то делала не так. Результат не радовал. Это
означало только одно — все теряет смысл. И Нина не
поймет ее отчаяния. Она вернулась чужой, а может —
и была такой? Алевтина Михайловна качала головой:
«Не нужно было отпускать ее так далеко. Она не готова к самостоятельной жизни. Нахватается всего, что
будет рядом, впитает, как губка, и плохое, и хорошее —
порой так трудно разобраться во всем самой. Я-то знаю,
кто, если не я... Наверное, я сама виновата в этом —
подбирала не те слова, приводила не те доводы, настаивала не на том». Алевтина Михайловна отняла ладони
от лица, медленно повернулась и посмотрела на сидя-
щую напротив Нину. Она незаметно зашла в комнату,
устроившись в кресле. На лице дочери не было ничего,
хоть отдаленно напоминающего сострадание, желание
сблизиться. Рыжеволосая девушка смотрела прямо, и в
этом взгляде был вызов. Говорить больше не хотелось
ни одной, ни другой. Алевтина Михайловна не чувствовала в себе сил обращаться к дочери сейчас. Она сказала себе, что для нее все кончено: несколько дней пере-
черкнули усилия всей жизни, показали бессмысленность
прожитого, пустоту, которая поглощает все, не оставляя

шансов. Нет цели, желаний, потеряна мечта, жизнь под откос...

— Ладно. Поговорим позднее, — поднявшись, сказала Нина и добавила с улыбкой: — А я все-таки отведаю твоего пирога. Не зря же ты старалась.

— Я люблю тебя, доченька, — прошептала Алевтина Михайловна, глотая слезы, когда снова осталась в комнате одна. — Я люблю тебя, только что-то я делала не так... Совсем не так.

Нина проснулась и с удовольствием потянулась, расправляя занемевшие руки: что за привычка спать, закинув руки за голову? Посмотрела на измятую подушку рядом — Гена уже поднялся, а может быть, успел уйти. Он не любит долго спать. Восемь утра для него — критическая отметка для того, чтобы начинать обычный день, а сейчас на часах была половина десятого.

— Гена! Гена, ты дома? — позвала Нина, прислушиваясь к тишине в квартире. И добавила, ни к кому не обращаясь: — Убежал крокодил Гена.

Нина сладко зевнула, повернулась к окну. Сквозь белоснежную, почти прозрачную гардину было видно голубое небо, совершенно чистое, без единого облачка. Умиротворяющая картина вызвала у Нины улыбку. Хорошая погода, ясный осенний день. Нина знала, что, когда небо чистое, у нее всегда ощущается прилив сил и подъем настроения. Напротив — свинцовый небосвод, вот-вот грозящий разразиться ливнем, всегда действует на нее удручающе. Так было всегда, и Нина ничего не могла с этим поделать. За то время, что они провели вместе, и Геннадий успел свыкнуться с тем, что настроение его прекрасной Ниночки может изменить дуновение ветра в прямом смысле слова. Он называл это капризами избалованного ребенка и всегда старался развеселить ее.

Поднявшись с постели, Нина накинула халат прямо на голое тело и, часто моргая, что помогало ей проснуться окончательно, побрела на кухню. На столе под салфеткой она обнаружила бутерброд с ветчиной, а рядом на кофеварке маленькую записочку: «Красивая, для тебя — горячий кофе. Твой Г.». Улыбнувшись, Нина нажала кнопку и, откусив бутерброд, снова выглянула в окно. Прохожие жили своей целенаправленной жизнью, кто спешил, кто брел медленно — у каждого свои проблемы, заботы. Нина усмехнулась, откидывая волосы за спину, вот у нее с некоторых пор нет ни проблем, ни забот. Она попала в сказку, где ей постепенно отвели самую главную роль. Вернее сказать, где она добилась главенства, и очень легко, без потерь.

Налив себе кофе, Нина села за стол. Она привыкла к тому, что теперь ей часто приходилось есть одной. Раньше это было для нее сущей мукой. Она не могла заставить себя проглотить хоть кусочек еды в одиночестве. Геннадий возвращался вечером и заставал Нину в плачевном состоянии: ее тошнило, кружилась голова, она лежала на диване, закрыв ладонью глаза. Когда выяснилось, что причина недомоганий — нежелание есть одной, он устроил Нине головомойку. Ей было приятно его внимание, которое выражалось даже в недовольстве в ее адрес. Ей нравилось примерять разные маски: то раскаявшейся овечки, то разъяренной тигрицы. Она могла вести себя, как ей вздумается. И все потому, что не так давно поняла: Геннадий нуждается в ней гораздо больше, чем это было поначалу. Он и сам не мог представить такого в начале их знакомства.

Вообще девушка быстро освоилась на новом месте и уже не считала Геннадия обманщиком, заманившим ее в ловушку, воспользовавшимся ее неопытностью. Напротив, она посчитала за необыкновенную удачу, что в тот день он подсел к ней, заговорил, а она — не оттолкнула незнакомого мужчину и поверила его словам. Как же она теперь радовалась своей наивности, благодаря которой теперь вела жизнь принцессы. Она чувствовала себя уютно, ей было надежно с этим спокойным мужчиной. Ей не нужно было ни о чем просить — Геннадий предугадывал ее желания, баловал, холил. Она стала его самой любимой игрушкой. Она с отрешенной улыбкой принимала знаки его внимания и заботы. Ей нравилось наблюдать, как по лицу его пробегала тень озабоченности, страха. Он так боялся, что она уйдет из его жизни, которую без Нины теперь трудно было представить.

Прошел год, не прошел — пролетел, а Нине казалось, что она перешагнула порог этой квартиры вчера. Однако изменений произошло немало. Из девушки, робко отвечающей на ласки опытного мужчины, она превратилась в женщину, заставляющую его преклоняться, восхищаться, раболепствовать — и это Нина считала своим главным достижением, безотказным оружием. Геннадий был настолько очарован ею, что был готов на любые безумства, только бы не потерять ее. Вокруг столько соблазнов, и он делал все, чтобы у Нины не возникало желания смотреть по сторонам. Она не должна открыть для себя что-то более интересное, чем жизнь с ним, его любовь. С некоторых пор Геннадий понял, что действительно влюблен. Это открытие сделало его еще более предупредительным, а Нина, почувствовав перемену, стала вести себя как полноправная хозяйка.

Единственное табу, сразу наложенное Геннадием, — никаких вопросов по поводу его работы, никаких расспросов о том, где он проводит время, как зарабатывает деньги. И деньги немалые — Нина была не настолько глупа, чтобы не понимать, что шикарная жизнь, которую они вели, требовала больших вложений. Телефон зачастую звонил не преставая, количество знакомых Геннадия впечатляло. Нина выполняла роль домашнего секретаря, регулярно записывая информацию о звонках за день. Но все равно она так и не могла понять, чем же занимается Геннадий. Девушка надеялась однажды получить ответ и на этот вопрос. А пока она отбросила ненужное любопытство и наслаждалась тем, что преподнесла ей судьба.

Раздался телефонный звонок. Медленно поднявшись, Нина подошла к телефону. Последнее время в ее движениях появилась какая-то усталая грация, ничто не могло заставить ее суетиться.

— Алло!

— Доброе утро, красивая! — Геннадий часто обращался к ней так. Нина расплылась в улыбке, запрокидывая голову назад.

— Доброе утро, — ее грудной голос спокоен, не выражая никаких эмоций.

— Ты давно проснулась?

— Не очень. Пью кофе. Ты, как всегда, покинул меня рано, неслышно. Ты поцеловал меня перед уходом?

— Да. Я всегда это делаю, девочка, — голос Геннадия дрогнул: он неожиданно почувствовал томление плоти, вспоминая, как они провели эту ночь. Одна из сотен ночей, когда мир теряет свои очертания, и важно только то, что ты чувствуешь, твой полет. Заставив себя вернуться в реальность, Геннадий спросил: — Ты настроена сегодня на ужин при свечах?

— Я всегда готова составить тебе компанию.

— Мы будем одни.

— Меня это только радует, — Нина предвкушала, как она предложит Гене заняться любовью. Она обязательно придумает что-то новенькое, вернее, воспользуется тем, что столько раз наблюдала в фильмах, которые смотрела по видео: шампанское льется по груди, кусочки шоколада тают во рту во время страстного поцелуя, льдинка медленно движется от кончика носа по шее все ниже, ниже. Она должна прочувствовать это в жизни. — Я подготовлю тебе сюрприз!

— Это интересно. Значит, так, я освобожусь около шести.

— Хорошо, я буду тебя ждать.

— Я куплю что-нибудь перекусить в ресторане, так что суетиться возле плиты не стоит.

— Годится, — Нина понимала, что Геннадий, как всегда, ждет ее «целую», но сегодня она решила воздержаться от нежностей по телефону.

— Нина!

— Что?

— Я люблю тебя.

— Я знаю.

— И все? — Геннадий знал, что она любит играть, пряча свои эмоции. — Этого мало.

— Меня не может быть много, — загадочно сказала она. — До вечера. Пока.

В трубке раздались гудки. Нина, довольная собой, направилась принимать душ, забыв о существовании Геннадия до вечера. Она найдет чем себя занять до его возвращения. А Геннадий, застыв с трубкой в руке, подумал, что совсем сходит с ума — для него стало важным только общение с этой девчонкой. Он думал над каждым ее словом, взглядом. Это было мучительно и необходимо. Ему сорок восемь лет, ей — неполных девятнадцать. На что он надеется? Он постоянно живет в страхе, что рано или поздно она уйдет от него. Но уйдет только в том случае, если ей предложат нечто большее, чем то, что способен дать он. Значит, он должен все сделать, чтобы она никогда ни в чем не нуждалась. Он избаловал ее, окружил бесконечным праздником. Она для него — ребенок, игрушка, любовница, жизнь. В ней все, о чем он мечтал.

Почему все его романы никогда не были долгими? Он легко заводил их, легко прерывал, не заботясь о том, что чувствует брошенная женщина. Так он поступил и со своей женой много лет назад. Теперь судьба решила наказать его за предумышленную жестокость. Она подарила ему достаток, положение в обществе и отняла душевный покой, подтолкнув к этой рыжеволосой, зеленоглазой колдунье. Мучительное, давно забытое состояние влюбленности — сладко и невообразимо тяжело. А может быть, она просто приворожила его, как это частенько бывает в последнее время? Сегодня столько об этом говорят. И именно поэтому он не смог пройти мимо потерянной, грустной красавицы с потухшими зелеными глазами. Он отчетливо помнил тот день и свою невероятную ложь по поводу набора на курсы стюардесс. Тогда он просто был очарован ее красотой и хотел провести с нею сладкое время, но все вышло гораздо серьезнее. Конечно, это она магнитом притянула его и не желает пока отпускать. Приворожила, кажется, у нее для этого есть все данные, а недостающие — он ей привил за этот год.

Геннадий усмехнулся — он счастлив! Счастлив, несмотря ни на что. Пусть это состояние продлится столько, сколько отмерено. Не все зависит от него, и даже баснословные деньги, которые он зарабатывает, не помогут ему купить вечное благополучие, гарантию бесконечной любви. И еще — ему не удастся остановить время. Оно работает против него, каждая секунда делает его не просто старше. Он стареет. Он почувствовал это совсем недавно, когда подумал о том, что неплохо было бы обзавестись ребенком. Может быть, Нина окажется хорошей матерью? Может быть, жизнь без забот скоро наскучит ей и проснувшийся природный инстинкт громко заявит о себе? Но только Геннадий подумал об этом, как в голове появилась несложная арифметика: допустим, пройдет еще пару лет. Итак ему пятьдесят — ребенок только родился, а Нине лишь чуть за двадцать. Нет, это полнейшее безумие. Он не должен обременять ее детьми, просто потому, что в недалекой перспективе она останется одна. Она не выдержит. Ей нужно сильное плечо рядом — это Геннадий понял сразу. Когда Нина чувствует себя в безопасности, она предсказуема, спокойна. В другом случае — паника, хаос, ошибки. И тогда Нина будет вынуждена искать другого... Того, кто сможет помочь ей обрести покой, ей и ее ребенку. Она ведь будет думать за двоих. Нет, Геннадий понял, что зашел в своих фантазиях слишком далеко. И нужно будет уделять больше внимания тому, что не приведет к беременности. Хотя вот уже год прошел, а она ни разу не беспокоилась по этому поводу. Странно... Геннадий посмотрел на это с другой стороны — с кем-то из них что-то не так? Наверное, с ним. Бурная молодость могла сделать свое дело. Лечение определенных болезней не всегда проходит бесследно, значит, ему нечего бояться, Нина вряд ли скажет, что ждет от него ребенка. Наверняка он давно не способен иметь детей.

Единственный его сын, которому сейчас уже двадцать пять лет, появился на свет задолго до того, как его отец начал предаваться любовным утехам. Неожиданно для самого себя он почувствовал, что жить с одной женщиной — не для него. Измена за изменой, ссоры, обвинения со стороны жены — все это было, и все это Геннадий давно вычеркнул из своей памяти. Он жил все эти годы, забыв об их существовании. К тому же после развода жена уехала с ребенком в неизвестном направлении. Конечно, при желании он мог искать их, найти, но ему это не было нужно. Да и сейчас лишь изредка что-то щемило в груди, и он силился представить: на кого похож его взрослый сын? Геннадий от души надеялся, что на свою мать, во всем — только на нее. Воображение не желало рисовать какой бы то ни было портрет. Геннадий вспоминал маленького черноволосого кареглазого мальчугана, всегда выбегавшего ему навстречу по вечерам, когда он возвращался из института. Все размытее делалось его лицо, и теперь в памяти остались только волосы и огромные почти черные, смеющиеся глаза. Эти обрывочные воспоминания пробуждали чувство вины — оно способно быстро отравить самую благополучную жизнь. Геннадий гнал их от себя, навсегда решив, что больше никогда не обзаведется семьей.

Нина ломала все его планы. Он снова хотел полного и безоговорочного обладания. Теперь он, хотя это больше присуще женщинам, обдумывал возможность нового брака. Он мечтал о том, как войдет с Ниной, держащей его под руку, во Дворец бракосочетания и все взоры мгновенно обратятся на них. Ведь они будут самой красивой, самой счастливой парой — это всегда привлекает внимание. Он купит ей необыкновенное платье, подарит драгоценности, о которых она и мечтать не могла. Он покажет всем, на что он способен ради любимой! Ему казалось таким важным, что она станет его женой официально. Это возвысило бы его в собственных глазах. Почему? Он сам не мог толком ответить на этот вопрос. Он считал справедливым, чтобы Нина стала в

его доме полновластной хозяйкой не только на словах,
но и по закону. Он был готов отдать ей все, лишь бы
знать, что это удержит ее рядом. Нина стала его болез-
нью, его последней любовью. Геннадий был уверен, что
больше никогда не сможет так относиться к женщине.
Он женится на ней. Он испытывает необъяснимое бла-
гоговение перед этой, в сущности, девочкой, от одного
взгляда которой у него внутри все холодеет. Она должна стать его женой! И ему совершенно плевать на то,
как отреагируют на сообщение многочисленные друзья.
Вот уже год они периодически пускают шпильки в адрес его и Нины. Никто не может понять причины затя-
нувшегося романа. Раньше очередная любовная интрижка Геннадия длилась в основном от луны до луны.
В компании Геннадия прозвали Лунным любовником —
так получалось, что с ее убыванием ослабевала и его
связь с новой пассией. Но в случае с Ниной никто не
понимал, в чем дело. Закон потерял свою силу.

Конечно, никто не отрицал, что она эффектна,
обольстительно красива и держится не по годам уверенно. Несколько раз Геннадий брал ее с собой на вече-
ринки, и каждый раз она, оказываясь в центре внимания, не терялась. Она улыбалась кончиками губ, чуть
пригубив шампанского, великолепно танцевала, но главное — Геннадий не сводил с нее влюбленных глаз, а
она в ответ загадочно улыбалась ему. Давно общав-
шиеся с ним люди настороженно отнеслись к таким
переменам. Всем хотелось увидеть в отношениях Нины
и Геннадия что-то тщательно скрываемое. Вариантов
выдвигалось несколько: она — дочь высокопоставлен-

ного лица, связи которого помогут Геннадию еще более укрепиться; Геннадий проиграл чудовищный спор и теперь вынужден составлять пару этой вертихвостке; она — его внебрачная дочь, и скоро последует признание в этом. Одним словом, страсти вокруг этой пары были нешуточные.

Но, как известно, человек может только предполагать, строить планы, мечтать, а реальность всегда застает врасплох. Так случилось и с Геннадием. Прошло не так много времени, прежде чем он окончательно решил сделать Нине предложение. В этот вечер он вернулся с букетом роскошных алых роз. Нина вдохнула нежный цветочный аромат и улыбнулась.

— Спасибо. По какому поводу?

— А без повода не бывало, что ли? — целуя ее, спросил он.

— Просто сегодня мне кажется, что все неспроста, — загадочно прищурилась она, ставя букет в вазу.

— Интуиция не обманула тебя, но давай сначала перекусим. Я голоден.

Геннадий дождался, пока Нина управилась с цветами, любовно расставив их, и мысленно пожелал себе удачи. Он волновался и боялся, что слова окажутся недостаточно убедительными, красивыми. Он отодвигал момент признания в своих чувствах и напряженно наблюдал, как Нина выкладывает на стол все, что он привез для ужина.

Еще горячие отбивные, картофель фри, нарезка колбас и сыров, овощи были с удовольствием съедены. Геннадий любил смотреть, как Нина ест: она не жеманничала, всегда делала это с аппетитом, но красиво. Бутылка шампанского была до половины выпита, когда Геннадий решил, что время пришло.

— Ниночка!

— Да? — она положила в рот кусочек черного шоколада и улыбнулась. — У тебя очень взволнованный вид. Что случилось?

— Все в порядке, милая. Просто я действительно волнуюсь.

— И в чем причина?

— Сейчас узнаешь... — Геннадий встал из-за стола и сел в просторное кресло напротив. Он хотел сделать свое предложение стоя, но потом решил, что это будет казаться смешным, пафосным. — Я давно хочу попросить тебя сделать меня самым счастливым человеком.

— Мне до сих пор не удалось это?

— Удавалось, но в ином качестве. Я хочу, чтобы ты стала моей женой.

— Спасибо, дорогой, но я не выйду за тебя замуж, — улыбаясь, ответила она.

— Почему? Тебе плохо со мной? — ее реакция ошеломила его.

— Нет, мне очень хорошо с тобой. Настолько хорошо, что я забыла все и всех, кто был в моей жизни до знакомства с тобой. Не смотри так укоризненно. Я о той жизни, которая была у меня в Саринске, о друзьях, с которыми я перестала общаться. Я о маме, с которой разговариваю по телефону от случая к случаю. Ведь мне приходится врать ей, а я хочу это делать все реже. Наверное, она обижается на меня...

— Тогда почему «нет»?

— Я не хочу связывать тебя и себя. Сейчас мы свободны, мы принадлежим самим себе. Это очень ответственно, впускать кого-то в свое пространство. Это ответственность за другого человека, понимаешь? Я знаю, чего ожидать от себя, а от другого человека — вряд ли... — Нина подошла к Геннадию, села к нему на колени. Коснулась гладко зачесанных волос, высокого лба. — Я так привыкла к тебе, что уже не представляю своей жизни без тебя. Но только в рамках тех отношений, которые сложились у нас. Мне страшно все менять.

— Что «все»?

— Ты намного старше меня, не притворяйся, что не понимаешь. Штамп в паспорте не дает гарантий светлого, безоблачного будущего. Зачем тебе так понадобилось жениться на мне? — Нина пыталась заглянуть Геннадию в глаза, но он отводил взгляд. — Раньше тебе нужна была просто я, а теперь — я, но по закону. Зачем? Не нужно, пожалуйста. Это все испортит, а я так хочу, чтобы у нас все было хорошо!

Нина говорила от души. В какой-то момент, до этого неожиданного разговора, она почувствовала острую необходимость в продолжении этих странных отношений. Постепенно Геннадий стал ей близким человеком, без которого она не мыслила своего существования. Не только она, но он приобрел некую власть над ней. Он соединил в себе несоединимое: заботу и внимание отца, нежность и страстность любовника. Для Нины это было не потребительское, скорее — душевно необходимое сочетание. Она ощущала себя спокойной и уверенной, когда рядом был этот мужчина. Ничего не требуя, она очень удивилась его неожиданному предложению. Хотя что в этом было странного? Ведь она воспитывалась на совершенно других примерах. В них между мужчиной и женщиной возникала любовь. Потом они встречались, присматриваясь друг к другу, а спустя время вступали в брак, обзаводились детьми. Это была классическая схема, которой придерживалось большинство, и Нина понимала, что в ее случае все выходит за установленные рамки. Все это время ее устраивало такое положение вещей. Это был особый мир, в который пока никому не было доступа. Она скрывала их отношения от матери, ни словом не обмолвившись о том, что в ее жизни появился мужчина. Вообще многое приходилось скрывать от нее, практически все. Нина лишь один раз была дома за этот год и чувствовала себя не так уютно и тепло, как прежде. Что-то навсегда изменилось, хотя мамины руки по-прежнему нежно прижимали ее к груди и она говорила о любви. Нет, она тоже лгала — достаточно было посмотреть в ее грустные, потухшие глаза, чтобы понять это.

Обретя благополучие в доме Геннадия, Нина решила одни проблемы, но получила массу других. Так всегда бывает. Ей стало казаться, что она лишилась очень многого, и порой она спрашивала себя: не лучше ли было вернуться в Саринск, признавшись в неудаче? Нет, она не могла сделать этого. Только представив, как искривится в ироничной усмешке лицо Ильи Стоянова, Нина отогнала от себя такие мысли. Да и Ленка — промолчит, но обязательно подумает, что подружка ее переоценила свои силы. Не говоря уже о маме — ей всегда хотелось видеть дочь самой удачливой, счастливой, получившей билет в райскую жизнь на земле. Так ведь она действительно имеет все в избытке. Нина даже не мечтала об этом, боясь загадывать на будущее. Ей не верилось, что такая сказочная жизнь может длиться долго. Но время шло, а ничего не менялось. Все по-прежнему оставалось замечательным! Но какая ирония — признаться в этом невозможно. Она должна скрывать! И возвратиться домой она может только в роли победительницы. Неважно, с чем будет связана эта победа. Главное, чтобы ни у кого не было повода сомневаться в ее успехе — полном и безоговорочном!

Нина понимала, что вранье не может быть бесконечным. Когда-нибудь она сознается, однако сроки признания она отодвигала на неопределенный период. Ей было легко делать то, что она считала правильным. Это помогало не расстраиваться, не заниматься самобичеванием, безысходным и болезненным. Но иногда Нине казалось, что у нее слишком много поводов для огорчений и не замечать их, по меньшей мере, глупо. Кроме изменившихся отношений с мамой были причины впадать в хандру. К примеру, Нина ловила на себе долгие, полные нескрываемого интереса взгляды соседей, никогда не пытавшихся даже заговорить с ней. Они просто проходили мимо, не замечая ее, словно мимо пустого места, не отвечая на ее приветствия. Таким образом выказывалось осуждение того свободного образа жизни, который вела она с Геннадием. Поначалу Нине было неприятна такая реакция окружающих, а потом ей стало все равно. Она сама перестала удостаивать их своего внимания. Правда, закрывая за собой входную дверь, частенько сползала по стене на слабеющих ногах — тяжело играть пренебрежение под пронизывающими осуждающими взглядами. Теперь она более стойко реагирует на окружающих, особенно после того как решилась признаться в этом Геннадию. Она не могла больше носить в себе накопленную обиду. Высказавшись, она удивилась реакции Геннадия. Он засмеялся, сказав, что она не знает до конца глубины человеческого любопытства и коварства. Оказалось, что соседи даже участковому написали о том, что в его квартире проживает некая особа, и попросили проверить ее документы, прописку. Нина была шокирована, а Геннадий успокоил ее: небольшая денежная сумма помогла участковому закрыть глаза на то, что происходит у него на участке.

— Послушай, ты не из-за участкового и того письма предлагаешь мне выйти за тебя замуж? — вдруг осенило Нину, и она твердо взяла в свои тонкие пальчики его подбородок. — Чтобы неприятностей не было, да?

— Нина! — Геннадий смеялся так, как никто другой. Глядя на него, всегда было трудно удержаться, чтобы не составить ему компанию. — Хочу дать тебе столичную прописку, чтобы участкового не прикармливать. Ну, насмешила. Какой ты еще ребенок.

— Я не ребенок! — Нина недовольно сложила губы, резко поднялась, отмахиваясь от протянутых рук. Села в кресло напротив. — Ты помог мне повзрослеть быстрее, чем это было в моих планах.

— Перестань, Нина. Не нужно вспоминать первые дни нашего знакомства... Что было, то прошло, а сейчас я предлагаю тебе выйти за меня замуж, потому что люблю тебя, — уже серьезно сказал Геннадий. — Это достаточно серьезная причина, по-твоему?

— Слушай, а ведь я даже фамилии твоей не знаю, — тихо произнесла Нина, словно совершила грандиозное открытие.

— Я твоей тоже. Мы ведь не в паспортном бюро. Почему-то я сразу стал доверять тебе, и такие мелочи меня не интересовали. Я был уверен, что ты не станешь рыскать по ящикам и вынашивать планы ограбления, мошенничества.

— Ты смелый и доверчивый. И все-таки расскажи что-нибудь с автобиографическими данными.

— Ну, если хочешь — Геннадий Иванович Соболев. Мне скоро пятьдесят. Все, связанное с работой, опускаю. Расскажу когда-нибудь, по случаю. А пока совсем немногое, чтобы тебе не было скучно, — он закинул ногу за ногу, скрестил руки на груди. — Иногда кажется, что я еще не жил, что все еще вот-вот начнется, но это — иллюзия. Реальность более прозаична — я совершил столько ошибок, что, наверное, никогда не смогу искупить их. Слишком многое в прошлом, а будущее кажется таким неопределенным... От этого можно сойти с ума, поэтому я стараюсь жить сегодняшним днем. У меня есть высшее образование, которое мне практически не пригодилось, у меня где-то есть сын, которому не нужен я.

— Ты был женат?

— Очень давно. Мы расписались на первом курсе института — любовь с первого взгляда.

— И что случилось потом? — Нина с интересом смотрела на сидящего напротив мужчину, словно впервые видя его перед собой. Всегда респектабельный, уверенный в себе, он вдруг показался ей бесконечно одиноким человеком, долгие годы влачившим за собой груз собственных ошибок. И глаза его не смеются, как всегда — в них застыла тоска по безвозвратно ушедшей молодости, всему, что связано с ней.

— А потом оказалось, что я совершенно не готов к семейной жизни. Я стал изменять жене направо и налево. Я не мог остановиться, словно боялся упустить что-то особенное. Даже появление ребенка ничего не изменило. Стало еще хуже. В конце концов жена не выдержала, забрала сына и переехала к родителям.

— Ты не пробовал наладить отношения?

— Нет. Я был рад, что она оставила меня в покое. Через три месяца я был снова холостым и почувствовал какое-то бесовское возбуждение от того, что свободен. Это было самым важным для меня.

— Зачем же теперь ты хочешь расстаться со своей свободой, ради которой ты отказался от двух близких тебе людей? — Нина понимала, что Геннадий говорил кратко, не желая вдаваться в подробности, но сказано было и так достаточно. — Ты разлюбил жену. Хорошо, но неужели тебе никогда не хотелось узнать, как живет твой сын?

— Они уехали куда-то, а я не стал наводить справки. Тогда я не нуждался в этом. Тогда...

— А сейчас ты жалеешь?

— Что толку? Я стараюсь не думать об этом. Конечно, вернуть бы все назад — многое было бы по-другому. С высоты прожитых лет легко быть мудрым. Ты забываешь, что прошло почти тридцать лет. Ценности изменились. Все изменилось. То, что я испытываю к тебе, — впервые со времен моей давно ушедшей молодости. Я не думал, что способен на такие чувства, — признался Геннадий, наконец усмехнувшись. — Начиналось все, как обычное приключение, которое скоро закончится.

— Да-а, классную роль ты мне отвел, Геннадий Иванович, — Нина поднялась, подошла к бару, открыла его и достала мартини. Она не так давно попробовала этот напиток и сказала себе, что ничего лучше нет. Жестом предложив Геннадию выпить с нею, получила отказ — это был не его напиток. Посмотрев на Геннадия осуждающе, Нина отвернулась к окну.

— Но ведь твое отношение ко мне тоже изменилось? Из коварного соблазнителя я превратился в другого человека, близкого тебе. Надеюсь, что так.

— Да, ты прав. Но мой ответ остается прежним: я не выйду за тебя замуж. Если для тебя это принципиально — я могу уйти.

— Ты жестока со мной, — тихо произнес Геннадий и, поднявшись с кресла, собрался выйти из комнаты. Он посмотрел на часы — половина двенадцатого, за окном давно стемнело. Все возвращаются домой, а ему вдруг захотелось убежать из этой квартиры. Он не мог находиться сейчас рядом с ней. Она стояла такая чужая, спокойно отпивая из бокала мартини, ожидая сго дальнейших слов. Он не станет больше говорить ни о чем, что ей не нравится. Он не собирается искать повод для разрыва. Ему нужен кулак, прочный союз, не важно на какой срок. А ей, кажется, не нужно ничего. Ничего и никого. И даже если он сейчас уйдет, закроет за собой дверь и больше не вернется, это не станет для нее непоправимой бедой. Она выстоит, потому что тут же найдет ему замену. Словно лиана, она обовьет новую жертву и будет пользоваться ею. Наверное, она уже была такой к моменту их знакомства, а он только немного отшлифовал этот достаточно красивый, ослепительно блестящий, но холодный камень.

Нина обернулась, вопросительно посмотрела на него. Ей не понравилось выражение его лица: разочарование, боль, отрешенность.

— Ты жестока со мной, — повторил Геннадий и добавил: — Быть может, ты права, и я всего этого заслуживаю.

Под ее удивленным взглядом он направился в прихожую. Оделся и крикнул:

— Ложись спать, не жди меня. Я немного проедусь.

— Ты же выпил...

Услышав, как за Геннадием захлопнулась входная дверь, Нина вздрогнула, подошла к окну и отодвинула тяжелую портьеру. Вскоре в тишину засыпающего двора ворвался звук работающего двигателя. Машина Геннадия быстро исчезла за углом, а Нина, прижав лоб к холодному стеклу, все стояла и смотрела в черноту ночи.

Она знала, что он часто успокаивается, выжимая из машины самые высокие скорости. Это никогда ее не беспокоило, потому что она знала — Геннадий прекрасный водитель и чувствует машину. Но сегодня после шампанского ему не следовало садиться за руль. Сердце Нины болезненно сжалось. Она все еще чувствовала на себе взгляд Геннадия — он не сулил ничего хорошего. Вздохнув, она отошла от окна и принялась убирать со стола. Оставила только две горящие свечи в подсвечниках на белоснежной скатерти и букет алых роз в хрустальной вазе. Села в кресло и смотрела на мерцание язычков пламени и застывшую красоту букета. Время от времени Нина поглядывала на часы. Она старалась не настраиваться на плохое — все будет хорошо. Он приедет, и она отругает его за мальчишество, непозволительную ветреность. Разве можно играть с жизнью? Нина вдруг почувствовала, что разозлилась: как он может быть таким легкомысленным, зная, что она не может без него. Как он смеет так обращаться с ней?

А потом она посмотрела на происшедшее с другой стороны: он обидится на нее и в конце концов расценит ее отказ как предпосылку к разрыву. Начнет смотреть на сторону. Он — мужчина видный, обеспеченный, такого быстро подхватят. И с чем останется она? Клубок лжи, который она наматывала больше года, стал неподъемным и может в любой момент обрушиться на нее, как снежная лавина, сметающая все на своем пути. Это даже хуже, чем остаться у разбитого корыта, как в известной сказке: старуха, по крайней мере, получила обратно свое. А у Нины нет и этого корыта, образно говоря. Только утраченные иллюзии и ничем не подкрепленные амбиции. Поджав колени к подбородку, Нина с силой обхватила ноги руками: «Какая же я дура! Выставила напоказ все, о чем действительно думаю... Непростительная ошибка. Получается, что я унизила его своим отказом и еще больше — объяснением причин». Нина с замиранием сердца стала ожидать возвращения Геннадия. Она посмотрит ему в глаза и все поймет. Поймет, насколько она может быть спокойна относительно своего будущего с ним.

Хотя была уже глубокая ночь, Нина и не думала спать. Она только переоделась и сидела в длинном махровом халате на диване в гостиной. Она не хотела идти в спальню — широкая кровать оставалась пустой и холодной впервые за время пребывания Нины в этом доме. Наконец послышался звук осторожно открываемой двери. Нина мгновенно вскочила и выбежала в прихожую. В первое мгновение она растерялась, встретив вопросительно-недовольный взгляд Геннадия. Он не успел закрыть за собой дверь, как Нина бросилась ему на шею, причитая:

— Я так волновалась, я так волновалась! Ты ведь мог попасть в неприятность! Не смей так больше поступать, слышишь? — она заглядывала ему в глаза, но Геннадий стоял без движения. Он даже руки не поднял, чтобы обнять Нину в ответ. Он был настолько расстроен, что в этот момент был не в состоянии отвечать на любые проявления чувств — он утопал в собственных. К тому же он превозмогал очередной приступ боли, начавшийся неожиданно, как всегда. —

Прости меня, Гена, прости ради бога. Я глупая девчонка, чего от меня можно ожидать? Прости, пожалуйста.

— Перестань, тебе не за что просить прощения, —
наконец он осторожно отстранился от Нины, взяв ее за
руки. — Проехали. Я тоже хорош — старый дурак,
переоценил свои возможности. Я не стану больше да-
вить на тебя, никогда. Обещаю.

— Речь не об этом...

— Проехали, сказал ведь, — перебил ее Геннадий. — Ты достойна большего, лучшего. Забудь.

— Гена, я просто не готова сейчас. Немного времени — и сама начну просить тебя взять меня в жены, —
усмехнулась Нина сквозь слезы. Она не на шутку раз-
волновалась, видя, каким чужим и неприступным вернулся Геннадий. — Скажи, что ты не разлюбил меня.

— Я не разлюбил тебя.

— Не так.

— Нина, я люблю тебя больше жизни, — серьезно
произнес Геннадий.

Он ненавидел себя за то, что действительно говорил
правду. Больше всего он боялся теперь, что потерял
Нину. Он мог дать ей повод сомневаться в своей безопасности, а значит — толкнуть на поиск другого места
под солнцем. Он не перенесет, если в один прекрасный
момент она исчезнет из его жизни. Резкая боль в желудке заставила его закрыть глаза. Чуть согнувшись, он
тихо произнес: — Я не очень хорошо себя чувствую.
Помоги мне снять куртку.

— Да, конечно. Хочешь чаю?

— Не знаю. У меня все внутри горит, невыносимая
боль, — признался Соболев, растирая ладонью жи-

вот. — Принеси, пожалуйста, что-нибудь обезболивающее. Я приму душ и хочу лечь.

Такое невеселое окончание вечера совсем выбило Геннадия из колеи. За последнее время приступы, на которые раньше он не обращал внимания, участились. Например, сегодня он почувствовал себя плохо еще днем: это состояние испугало его, потому что возникла необходимость пить обезболивающее. Он никогда не пользовался лекарствами — в худшем случае анальгин от головной боли. Природа щедро наградила его отменным здоровьем, которое не подводило его. Однако произошел сбой, и с этим нужно было что-то делать.

Закрыв за собой входную дверь, Геннадий сразу почувствовал дискомфорт. Только машина выехала на городскую магистраль, как острая боль полоснула, перерезая его тело пополам. Эти несколько секунд приступа длились вечность, и Геннадий даже остановил машину на обочине. В этот момент он твердо решил, что пора обращаться к врачу. И конечно, не говорить ни о чем Нине. Он не должен превращаться в развалину. Рядом с ним молодая женщина, которая не обрадуется перспективе ухаживать за ним. Геннадий был уверен, что Нину оттолкнет это. Он не должен выглядеть слабым — это все погубит.

Но сегодня боль была слишком сильной, чтобы он мог скрывать ее. Едва переставляя ноги, Соболев добрался до ванной комнаты. Хотел закрыть дверь, но передумал и оставил ее полуоткрытой. Он с трудом принял душ, словно упрямо стараясь смыть с себя всю боль, отчаяние и страх, взявшие его в оборот. Теплые струи не приносили желаемого облегчения. Наскоро промокнув тело мягким полотенцем, Геннадий надел халат и вышел из ванной. Возле дверей стояла Нина со стаканом воды и таблеткой в руках.

— Спасибо, — Геннадий попытался сделать вид, что ему уже легче, но, вероятно, выглядело это не очень убедительно.

— Иди, приляг, — озабоченно произнесла Нина. — Может быть, стоит вызвать врача?

— О, нет. К ним я не обращался с тех самых пор, как мне удалили аппендицит. Воспоминания хватило надолго — пока я не нуждаюсь в их помощи, — отмахнулся Соболев. — Не обращай на меня внимания, милая. Завтра я буду как огурчик.

— Это из-за меня, все из-за меня! — с досадой сказала Нина.

— Ни в коем случае, — горячо возразил Геннадий. Он улыбнулся и поцеловал Нину в щеку. Не мог же он сказать: «Не переживай, дорогая. У меня это уже давно. И с каждым разом мне становится все хуже». Вслух он добавил: — Я — живой человек и имею право немного поболеть.

— Мне больше нравится, когда ты говоришь о других правах, — заметила Нина.

— Завтра все пройдет. Я прилягу.

— А я пока посмотрю телевизор в гостиной.

— Хорошо, девочка. Спокойной ночи.

Нина вернулась в гостиную, села перед телевизором, но включать его не стала. Она посмотрела на свои руки и увидела, что они дрожат. Внутреннее напряже-

ние сотрясало все тело мелкой, не поддающейся конт-
ролю дрожью, испугавшей Нину. Вообще сегодняшний
вечер был перенасыщен неприятными разговорами и
впечатлениями. Почему это должно было произойти
именно сегодня? Нина повернула голову в сторону черного дверного проема спальни — там было тоже тихо.
Первый раз они так проводили остаток дня. Нина усмехнулась. Ей стало жаль Геннадия. Он действительно
плохо выглядел: «Довела, красивая», — подумала она.
Но сразу отогнала эту обвинительную мысль. Соболев
не мальчик, а болезни становятся обязательным атрибу-
том возраста. Ему почти пятьдесят — все-таки разница
огромная. Если не думать о ней, то все кажется нор-
мальным. Но стоит заглянуть лет на пять-шесть вперед,
о-о... Нина заерзала в кресле. Почему она решила, что
за эти пять лет не произойдет что-то, что изменит ее
жизнь? Соболев — это прекрасно, но вокруг столько
мужчин, бросающих на нее многозначительные взгляды. И они намного моложе Геннадия. Все это время
Нина автоматически вычеркивала их из своей жизни,
потому что боялась потерять расположение Геннадия.
Она не могла легкомысленно давать ему даже повода
для ревности, всячески подчеркивая, что для нее существует только он, единственный и неповторимый.

Поначалу это было банальной лестью из-за боязни
оказаться ни с чем. Потом переросло в нечто более
серьезное, сердечное, наподобие привязанности и благодарности за беззаботную жизнь. А в последнее время, задавая себе вопрос: «Смогла бы она прожить без
Геннадия?» — Нина сжималась, теряла всю свою при-
родную рассудительность, впадая в панику. Она не

мыслила своего существования без Соболева. Нина улыбнулась — какая красивая фамилия, не хуже, чем у нее. Соболева Нина Михайловна! Здорово звучит, как песня. Нина снова прислушалась к тишине — тревожно как-то на сердце. И стучит оно с перерывами, то быстро, то медленнее, сбивая ритм дыхания, словно предчувствует что-то плохое. Что?

Нина поднялась, осторожно включила свет в прихожей и потихоньку заглянула в спальню: Геннадий спал, укрывшись одеялом до подбородка. Сон его был не глубоким. Мышцы лица еще не окончательно расслабились. Нина нахмурилась: кажется, ему действительно было очень плохо. Бледность и измученный вид Геннадия не сулили ничего хорошего. Нина присела на кровать, потом осторожно легла, обняв его одной рукой. Геннадий что-то пробормотал во сне и тихо застонал.

«Завтра же нужно к врачу! — Нина почувствовала сострадание к его боли, чуть не заплакала. — Завтра же, без разговоров... Бедный Гена, что это с ним?»

По настоянию Нины Геннадий обратился к врачу. Оказалось, что за один день ничего толком узнать нельзя. Это разозлило Соболева. Вернувшись в машину, где его ждала Нина, он жадно закурил.

— Медицина двадцать первого века называется! — возмущался он, обращаясь к Нине, словно она была виновата в том, что он не узнал диагноза. — Такого количества анализов я за всю жизнь не сдам. Ты посмотри, сколько направлений!

— Ну что ты возмущаешься? Один раз за всю жизнь можно обследоваться? Удели себе внимание, наплюй на работу, дела, на меня, на все. Речь идет о здоровье, неужели я должна говорить тебе такие избитые вещи, что без него никакие деньги не понадобятся? Ничто не будет нужно, если внутри тебя что-то разъедает.

— Все равно это несправедливо — столько времени тратить на сидение в очередях, сдавая анализы. В этом плане восточные лекари — волшебники: по пульсу определяют все болезни и с ходу назначают лечение. Вот это да! — не унимался Соболев.

— Мы не в Китае, значит, придется довольствоваться тем, что имеем.

— Я пошел у тебя на поводу, — садясь за руль, произнес Геннадий.

— Спасибо тебе за это большое, — засмеялась Нина. — Неужели ты собирался и дальше корчиться от боли? Наверняка .ты скрываешь, что это у тебя не первый раз, не первый день. Ты как ребенок, честное слово.

— Приятно слышать это от тебя, — впервые за весь разговор улыбнулся Соболев. — Ладно, поехали. Завтра начну экзекуцию над собой.

— Гена, хочешь, из солидарности я буду ездить с тобой?

— Ну нет! Я буду кричать, когда мне проколют палец. Тебе будет стыдно за меня.

— Ладно, я займусь чем-нибудь, — повернувшись к Геннадию, Нина заметила, что он напряженнее, чем обычно, сидит за рулем. — Гена, с тобой все в порядке?

— Вполне, — остановившись на красный сигнал светофора, он положил руку Нине на колено. — Прошу тебя, не спрашивай об этом так часто.

— Я волнуюсь.

— Понимаю все, но настаиваю на своем. Не нужно, милая, не то я начинаю чувствовать себя стариком, удел которого принимать лекарства и прислушиваться к своему организму. Я не такой, слышишь?!

— Не нужно ничего скрывать от меня, — Нина взяла руку Геннадия и поцеловала в горячую ладонь. — Я с тобой.

— Спасибо, — Геннадий включил радио, но, казалось, ни ему, ни Нине не была нужна музыка. Они были слишком погружены в собственные мысли. Остаток дороги они провели в молчании. И ни один не знал, о чем думает другой.

Нина вдруг поняла, что они на самом деле мало знают друг о друге. Прошло больше года, как они познакомились, но отношения были настолько поверхностными, что не возникало необходимости в информации. И даже чувствуя, как Гена становится ей ближе, она не пыталась задавать вопросов. Он отвечал тем же. Все было похоже на то, что в один миг их сказочная жизнь закончится. Она даже не знала, насколько была близка к истине, но причина, по которой все изменится, была совершенно неожиданной.

Геннадий открыл глаза и первое, что ощутил, — ноющую боль под правым ребром, тяжесть в желудке, словно он переел на ночь. Но разве стакан кефира, ставший

ужином, можно назвать плотной едой? Соболев потер
живот, мысленно обращаясь к нему: «Что тебе нужно?
Ем — болит, не ем — болит. Мне нельзя превращаться в развалину. У меня ведь Нина... Ей это не понравится.
Она может уйти, а тогда я точно умру. Так что прекра-
щай, пожалуйста. Оставь меня в покое». Организм ответил ему покалыванием и тупой болью, разлившейся по
всему животу. Ее можно было терпеть без лекарства, но
он знал наверняка, что через пару часов все-таки придется
прибегнуть к таблеткам. Последнее время и они спаса-
ли ненадолго — Соболев горько усмехнулся: за эти три
месяца он выпил их больше, чем за всю свою жизнь.
Состояние войны с собственным организмом действовало
на Геннадия удручающе. Он не мог понять, как такое
происходит: болезнь становится главной и определяет все
твои действия. Но самое страшное заключалось в другом — Геннадий чувствовал, что и этой жизни ему отмерено немного. По тому, как с ним разговаривал его
лечащий врач, по напряженному выражению его лица,
когда он смотрел на рентгеновские снимки, Соболев давно
сделал вывод, что ему говорят не все. Но пока слова не
сказаны, оставалась надежда.

Вчера Нина уехала в Саринск — Геннадий настоял,
чтобы перед Новым годом она обязательно повидалась
с матерью, друзьями. Он был удивлен, что она согласилась на его уговоры не сразу. Только после того, как он
купил для Алевтины Михайловны подарки, Нина сказала, что съездит домой на пару дней.

— Не спеши, пожалуйста, мать ведь скучает, —
назидательно произнес Соболев. — Побудь, развлеки
ее. Расскажи о нас, может быть, это ее обрадует.

— Ага, больше всего ее обрадует, что я живу с мужчиной без штампа в паспорте. Она из поколения, которое считает это аморальным, — Нина взяла флакон французских духов, купленных Соболевым в подарок матери, покрутила его в руках. — Не представляю, как я объясню ей, на какие деньги смогла купить это?

— Не проще ли, наконец, сказать правду? Хотя бы частично, Нин? — Геннадий наблюдал, как Нина нервно собирает сумку с вещами. — А еще хотела стать актрисой. Вот тебе прекрасная возможность сыграть роль студентки театрального вуза, сумевшей отказывать себе во всем, но скопившей денег на подарок для матери. К тому же появился обеспеченный покровитель — удача, способная изменить жизнь! Как тебе сюжет?

— Слабовато и неубедительно. «Не верю, ни единому слову не верю!» — до меня умный человек сказал, — Нина села в кресло, обхватила голову руками. — Мне по телефону говорить с ней тяжело, а тут придется глаза в глаза. Ты ведь не знаешь, какая она у меня проницательная. Я раньше никогда ее не обманывала, даже в голову не приходило. Она всегда была такая понятливая, добрая. Но после одного происшествия я почувствовала необратимую перемену.

— О чем ты говоришь?

— Не сейчас, когда-нибудь, хорошо? — Нина умоляюще сложила руки. — У нас обоих есть чем поделиться, только никак не подберем нужный момент. Правда?

— Ты ведь знаешь, как легко тебе удается уговорить меня, — уклонился от прямого ответа Геннадий. —

Единственное, о чем я прошу, — намскни матери о том, что у тебя появился любимый человек.

— Договорились.

— Можешь сказать, что я мечтаю с ней познакомиться, но только после того, как мы соберемся сделать один важный шаг, — улыбнулся Геннадий, превозмогая боль. — Я собираюсь сделать вторую попытку, будь готова к этому. Рассказ о потенциальном женихе без указания возраста — как?

— Это ей понравится.

— Вот и замечательно. Дети должны доставлять не только хлопоты, но и неожиданные радости.

— Наверное, твои родители гордятся тобой? — впервые Нина подумала о том, что даже у такого взрослого мужчины могут быть мать и отец.

— Я не знал своих настоящих родителей. Меня взяли на воспитание из детского дома. Я был достаточно большим, и воспоминания о родных успели стереться из памяти. Я был не самым послушным ребенком. Сейчас я понимаю, как им было тяжело со мной, но каждый из них перед смертью говорил мне одно и то же. Это было признание в том, что я — лучшее, что было в их жизни... Жаль, что многое осознается только тогда, когда ничего уже не исправить. Опоздание дистанцией в жизнь...

— Извини, я не знала.

— Не извиняйся. Мы оба хороши — минимум информации друг о друге. Давай в новогоднюю ночь выясним все, что нас волнует, — предложил Соболев.

— Абсолютно все?

— Где-то так, — Геннадий подумал, что наступает подходящий момент для откровенного разговора. Время — занятная вещь. Оно каждый раз предлагает по-новому рассматривать одну и ту же ситуацию. Раньше у Соболева не было необходимости в душевных разговорах, открытости со своими партнершами, но с Ниной все было иначе. Изменился он сам, изменилась его жизнь и к тому же — она не предполагала быть долгой и счастливой. — Поговорим начистоту, милая. А сейчас собирайся, нужно ехать. Я заказал билет на поезд.

— Ты был так уверен, что уговоришь меня? — удивилась Нина.

— Нет, я был уверен, что ты примерная дочь, — слукавил Соболев. — Я рад, что и на этот раз не ошибся в тебе, красивая...

— Кстати, ты не забыл, что в Новый год тебе придется готовить два подарка? — пристально глядя на Соболева, спросила Нина.

— Один от Деда Мороза, другой — от себя.

— Не потому, что я жадная или капризная...

— Исключительно ради торжества справедливости, — улыбнулся Геннадий и поцеловал Нину в щеку. — Дорогой ты мой человечек, я никогда не упущу возможность радовать и баловать тебя.

— Я люблю тебя, — Нина прижалась к нему всем телом.

— Надеюсь, милая, очень на это надеюсь, потому что я тоже очень полюбил тебя... Сейчас для меня важно только это.

Геннадий улыбнулся, вспоминая, как Нина присела рядом с ним на ворсистый ковер в ожидании такси.

Она все время что-то говорила, но он не вслушивался в слова. Он смотрел на ее лицо, казавшееся ему эталоном земной красоты, и со страхом думал о том, что когда-нибудь рядом с ней окажется другой мужчина. Последнее время именно эта мысль тревожила его так же сильно, как и нелады с собственным здоровьем. Он видел ее пронзительно-внимательный взгляд и сумел уловить, что последние ее слова — о лекарствах. Нина просила пить их строго по указанию врача. Геннадий досадливо поморщился — неужели разговоры о болезни теперь будут постоянными? Нет, он должен что-то предпринять.

После того как остался один, Соболев почувствовал, что рад отсутствию Нины. У него не было нужды в одиночестве — он ненавидел тишину и размеренность, когда не с кем и словом перемолвиться. Но в последнее время ему было все труднее выглядеть благополучно: приступы острой боли донимали его. Это мешало всему: работе, отношениям с Ниной, жизни. Непривычное состояние выбивало его из колеи, и Соболев был настроен категорично: он справится с этим, он приложит все усилия, только вот доктора медлят с назначением лекарств. Они настаивают на стационарном лечении — нет, это не для него. Лежать на больничной койке и ждать результатов анализов или прихода медсестры с напоминанием об очередной инъекции? Увольте. Он был в больнице лишь однажды, когда в семь лет ему удаляли гланды. Он тогда измучил всех: родителей, медсестер, детей — он просился домой, давая самые невероятные клятвы в том, что прекрасно себя чувствует.

Воспоминания о двух днях пребывания в больнице остались в памяти навсегда и вызывали тревогу, панику. Он будет делать все, но только в домашних условиях. Он согласен на любые лекарства, уколы, будет приезжать на любые манипуляции. Геннадий понимал, что это потакание детским страхам, впечатлениям многолетней давности, но по-другому мыслить не мог. Он с ужасом думал о том, что ему придется вот так открывать по утрам глаза и видеть выкрашенный белой краской потолок больничной палаты, вдыхать стойкий запах лекарств. Геннадия передернуло.

Он медленно поднялся с постели, кое-как застелил ее и запустил пальцы в седеющую густую шевелюру. Шелковистые волосы оставили приятные ощущения. Не надевая халата, Геннадий побрел в ванную. Там, глядя на себя в зеркало, Соболев заметил темные круги под глазами: он снова плохо спал этой ночью. Во-первых, беспокоили боли, а во-вторых — без Нины постель была пустой и холодной. Проворочавшись с боку на бок, Геннадий заснул под утро и проснулся совершенно разбитым, с опухшими глазами. Это никуда не годилось.

Сегодня снова предстоит поездка в больницу — доктор просил его наблюдать за организмом, замечать любые изменения, ухудшения. Геннадий нервно повел головой — куда уж хуже. Болезнь наступает каждый день, заставляя все больше обращать на себя внимание. Нельзя позволить ей взять верх, но очевидно, что назначенные лекарства не помогают. Геннадию казалось, что ему стало даже хуже. Настроившись на серьезный разговор с врачом, Соболев приводил себя в порядок. Последний штрих — одеколон, от запаха которого Геннадию вдруг стало не по себе. Захотелось снова умыться с мылом, смывая с себя неприятный аромат. Это окончательно вывело Соболева из состояния равновесия — пузырек с одеколоном полетел в стену, разбившись и распространив по всему помещению резкий, концентрированный запах, от которого у Геннадия закружилась голова, и чуть не стошнило.

Выбежав из ванной, он бросился в спальню, закрыл за собой дверь и, тяжело дыша, сел на кровати. «Бред, — обхватив голову руками, пробормотал Соболев. — Полный бред. Что со мной?» Этот четкий, прямой вопрос он собирался задать доктору. Пусть ответит честно, без утайки. Этика врача, ранимая психика больного — сочетание, на которое Соболеву в данный момент было плевать. Главное, что он хотел знать — что с ним происходит? Что нужно, чтобы с этим покончить, если не навсегда, то хотя бы на длительный срок?

Но врач слишком долго и внимательно разглядывал записи с результатами, чтобы Соболев понял: разговор ожидается не самый приятный.

— Я готов выслушать правду, понимаете? Я должен знать, что меня ожидает, и соответственно планировать свою жизнь, Аркадий Ильич, — устало потирая лицо, сказал Соболев. Он видел, как напряглось лицо доктора, когда глаза их встретились. — Не жалейте меня, я готов ко всему.

— Геннадий Иванович, я бы настоятельно рекомендовал вам лечь в стационар, — начал доктор, положив ладони на раскрытую больничную карточку Соболева. Карточка была тонкой, не такой, как основная масса хранящихся в регистратуре. Этот человек не обращался за помощью к доктору больше тридцати лет. Тем страшнее было говорить ему о том, на этот раз повод для обращения слишком серьезный.

— Об этом не может быть и речи, — покачал головой Соболев. — Работа требует моего постоянного присутствия. Я на море позволил себе съездить на десять дней в этом году впервые за много лет. Это была роскошь, но, мне казалось, я ее заслужил.

— А вот на море вам ездить и не нужно было, — задумчиво произнес доктор, вращая шариковую ручку в тонких пальцах. — Я предоставлю вам отдельную палату. У нас есть такая услуга, вы понимаете, о чем я говорю... Только медлить не нужно.

— С чем медлить?

— Вы серьезно больны, Геннадий Иванович. Речь идет о болезни, которая каждый день наступает на организм, не оставляя ему шансов бороться. Наша задача остановить ее и как можно скорее.

— Операция?

— Этот вариант не отрицается. Нужно лечь в больницу на дополнительное обследование. Мы хотим сделать еще несколько анализов.

— Мне надоело это, понимаете, надоело! Сколько можно смотреть кровь, мочу, экскременты?! — Соболев говорил на повышенных тонах.

— Столько, сколько нужно! — спокойно ответил Аркадий Ильич. — Вы хотите выздороветь?

— Похоже, что это требует невозможного.

— Не будьте ребенком. Никому не нравится лежать в больнице, но это необходимо.

— Хорошо, но какой-нибудь предварительный диагноз у вас уже есть?

— Есть.

— Какой? — Соболев едва владел собой. Он был зол на весь мир, которому нет дела до того, что происходит с ним. Этот мир жил своей жизнью, не сбавляя обороты, а он терял скорость и вскоре мог вовсе остановиться. — Так какой?

— Все в организме взаимосвязано. Выходит из строя один орган — вслед за ним дает сбои другой. Так вот у вас целый букет: печень, поджелудочная железа, желудок. Все эти органы нуждаются в лечении. Анализы крови четко показывают воспаление. И, честно говоря, по сравнению с прежними, они стали хуже, намного хуже. К тому же рентген показал наличие опухоли в кишечнике.

— Что еще за опухоль? Откуда? — Соболев почувствовал, как холодеют кончики его пальцев и становятся нечувствительными.

— Вот ее природу мы и хотим выяснить. Для этого я и настаиваю на стационаре.

Соболев устало повел глазами. Он потерянно смотрел по сторонам, словно где-то здесь, на этих покрашенных светло-голубой краской стенах, надеялся найти спасение.

— После операции мы сможем сказать наверняка о происхождении опухоли, — продолжал доктор, воспользовавшись молчанием пациента. — Опухоль может увеличиваться, а значит — станет жизненно опасной.

— Значит, мы говорим об операции как о необходимости.

— Да.

— А потом мне станет немного лучше, появится надежда на то, что жизнь налаживается, но вскоре все резко меняется. Еще немного — и она покидает уставшее от страданий тело...

— Бывает и по-другому: болезнь отступает. Нужно только не опоздать очистить от нее все внутри, избавиться от самой микроскопической клеточки.

— Вот вы и сказали все, не называя только одного конкретного слова. Вы правы — оно звучит убийственно даже для такого человека, как я. Я всегда считал себя сильным, здоровым. Оказывается, это было иллюзией, — после недолгой паузы произнес Геннадий и поднялся со своего стула. — Нет, доктор. Мне не нужна никакая больница. Мне кажется, что все это мне совершенно ни к чему.

Он улыбнулся и направился к выходу. Взявшись за дверную ручку, обернулся.

— Спасибо, Аркадий Ильич. Вы очень помогли мне.

— Не уходите так, прошу вас, — врач тоже поднялся, предлагая Соболеву жестом снова занять место напротив. Тот покачал головой. — Это безумие. Вы снова вернетесь, но может быть поздно, абсолютно поздно. Вы не оставляете себе шанса!

— А сейчас он у меня есть?

— Какой ответ вы хотите услышать? Конечно, есть!

— Мне бы ваш оптимизм, доктор.

— Геннадий Иванович, все очень серьезно! — доктор вышел из-за стола и подошел вплотную к Соболеву. — Вы не должны опускать руки.

— Сколько у меня осталось времени? — глядя куда-то поверх головы Аркадия Ильича, спросил Геннадий.

— На этот вопрос нет точного ответа. Все зависит от организма. Речь идет о месяцах, Геннадий Иванович.

— Ну, Новый год я успею встретить, правда? — улыбнулся Соболев, предлагая руку для рукопожатия. — Всего доброго.

На улице он почувствовал себя легче — запах больницы действовал ему на нервы. Казалось, что именно из-за него он испытывает легкое головокружение и тошноту. Решительно направившись к машине, Геннадий не смотрел по сторонам. Только пронзительный звук тормозов вывел его из состояния задумчивости. В сантиметре от него остановилась «волга», из которой выскочил разъяренный водитель.

— Ты что, твою мать, совсем охренел! Жить надоело? Людей под статью подставляешь! — красное лицо мужчины застыло, встретившись взглядом с Геннадием.

— Извините, пожалуйста, — негромко произнес тот, повернулся и, перейдя узкую дорогу, остановился возле своей машины. Достал ключи и замер с ними у дверцы.

— Эй, мужик, — водитель такси дрожащими руками прикурил сигарету. Когда Геннадий медленно повернул к нему голову, предложил: — Нельзя тебе за руль. Давай подвезу.

Соболев отрицательно покачал головой.

— Ну, как знаешь, — сев в машину, таксист вскоре скрылся за углом одного из больничных корпусов.

А Соболев посмотрел на часы — половина двенадцатого. Сколько времени потратил он на разговор с врачом! Сев за руль, он попытался сосредоточиться. Нужно работать. Работать, пока силы еще не покинули его. Он не должен никому показывать свою слабость. Это сразу лишит его работы, знакомств, материального благополучия. Геннадий покачал головой: «О чем я думаю?!» Он разозлился на самого себя, не в силах сосредоточиться на главном. Нужно успеть сделать самое важное. Нужно определиться: что сейчас для него самое важное? Долго думать не пришлось — будущее Нины, ее благополучие, обеспеченность. Он привязал ее к себе. Что больше держит ее рядом — чувства, которые она испытывает, или благополучие, гарантией которого он был все это время? Геннадий сдвинул брови, крепко зажмурил глаза, потому что почувствовал — подступают слезы. Но бороться с ними оказалось делом сложным. Ощутив влагу на щеках, Соболев прижал ладони к лицу. Ему стало стыдно за свою слабость, благо никто не видит его слез. Сдерживать их не было сил. Взрослый мужчина плакал, как ребенок, осознавая, что жизнь безвозвратно покидает его тело, а он ничего не может с этим поделать. Ни его связи, ни деньги не помогут остановить процесс разрушения.

Геннадий завел машину и медленно тронулся с места. Он автоматически переключал скорости, нажимал педали тормоза и газа. Он был далек от всего, что окружало его сейчас: от заснеженных тротуаров, суетящихся пешеходов, звуков машин вокруг. Соболев думал о том, когда в нем могла поселиться болезнь. Почему он не заметил этого сразу и почему не хочет сейчас следовать советам врача? Он спрашивал и сам отвечал: это наказание. Он заслужил его, а значит, не стоит даже пытаться противостоять. Силы слишком не равные. Он проиграет в любом случае — вопрос времени и только. Когда-то приемный отец говорил ему, что наказания без вины не бывает. Тогда Геннадию эти слова показались пафосными, лишенными жизненности, даже несправедливыми. Но сейчас все изменилось. Вспомнились полные слез глаза первой жены, держащей в одной руке маленького сына, а в другой — чемодан с их вещами. Плач малыша, протягивавшего к нему руки... Он долго стоял у него в ушах. Прошло много лет, и воспоминания лишились той остроты, которую он ощущал тогда. Но это он забыл, а все те, кому он причинил страдания? Справедливость всегда найдет время, чтобы стать во весь рост. Геннадий понял, что получит сполна. Теперь у него появится возможность прочувствовать глубину той боли, которую он принес любящим его людям.

Геннадий ужаснулся, подумав, сколько женщин, которых он бросил за свою жизнь, наверняка желали ему ощутить хоть один раз все то, что происходило с ними. Всю горечь, безвозвратность, разочарование, безысходность... Усмехнувшись, Соболев снова подумал: «Наказания без вины не бывает», — он готов к нему.

Встречу Нового года называют семейным праздником. Но способов встречать его существует множество.

Можно собраться большой компанией и веселиться до утра, танцуя, выбегая на трескучий мороз, чтобы выплеснуть тот невероятный сгусток энергии, который просится на волю, толкает на безумные поступки. Можно пойти в гости к близким друзьям, можно остаться дома и провести последний день старого года спокойно, без суеты, за накрытым столом с бутылочкой обязательного шампанского. Один из вариантов — встреча Нового года тет-а-тет — так поступают влюбленные пары. Так решили поступить и Нина с Геннадием. Соболев получил несколько приглашений и вежливо отклонил их. Сначала он, конечно, поинтересовался, не хочет ли Нина поехать в гости. Она была настроена на тихий вечер вдвоем, и это обрадовало Геннадия. Он не мог представить, что при своем самочувствии, которое менялось чуть ли не каждый час, он будет уютно чувствовать себя в кругу друзей и знакомых. Пусть они простят его — это первый раз, когда он позволил себе оторваться от сложившегося коллектива. К тому же двойной праздник, к которому он давно подготовился, он планировал провести только вдвоем.

Геннадий приготовил Нине два подарка. Он заранее предвкушал, как она обрадуется им. Один предназначался к Новому году — браслет с изумрудами, который он присмотрел еще летом и купил втайне от нее. Красивые камни, тонкая работа — Соболев уже несколько раз нетерпеливо открывал бархатный футляр, рассматривая подарок. Ему не терпелось поскорее подарить его. Он даже решил сделать это, если Нина согласится выйти за него замуж. Он хотел быть оригинальным — все дарят кольца, а он — браслет. Но Нина отказала, и подарок остался лежать в потайном месте, дожидаясь последнего дня уходящего года.

Второй подарок ко дню рождения — картина, портрет Нины, заранее заказанный знакомому художнику. Тот рисовал его с многочисленных фотографий, которые принес ему Геннадий. Соболев переживал, что портрет получится застывшим, непохожим на оригинал, в котором так кипела жизнь, бурлила энергия! Опасения были напрасными. Приехав забирать заказ, Соболев застыл у картины: он боялся отвести взгляд. На него смотрела Нина, смотрела так, как только она умела это делать: лукаво и наивно, призывно и надменно.

— Это она, это точно она, — прошептал Геннадий дрожащими губами. — Нина, моя Нина. — Соболев тут же добавил к оговоренной сумме приличное дополнение, чем привел художника в замешательство. Теперь нужно было незаметно спрятать картину дома. Соболеву повезло: когда он возвращался с подарком, Нины не оказалось дома. Как она потом рассказывала, неведомая сила словно не пускала ее домой, и она побродила по Арбату, мечтая.

— И о чем ты мечтала, если не секрет? — поинтересовался Соболев в тот вечер.

— О том, что когда-нибудь я смогу вернуться в Саринск.

— Ты обещала рассказать мне об этом в новогоднюю ночь, помнишь?

— Помню. Ночь откровений впереди. Мне не хочется ничего скрывать от тебя. Надеюсь, тебе — тоже.

Так и произошло. Включив традиционный «Голубой огонек», они сидели за низким маленьким столиком напротив друг друга. Обменявшись подарками, наслаждались той неповторимой атмосферой, которая бывает только в это необыкновенное время. На приглушенные звуки, доносившиеся из телевизора, совершенно не обращали внимания. Это был традиционный фон, без которого словно бы нельзя было обойтись. За то время, что они были знакомы, это был первый вечер, когда не существовало запретных тем, неуместных вопросов. Они узнали друг о друге все или почти все. О прежней жизни Соболева, о его работе, об учебе Нины в школе, о ее мечтах стать актрисой, о друзьях, оставшихся в Саринске, о Володе Панине...

— Ты не знаешь, почему именно сегодня мы отважились на этот разговор? — задумчиво глядя на Геннадия, спросила Нина.

— Потому что все серьезно, не на уровне бушующих гормонов, — отводя взгляд, ответил Соболев. — И потому, что мне совершенно все равно, что было в твоем прошлом. Я люблю тебя.

— И для меня любая информация ничего бы не могла изменить, — заметила Нина. — Единственное, чего я побаивалась, — чтобы ты не оказался каким-нибудь жуликом.

— Не оказался? — раскатисто засмеялся Геннадий. Он решил, что пришло время рассказать о том, что он — заведующий одним из столичных валютных магазинов. Что эта работа приносит ему хороший доход, дает возможность заводить нужные знакомства. Однако кроме этого через его руки проходит поток золотых вещей, скупаемых его людьми. Десятки человек работают на него, он — главное звено. Они участвуют в его игре, принося немалый дополнительный заработок. Этим он начал заниматься еще со студенческой скамьи и к своим пятидесяти стал одним из самых крупных скупщиков золота. В этой второй его жизни у Соболева была кличка «Сорока» — слишком много золота проходило через его руки, слишком много того, что блестит. — Я жулик в законе, милая. Но мне моя жизнь всегда нравилась. Я всегда имел возможность потакать своим желаниям, иногда — чрезмерно. Но я не жалею о том, как прожил эти годы. Не жалею обо всем, что касается работы, друзей, знакомств, связей. Только в личной жизни у меня пробелы. Я их сам наставил от души, обрубил корни и теперь еще размышляю, почему так хреново себя чувствую.

— Ты о сыне?

— Да, я забыл о его существовании. Теперь приходится расплачиваться.

— Если бы смог найти, что бы ты сделал? — настаивала Нина.

— Не знаю. Я боюсь даже подумать об этом. Наверное, он ненавидит меня, — помрачнел Соболев.

— Нельзя так. Вот я не знаю своего отца, но, если бы он вдруг появился, я бы не знала, куда его посадить, как самого дорогого гостя. Ведь это отец, Гена! — горячо спорила Нина. — Наверняка ты убиваешь себя своими мыслями.

— Что, очень заметно? — грустно улыбнулся Соболев.

— Я образно, милый.

— А я напрямую. И вообще, я тебе не верю. Ты бы не стала сажать своего отца в красный угол. Вспомнила бы о нелегкой жизни матери, о том, что было у других и чего не было у тебя. Вспомнила бы, чего он тебя лишил, — вздохнул Соболев. — Навспоминалась бы, а там, гляди, чтоб вообще на порог пустила.

— Я не хочу больше говорить об этом, — резко ответила Нина, поджав губы.

— И не надо о прошлом. Оно ушло безвозвратно. Давай лучше о будущем.

Он смотрел на нее и любовался, впитывая каждую минуту, проведенную вдвоем. Он не знал, сколько их осталось, таких прекрасных минут. Геннадий дорожил ими, как никогда. Это стало жизненно необходимым, целительным. Геннадий боялся, что скоро ее красота совершенно затмит его немощь. Он будет выглядеть смешно рядом с такой красавицей. Да и останется ли она с ним, зная, что пик миновал? Страсть постепенно спадает, оставляя в душе незаживающие раны: сердце еще хочет любви, огня, но тело его отвергает порывы. Оно не способно больше выдерживать шквал эмоций.

Она была такой красивой в новом платье из тонкого трикотажа цвета морской волны. Почему-то Геннадию показалось, что в нем она стала выглядеть старше, более солидно. Что-то совсем другое, неизвестное появилось в ее облике. Длинные волосы она подобрала в тяжелый узел на затылке, украсив его несколькими шпильками с черным жемчугом — недавний подарок Геннадия. Эти перламутровые шарики очень красиво

смотрелись на каштаново-рыжих волосах Нины, придавая незамысловатой прическе особое очарование. Она
практически не пользовалась косметикой. Ее лицо с
матовой кожей, четко очерченными бровями и вырази-
тельными глазами не требовало румян, теней, яркой
помады. Бледно-розовый блик на губах, ресницы, уд-
линившиеся от черной туши, искрящиеся от счастья глаза — ей так понравились его подарки.

— А тебе понравился мой подарок? — вдруг спросила Нина. Она давно присмотрела Геннадию золотые
часы. Купила она их в ломбарде. Правда, уже положив
покупку в сумку, заметила на себе недоброжелательный
взгляд женщины, следивший за каждым ее движением.
Нина чувствовала на себе этот пронизывающий взгляд
и, не выдержав, обратилась к ней:

— Простите, вам что-то нужно?

— Нет. Просто вы купили часы моего покойного
мужа. Я обязательно хотела увидеть, кому они доста-
нутся, — растягивая слова, ответила женщина.

— Ну, увидели? — раздраженно спросила Нина.

— Да. Надеюсь, тот, кому они предназначаются,
поносит их дольше, чем мой муж, — вытирая набежавшие слезы, сказала женщина.

Не удостоив ее больше ни словом, ни взглядом, Нина
вышла из ломбарда. Настроение было испорчено. Весь
день неприятный осадок от разговора не давал ей покоя. Но в конце концов Нина решила, что не стоит
обращать внимания на обезумевшую от горя женщину.
Нельзя ни осуждать, ни обижаться на нее. Она совершенно в другом мире, со своим горем, со своими воспо-

минаниями. Нина невольно прикоснулась к этому, купив часы ее умершего мужа. Почему-то Нина пожалела, что не узнала, от чего он скончался. Как будто это могло быть важным, для кого?

— Скажи честно, — улыбаясь, Нина взглянула на руку Геннадия: часы красиво смотрелись на его тонкой кисти, — понравились?

— Очень. Ты превзошла все мои ожидания. Новый год и ожидание подарков — это на всю жизнь и не зависит от возраста. Я тронут твоим подарком, не ожидал, признаюсь, — ответил Соболев, а про себя подумал, что нет более уместного подарка, чем тот, который сделала ему Нина. Получилось даже символично. Для него так важен отсчет времени, его бег. «Милая девочка, она делает меня счастливым. Она не бросит меня, даже если мне станет очень плохо, — глядя на сверкающий хрустальный циферблат часов, он почему-то твердо понял это. Секундная стрелка неумолимо двигалась по кругу, а Соболев завороженно следил за ней, как будто в первый раз. — Не стоит думать о ней плохо. Она дорожит нашими отношениями. Кажется, последнее время ее тяготит собственная никчемность. Она прямо сказала об этом, заявив, что не должна сидеть у меня на шее всю жизнь. Она хочет быть интересной для меня. Еще год назад для нее было пределом мечтаний то существование, которое я ей предложил. Она взрослеет и умнеет, желая добиться чего-то собственными усилиями. Нужно помочь ей, пока есть время...»

— Послушай, Ниночка, а чем тебе нравилось заниматься, когда ты училась в школе? Букашек собирала, вышивала, вязала, пела в хоре, танцевала, в конце концов? — отпивая шампанское, спросил Соболев. Давно пробили куранты, торжественный момент встречи Нового года стал отдаляться. Поглядывая на свои новые часы, Геннадий с облегчением выдохнул, когда стрелка сошла с отметки: ноль часов ноль минут. А теперь уже подходил к концу первый час нового года. — Что у тебя хорошо получалось, дорогая?

Геннадий, словно предугадав ее мысли, предложил заняться чем-то для души. Нина решила, что Соболев почувствовал, что она томится в четырех стенах, ожидая его возвращения с работы. Конечно, неплохо было ничего не делать какое-то время, но постоянно жить праздно, без забот стало для Нины скучным. Она с удовольствием согласилась с мыслью Соболева, что в любом случае нужно иметь профессию.

— Не получилось с институтом кинематографии, давай подумаем о другом варианте, — задумчиво сказал Геннадий. — Может быть, это даже к лучшему, что ты не поступила туда. Не обижайся, можно попробовать еще, привлекая моих знакомых. Одним словом, попробовать, но, поверь мне, лучше избежать разочарования сразу, чем быть невостребованной актрисой и страдать от этого. Что ты умеешь делать, дорогая?

— Шить. Это занятие мне всегда нравилось. Я рассказывала, что у меня мама — лучшая портниха Саринска. У нее столько клиентов, что любой мастер позавидует. А я сама сшила себе платье на выпускной, вот так! — с гордостью заметила Нина.

— Замечательно. Для начала можно пойти на курсы кройки и шитья. К концу апреля получишь свидетельство об окончании. У нас без корочки нельзя, дорогуша. Согласна идти учиться? — спросил Геннадий.

Нина подумала, что разговор не совсем уместный для новогодней ночи, но, посмотрев на усталое лицо Геннадия, решила, что он верно выбрал момент. Он слишком ослабел за последнее время и хочет, чтобы она что-то значила сама по себе, без его поддержки. Он боится, она ясно увидела это в его глазах. Старается скрыть, но получается это у него совсем плохо.

— Ген, я сделаю так, как ты говоришь, — тихо сказала она, поднимая бокал. — А сейчас давай выпьем за наше будущее. Пусть оно будет долгим, радостным.

— За наше счастье, — добавил Соболев, но Нина покачала указательным пальцем. — Когда человек счастлив, он становится уязвимым. Ты никогда не думал над этим?

— Честно говоря, нет.

— Так вот, мы должны быть удовлетворены своей жизнью, а понятие счастья — химера. Что такое счастье? — Забыв о шампанском, Нина явно решила пофилософствовать. Она закинула ногу за ногу и равномерно покачивала ею.

— Интересно услышать это от тебя, милая, — улыбнулся Соболев.

— Счастье — неуловимый миг, к которому мы стремимся, который все время ускользает. Нельзя быть счастливым долго, это невозможно. В понятие счастья укладываются такие простые, будничные вещи, как восход солнца, пение птиц, улыбка любимого человека, смех

ребенка. Я могу перечислять долго — и все это настоящее счастье. Только мы порой не ценим.

— И ты тоже?

— Да, я ведь только начинаю жить. Мне прости-
тельно совершать ошибки.

— Когда я тебя слушаю, мне кажется, что ты прожила долгую жизнь, — Геннадий поднял бокал. —
Давай за твое будущее, красивая. У тебя оно должно
быть замечательным.

— У нас! — Нина осторожно притронулась своим
бокалом к бокалу Соболева. Раздался негромкий, про-
тяжный звук, всегда означающий одно — торжество
еще не закончилось. — Я хочу, чтобы в моем будущем
был ты, Геннадий Иванович.

— Спасибо, милая. Я тоже хочу этого, всем сердцем, — дрогнувшим голосом ответил Соболев. — Ты
даже не представляешь, насколько. В моем возрасте
нельзя так сильно влюбляться.

Месяцы учебы на курсах пролетели так быстро, что
когда пришла пора получать свидетельство, Нина не
могла поверить в это. Она улыбалась, выслушивая ком-
плименты в свой адрес и отвечая на горячее рукопожа-
тие в этот торжественный момент. Она держала в руках невзрачную бумагу, означающую, что теперь у нее
есть профессия. После аттестата это был еще один документ, подтверждающий ее расставание с детством,
теперь уже полное и бесповоротное. Осталось «самое
малое» — найти работу и желательно в хорошем месте.
Ателье много, а пользующихся репутацией высококласс-

ного — единицы. Нина не делала из этого проблемы. Она знала, что Геннадий с его связями поможет. Он сделает так, что она получит очень хорошую работу. Недавно он намекал, что у него уже есть на примете местечко. Он всегда думает на несколько шагов вперед — это Соболев, и этим все сказано.

Но приехав домой, Нина не застала Геннадия на привычном месте — глубокое велюровое кресло в гостиной было пустым. Хотя было явно заметно, что он уже возвращался с работы и спешно покинул квартиру. Так бывало и раньше: телефонный звонок мог заставить его выйти из дому в любой момент. У него часто находились неотложные дела. Поначалу это раздражало Нину, а потом она привыкла. В конце концов, у человека такое чувство ответственности за свое дело — он не может иначе.

Но сейчас что-то подсказывало Нине: здесь не все так просто. Решив пройтись по квартире в поисках ответа на этот вопрос, она зашла в спальню. Нина насторожённо смотрела на измятую постель, открытую тумбочку с лекарствами, распахнутые дверцы шкафа в спальне и беспорядок на полках, где лежала одежда и белье Геннадия. Нина недоуменно оглядывалась по сторонам, замечая все новые и новые признаки необъяснимого беспорядка. В какой-то момент Нина бросилась к шкатулке с драгоценностями — все было на месте. Стакан воды на журнальном столике в гостиной, рядом на полу упавшая упаковка таблеток. Нина подняла ее — «баралгин». Геннадий пил обезболивающее, значит, ему снова было плохо. Последнее время он вообще не хочет говорить о своем здоровье, до скандала доходило. Он даже повысил на нее голос, кричал, чтобы она оставила его в покое. Нина тогда обиделась, но, глядя на посеревшее от боли лицо Геннадия, через минуту подошла, обняла его. Она вспомнила, как он беспомощно затих в ее объятиях.

— Ведь я так беспокоюсь. Ты молча глотаешь таблетки, похудел, побледнел. Мне иногда кажется, что тебе ничего не хочется, — гладя его по жестким волосам, сказала она.

— Милая моя девочка, у меня остались желания, но я не стал бы говорить о них вслух, — глухо ответил Соболев. Он отвел глаза, чтобы не встретиться взглядом с Ниной — он скрывал, что недавно сдал повторные анализы. Они оказались такими, что доктор сказал ему прямо:

— Если ничего не предпринимать, у вас не больше месяца-двух...

— А если предпринять, то результат тот же, но есть перспектива провести последние дни с распанаханным животом и измучить близких, — перебил его Соболев. — Я просто хотел услышать от вас то, что вы сказали. Спасибо. Теперь я точно знаю, что должен делать...

Нина все стояла и думала о том, что не так представляла свое сегодняшнее возвращение домой. Она купила бутылку красного вина, любимый сыр Геннадия, коробку конфет и заварные пирожные — Соболев много лет назад на спор съел целый поднос плотно уложенных пирожных. Единственным условием было — ста-

кан холодной воды. Спор был выигран, и даже после
него у Геннадия не возникло отвращение к сладкому.
Он, как ребенок, радовался конфетам, мармеладу, сгу-
щенке, пирожным. Нине так хотелось сделать ему сегодня приятное. Может быть, вид любимой пищи вер-
нул бы ему аппетит, который последнее время у него
был отвратительный. Он почти ничего не ел дома, рассказывая, что не голоден. Каждый раз были разные вер-
сии: у него была встреча в кафе и во время делового
разговора он перекусил; он поел со знакомым, которого
очень давно не видел. Сначала Нина верила и огорча-
лась, что приготовленная ею стряпня остается без оценки. Еда в одиночестве уже не казалась чем-то невозможным, но особого удовольствия, конечно, не приносила.

Принесенный ужин, который пока не стал праздничным, Нина положила в холодильник. Покусывая губы,
она снова вернулась в гостиную и вопросительно посмотрела на молчащий телефон. Ей казалось, что он
должен зазвонить с минуты на минуту. И тут она заметила небольшой белый лист бумаги, лежащий рядом с
телефонным аппаратом. Он лежал на диске набора номера так, что она должна была сразу обратить на него
внимание. На мгновение Нина застыла, страх сковал ее
мысли и движения. Наконец, приблизившись, так и не
взяв записку в руки, она прочитала: «Нина, не волнуй-
тесь. Геннадий Иванович нуждается в госпитализации.
Телефон, по которому вы сможете получить справку,
ниже...» Нина почувствовала слабость в ногах и тут же
опустилась в кресло, обычно занимаемое Геннадием. Она
поджала ноги к груди и застыла. От охватившего ее

страха она оказалась не в состоянии здраво рассуждать. Нина не плакала, но вдруг начала всхлипывать, как в детстве, когда было очень больно или досадно. Она никак не могла остановиться и была близка к тому чтобы рыдать во весь голос.

Взяв себя в руки, Нина разобрала номер, указанный в записке, и начала набирать его. Дозвониться оказалось трудно. Все время было занято. Она начала терять теряла терпение, пока наконец не услышала в трубке долгожданное: «Диспетчер неотложной помощи слушает».

— Алло, будьте добры, скажите, к вам поступил больной Соболев? — дрожащим голосом, едва соображая, что говорит, произнесла она.

— Поступил в пятнадцать часов тридцать шесть минут, находится в палате интенсивной терапии, — после паузы ответил женский голос.

— Назовите ваш адрес, пожалуйста, — Нина внимательно выслушала и, не полагаясь на память, быстро записала название и номер улицы. — Скажите, а его можно проведать?

— По поводу состояния поступившего обращайтесь к Загорскому Владиславу Николаевичу.

— А кто он? Хирург? Заведующий? Он хороший специалист? — продолжала задавать вопросы Нина. Но на том конце провода уже положили трубку. Раздались гудки.

Нина поднялась с кресла и в панике стала ходить по комнате взад и вперед. В этот момент она четко поняла, что Соболеву очень плохо. Если он позволил увезти

себя «скорой помощи», не дождавшись ее возвращения, значит, медлить было больше нельзя. Но, так и не
впустив в свое сердце всю глубину его страданий, Нина
задавала себе один вопрос: «Что будет с ней, с ее жизнью, если вдруг случится непоправимое?» Она отгоняла
эту мысль, а та возвращалась к ней в другом виде,
рисуя картины кладбища, людей в траурных одеждах,
сочувствующе пожимающих ей руку. Кто она без Соболева? Провинциалка, зацепившаяся в столице благодаря своей броской внешности и отсутствию комплексов. Она — никто, одно из приложений к сладкой жизни
удачливого дельца. Нина чертыхнулась, прижала ладони к щекам — она испытала отвращение к себе, Соболеву. К себе за то, что принимала все как должное, к
Геннадию — что сумел так скоро приручить ее.

Нина ощутила мелкую дрожь, охватившую тело, даже
зубы отчаянно застучали. Она не боролась с неприятными ощущениями, потому что была погружена в без-
радостные мысли своего ближайшего будущего. Она
поняла, что ее райская жизнь подходит к концу. Больше года она жила так, как и представить себе не могла.
Единственное, что омрачало последние месяцы, — явное ухудшение самочувствия Соболева, но он делал все,
чтобы это не отражалось на ней. Он старался быть
веселым, и его раскатистый смех, хоть и звучал все
реже, но был таким же заразительным. Он старался
быть таким же искусным и непредсказуемым в постели,
как раньше, но мгновения полного растворения друг в
друге тоже стали редки. Он перестал нуждаться в том
накале страстей, что раньше. Иногда Нине казалось,

что Геннадий с удовольствием провел бы эту и много
других ночей в одиночестве. Ему было тяжело оставаться прежним Соболевым. Не изменялось одно — он
по-прежнему баловал, холил Нину, дарил подарки, говорил о том, как счастлив, что она рядом. Нина всегда
внимательно слушала его, даже если делала вид, что
слова мало значат для нее. Она слушала, стараясь понять, как так получается, что совершенно чужой человек вдруг становится для тебя самым близким? Желание переспать с интересной девушкой приводит к долгому
роману, желанию создать семью, и ее чувства изменяются, как и вся жизнь. Как такое возможно? Раньше
Нина представить не могла, что будет проводить время
в чужом городе, с мужчиной, под недовольными и осуждающими взглядами со стороны, не нуждаясь при этом
в поддержке матери, в бесконечной, перескакивающей
с одной темы на другую болтовне с Ленкой. Однако
все складывается именно так. Она сбежала от всего,
что было ей дорого, променяв прошлое на искрящееся
существование с Соболевым. Но скоро всему этому
придет конец!

Нина остановилась, посмотрела на свой портрет. Геннадий посоветовал повесить его именно в гостиной.
В спальне его мало кто увидит, а вот здесь он открыт для
всех гостей, захаживающих в их дом. Гости бывали редко.
Но Соболеву доставляло огромное удовольствие видеть
на их лицах сначала восторг от написанной картины, а
потом — от сравнения с оригиналом. Нина и сама любила смотреть в зеленые глаза, насмешливо наблюдающие за происходящим вокруг. Ей иногда казалось, что

портрет подмигивает ей или хитро прищуривается, словно поймав ее на чем-то непристойном. А сейчас он не желал общаться. Он остался равнодушным к тому, что происходило в комнате с ее хозяином и тем более — с его любовницей. Нина нахмурилась: какое неприятное слово, хотя содержанка — еще хуже. Нужно было-таки соглашаться и выскочить замуж, предлагал ведь. А она развела теории независимости и невмешательства во внутреннее пространство — бред! Правда, говорила она то, что думала. Этим Нина оправдывала многие свои поступки, о которых потом жалела. Жалела, но утешалась тем, что совершала их по велению сердца, не кривя душой, не подбирая нужных слов — все импульсивно, от души. Так было и по отношению к маме, Панину, так должно быть и с Соболевым. Нужно оставаться собой, и все будет так, как должно.

Рассуждая так, она никак не могла успокоиться и взять себя в руки. Нужно было собраться и ехать в больницу. Превозмогая поток мыслей, Нина не стала переодеваться, наскоро собрала в кулек апельсины, лимон — единственное, что было из того дежурного набора, который обычно приносят больному. Она хотела вернуться за сыром и конфетами, но решила, что это плохая примета. Сейчас она была готова верить во все что угодно: в черную кошку, пустое ведро, в монету, лежащую «решкой» кверху на ее пути.

Нина быстро спускалась по лестнице, продумывая все вопросы, которые хотела задать врачу. Потом она встретится с Геннадием и прочтет ему лекцию о том, как глупо так относиться к своему здоровью. Она найдет нужные

слова! И пусть не думает, что на этот раз ему удастся
провести ее — она сама узнает у доктора, какие лекарства ему нужно пить, и проследит за этим строго! Нина
не замечала, что все ее мысли отражаются на лице. Она
даже что-то бормотала себе под нос, вызывая удивлен-
ные взгляды прохожих. Она не обращала на них внимания. Нина уже была там, в больнице. Поймав такси, она
назвала адрес и вдруг почувствовала, как сердце помчалось в невообразимом темпе. Она даже прижала руку к
груди, словно это могло замедлить этот бешеный темп.
Она вспомнила, что много лет назад маме Лены Смирновой делали операцию, после которой та лежала в палате интенсивной терапии. Да, это называлось именно
так, но самое страшное заключалось в том, что Ленка
рыдала белугой — несколько дней ее не пускали к маме.
Нина смотрела в окно автомобиля, не веря в то, что ее
могут не пустить к Геннадию. Ни мама, ни она сама тяжело не болели, не сталкивались с больницами, врачами,
кроме рядовых случаев, связанных с простудами, уши-
бами, другими мелочами. Ей казалось кощунственным не
разрешать свидания в тот момент, когда и больной и его
близкие нуждаются в этом.

Расплатившись с таксистом, Нина быстро взбежала
по крутым ступеням больничного крыльца. Чертыхнулась про себя: «Не могли еще покруче и повыше по-
строить?» В вестибюле узнала у санитарки, где можно
найти Загорского.

— Он обычно на месте не сидит, — оглядывая Нину
с ног до головы, произнесла старушка. — Поищи его
на втором этаже.

— Спасибо.

Кабинет Загорского оказался в самом конце длинного коридора. На Нину несколько раз недовольно смотрели медсестры, пробегавшие мимо. Нина заметила, что весь медперсонал не ходил, а именно пробегал мимо нее. Вероятно, у них уже выработалась привычка делать все «на лету».

— Врача ждете? — участливо спросила ее пожилая женщина в больничном халате. У нее был такой ужасающий, землистый цвет лица, что Нине едва удавалось смотреть на нее.

— Да, Владислава Николаевича.

— Это может долго продолжаться. Вы предварительно договаривались?

— Нет.

— Сочувствую, — женщина замолчала, разглядывая Нину. — А у вас кто здесь лежит?

— Муж, — не долго думая, ответила Нина и почувствовала, как тепло распространилось по телу, делая чуть непослушными ноги, руки. Она была близка к обмороку и заметила, как беспокойно забегали глаза женщины напротив: — Вам плохо?

— Нет, со мной все в порядке, — опершись о стену, ответила Нина.

— Что у вас тут такое? — приятный мужской голос раздался прямо у Нины над ухом. Она медленно повернула голову, боясь оторвать руку от стены. Встретив серьезный взгляд врача, она с трудом проглотила мешающий говорить комок. — Вы ко мне?

— Вы Загорский?

— Я Загорский.

— Тогда к вам, если можно, — тихо произнесла Нина, наблюдая, как женщина, затронувшая ее, отошла в сторону, оглядываясь.

— Проходите в кабинет, — открыв дверь, он пропустил Нину вперед. — Присаживайтесь. У меня мало времени. Слушаю вас.

— Я по поводу Соболева Геннадия Ивановича. Он поступил к вам. Меня не было дома. Я не знаю, что и думать, — сбивчиво начала Нина, но врач жестом остановил ее.

— Вы ему, простите, кем приходитесь? — внимательно глядя на Нину, Загорский устало оперся о спинку стула. — Родственница, знакомая?

— Жена, — прямо глядя ему в глаза, ответила Нина, и добавила: — Гражданская.

— Понимаю, — протяжно сказал доктор и скрестил руки на груди. Перед глазами Владислава Николаевича возникло бледное как мел лицо Соболева, его губы, плотно сжатые, словно боящиеся выпустить через себя боль наружу. И эта рыжеволосая красотка в модных джинсах и с браслетом с изумрудами, который так не вяжется с ее одеждой. — Кроме вас у него кто-нибудь есть? Из родни, я имею в виду.

— Родители умерли. Только я, — уверенно ответила Нина, посчитав, что говорить о сыне и первой жене сейчас неуместно. — Доктор, вы, пожалуйста, скажите мне, чем его лечить. Я прослежу и точно выполню ваши указания. Он так несерьезно относится к таблеткам, всему, что связано с его здоровьем. Но я постараюсь, чтобы на этот раз он четко выполнил ваши указания.

Нина выпрямила спину и приготовилась слушать. Но Загорский тяжело выдохнул и покачал головой. Он не любил эти моменты. Они зачастую перевешивали все то хорошее, спасительное, что он делал гораздо чаще.

— Лекарства ему не помогут, уважаемая... Как вас зовут?

— Нина.

— Ваш муж поступил к нам в очень тяжелом состоянии. Анализы, которые мы сделали, показали, что все очень серьезно. Геннадию Ивановичу необходима операция по жизненным показаниям. Опухоль в кишечнике стала слишком большой. Проблемы с пищей, боли. Не выяснена природа ее происхождения. Честно говоря, все очень запущено. Я не даю никаких гарантий, никаких.

— Мы будем вам очень благодарны.

— Оставьте, — Загорский нетерпеливо махнул рукой. — Я знаю возможности Соболева, его масштабную личность. Мы знакомы немного, но этого достаточно, чтобы понять, какой человек перед тобой. Дело не в благодарностях, милая девушка, а в том, что время упущено.

— Нет, не говорите так, пожалуйста. Вы не должны, — Нина, не мигая, смотрела на врача.

— Я еще не все сказал. Самое неприятное, что Геннадий Иванович категорически отказывается от операции. Он согласен письменно подтвердить это, чтобы снять с нас всю ответственность. Он добровольно лишает себя единственного шанса на спасение. Мизерного, но все-таки. Я бессилен переубедить его... Может быть, вы сумеете повлиять на него?

— Постараюсь.

— Он в реанимации, но я проведу вас. Наденьте халат и пойдемте за мной.

Нина шла за доктором, едва поспевая за его широким шагом. Загорский легко преодолевал этаж за этажом, успевая отвечать на бесконечные вопросы со стороны. Реанимационное отделение оказалось на предпоследнем этаже. Запыхавшись, Нина остановилась. Загорский что-то говорил молоденькой медсестре, сидящей у входа в отделение. Она бросила в сторону Нины удивленный взгляд и закивала головой, закрывая при этом глаза.

— Что, дыхание сбилось? — обратился к Нине Владислав Николаевич.

— Есть немного. Высоковато взобрались. А что там наверху, на последнем этаже?

— Морг. Больные шутят, что у нас чем выше, тем ближе к небесам в буквальном смысле, — заметил Загорский и увидел, как помрачнело лицо Нины. — Вы готовы к разговору?

— Да.

— Пройдите в палату. Сестра покажет.

— Апельсины вот, я могу их передать ему?

— Какие апельсины! — Загорский раздраженно посмотрел на нее. — Заберете домой. У вас максимум пять минут. Я и так нарушаю, но... Одним словом, идите. Надеюсь, вам удастся то, что не удалось мне. Он бредил и звал вас. Теперь я знаю, что он хотел видеть вас. Он вас очень любит, Нина.

— Я знаю, — прошептала та и поспешила за медсестрой.

Соболев лежал накрытый белой простынею. Нина поняла, что он совершенно без одежды: только тонкая белая ткань прикрывала его обнаженное тело. Она увидела в этом что-то неприятное, напоминающее заразную болезнь, когда одежду уничтожают, чтобы не разносить инфекцию. Здесь дело было совсем не в этом... Нина мысленно пожелала себе удачи и стала приближаться к кровати. Соболев медленно открыл глаза, услышав по дуновению воздуха, что кто-то подошел к нему. В его глазах мелькнула радость, он улыбнулся. Не видя себя со стороны, он не предполагал, что выглядит очень жалко с этой миной, едва напоминающей улыбку. Нина улыбнулась в ответ, осторожно взяла его за руку. Пальцы были совсем холодные, словно неживые, и Нина начала сжимать и разжимать ладонь, пытаясь согреть их. Геннадий смотрел на Нину, чувствуя, что от волнения не может произнести ни слова.

— Мы так не договаривались, милый, — начала Нина, решив, что нельзя нарушать уговор и злоупотреблять временем, обозначенным доктором. Соболев закрыл глаза и снова открыл их через несколько секунд. Он был так шокирован появлением Нины здесь, что никак не мог говорить от волнения. Все его эмоции четко отразились на его лице. — Ты не волнуйся, пожалуйста. Я приехала домой и увидела записку. Зачем ты так долго скрывал от меня? Разве мы не близкие люди? Доктор сказал, что нужна операция, и все будет хорошо. Он уверен, что ты поправишься.

— Он это сказал? — тихо спросил Соболев, едва найдя в себе силы разжать сухие губы. В его слабом

голосе было столько иронии, что Нина покраснела. —
Ты не научилась врать, милая. И я не хочу тебя обманывать. Я устал делать это, честно говоря. Я вообще от
всего устал.

— Это не разговор. Ты сдаешься, не попробовав
бороться.

— Силы не равны. Возмездие против животного желания выжить... — Соболев провел языком по спек-
шимся губам. — Никакая операция мне не поможет.
Давай смотреть правде в глаза. Я не знаю, выйду ли
отсюда вообще. Не смотри так, я получаю по заслу-
гам. И ко всему Всевышний остается милостивым ко
мне.

— Милостивым? — Нина негодующе сжала кулаки.

— Да. Он не позволит мне увидеть, как твоим сердцем и мыслями завладеет другой мужчина. Для меня
это хуже смерти, милая. Я даже не знал, что способен
так любить. Спасибо тебе. Ты — самое лучшее, что у
меня было, незаслуженное блаженство.

— Я не могу больше слышать, как ты все это говоришь. Ты прощаешься! Не смей!

— Послушай, — Соболеву становилось все тяжелее говорить. — У меня есть к тебе просьба. Самая
последняя. Отказывать нельзя, слышишь?

— Слушаю.

— Я прошу тебя стать моей женой, — выдохнул
Геннадий и почувствовал, как слеза скатилась по щеке.
Он не мог поднять руку и вытереть ее. Он словно
разгрузил целый состав с невероятным количеством гру-
за — болело все тело. — Ты однажды отказала мне

под предлогом, что нельзя знать, чего ожидать от человека, который окажется рядом. Так вот, со мной все предопределено, а вскоре все вообще станет формальным. Не отказывай, пожалуйста, не ускоряй мой конец. Я так хочу услышать твое «да».

— Зачем тебе это сейчас нужно? — Нина в панике отошла на пару шагов от кровати, оглянулась на выход из палаты: сестра показала, что ее время истекло. Кивнув ей, Нина снова подошла к Соболеву. — Зачем, отвечай!

— Даже приговоренному к смертной казни не отказывают в последней просьбе, а я не совершил никакого смертного греха. Клянусь, что больше ни о чем не попрошу тебя. Стань моей женой, Нина. Можешь даже фамилию мою не брать. Только согласись, девочка, ради бога!

— Я поняла. Это ради квартиры, ради всего, что у тебя есть, да? Мне ничего не нужно, ничего. Твои подарки и память о радостных днях, которые были, — все, что я унесу с собой из твоего дома.

— Я хочу, чтобы он стал нашим, — Геннадий пошевелил пальцами, пытаясь накрыть ими лежащую на краю постели руку Нины. Она пододвинула руку и снова ощутила леденящий холод. — Ты не можешь мне отказать.

— Мне больше не нужно доказательств твоей любви, — Нина подумала, что самое время разреветься, уткнуться Геннадию в грудь и замереть, но слез не было. Вместо них она почувствовала решимость сделать все, о чем просит этот измученный болью мужчина.

Это был единственный выход для нее. Соболев, как всегда, прав, он давно все продумал. Нелепо говорить о том, что он выбрал подходящий момент, чтобы заговорить об этом снова.

— А мне нужно, — улыбнулся Соболев. — Докажи, что ты готова стать женой такой развалины, как я. Клянусь, я не стану долго мучить тебя. Не дай мне умереть с тяжелым сердцем. Я виноват перед тобой.

— Я не вижу никакой вины.

— Я виноват. Я старше, я сбил тебя с пути истинного, — тяжело выдохнул Геннадий. Его лицо исказила гримаса боли. — Я должен был пройти мимо, но не смог... Слабый, безвольный, больной мужчина — кратко о кандидате в мужья. Как тебе? Согласна помучиться?

— Я согласна мучиться с тобой до конца своих дней, — Нина наклонилась и поцеловала Геннадия в щеку. Сначала хотела в лоб, но в последний момент — в щеку. — Только тебе, жених, досталась идеальная невеста. Ко всем своим неоспоримым достоинствам я теперь портниха широкого профиля, прошу учесть!

— Поздравляю. Это замечательно. Профессия — ты умница, я горжусь тобой.

— Мы будем так здорово выглядеть, что это вызовет поток зависти. Хорошо, что марш Мендельсона у них играет магнитофон — в противном случае музыканты были бы не в силах доиграть. Ты готов к этому?

— Да, милая. Я готов ко всему, кроме твоего отказа.

— Я согласна, Гена.

— Девушка, выходите, пожалуйста, — недовольно сказала медсестра, подошедшая делать очередной укол. — Здесь не место для долгих разговоров.

Нина наклонилась и снова поцеловала Геннадия, только теперь — в сухие, горячие губы. Этот контраст холодных пальцев и обжигающих губ заставил ее удивленно посмотреть на него. Соболев устало повел глазами, глядя Нине вслед.

Она понимала, что не оправдала надежд врача. Она не повлияла на Соболева. Напротив — она ускоряет его уход. Она убивает его, вместо того чтобы настоять на операции. Он уверен в том, что это бесполезный шаг. Иначе он схватился бы за него. Он воспользовался бы им просто для того, чтобы дольше оставаться рядом с нею. Но он отказывается, значит, она примет его выбор. Она должна быть готова к его уходу. Нина нашла в себе силы улыбнуться ему. В его глазах кроме радости теперь была благодарная нежность. Нежность любящего мужчины, которому остались лишь воспоминания.

— До встречи, Ниночка, — Соболев подмигнул ей. — Выпишусь — и под венец.

— До встречи, милый, держись.

Выйдя из палаты, она оставила на столике медсестры пакет с фруктами и заметила Загорского. Он стоял на лестничной площадке с незажженной сигаретой в руке. Он мял ее пальцами, внимательно следя за приближающейся Ниной.

— Он отказался, — подойдя к нему, сказала она. — Он тверд, как никогда. Простите, я ничего не смогла сделать.

— Я знал, но не попробовать не мог, — Владислав Николаевич развел руками. — Отличную роль отвел мне ваш муж — созерцать, как наступает смерть, и не иметь возможности противостоять ей. Он собирается писать, что отказывается от операции?

— Да, как вы и говорили.

— Удивительное дело, как вы спокойны, — поджав губы, Загорский бросил в ее сторону тяжелый взгляд. Не говоря больше ни слова, он стал спускаться по лестнице. Он явно мечтал поскорее оказаться в своем кабинете, чтобы наконец закурить. Нина поспешила за ним, но он оглянулся и удивленно поднял брови. — Что вы еще хотите?

— Халат, — недоуменно ответила Нина. Она чувствовала, что вызывает негативные эмоции у доктора, и сама спешила поскорее расстаться с ним. На сегодня было вполне достаточно.

— Ах, да. Хорошо, идите за мной.

В кабинете он посторонился, давая ей возможность самой повесить халат на место. Он закурил, продолжая внимательно разглядывать ее. Нина краем глаза заметила это и еще то, что в его глазах появилось нескрываемое презрение. Он смотрел так, как будто это она виновата в том, что Соболев умирает.

— Я не виновата в этом и не хочу его смерти, — взявшись за ручку двери, сказала Нина.

— Почему вы мне это говорите? — Загорский выпустил мощную струю дыма в сторону окна.

— Отвечаю на поток ваших мыслей, в которых мне отведена роль акулы, дождавшейся своего часа, — скривив губы в злой усмешке, произнесла Нина.

— Я редко ошибаюсь, — стряхивая пепел, заметил доктор.

— Сейчас вы это делаете.

— Не уверен.

— Не буду вас переубеждать, — рывком открыв дверь, сказала Нина.

— Не забудьте приехать за ним на такси, когда он окончательно решит покинуть больницу. Чудес не будет.

— Я знаю. Я с детства мало верю в сказки.

Нина вышла из кабинета и, опустив глаза, направилась к выходу из корпуса. Ей казалось, что все смотрят ей вслед и шушукаются, называя убийцей, хапугой, бессердечной тварью. Нина шла, чувствуя, как горят ее щеки. Они стали алыми еще с первой минуты разговора с Геннадием, но сейчас это ощущение стало невыносимым. Хотелось умыться холодной водой, погасить этот пожар, но выйти из больницы хотелось еще сильнее. Нина сбежала по ступенькам и, приложив ладонь к щеке, стала выглядывать такси. «Волга» вынырнула откуда-то, словно только ее и ждала. Оказавшись в машине, Нина облегченно вздохнула. Она не хотела думать ни о сегодняшнем дне, ни о завтрашнем. Она тупо смотрела на мелькавший за окном пейзаж и слушала музыку, которая доносилась из хрипящих динамиков. Она слышала, как знакомый голос выводит рулады, и злилась, что не может вспомнить фамилию исполнителя. Даже решила у водителя спросить, но передумала. Доехав до дома, молча сунула ему деньги и, громко хлопнув дверью, вышла из машины.

На лавочке возле подъезда сидели две старушки, особо рьяно провожавшие ее громким шепотом. Нине казалось, что они нарочно так делают: своеобразный кодекс чести. «Обсуждаем, но так, что ты сразу можешь быть в курсе. Реагировать или нет — твое дело!» Нина решила проигнорировать, как учил ее Геннадий. Поздоровавшись, она с гордо поднятой головой собралась пройти мимо, но скрипучий голос остановил ее:

— И как там Геннадий Иванович?

— Он в больнице, врачи делают все необходимое, — приостанавливаясь, ответила Нина.

— Да уж после тебя, пожалуй, им нечего делать. Угробила нашего Геннадия Ивановича, — зло сверкнув глазами, сказала вторая — совсем дряхлая, с трясущейся головой и руками. Нина не стала отвечать на это. Она только сжала кулаки и пулей влетела в подъезд. Но неугомонная старушка успела громко заметить: — От правды не убежишь! Колет глаза-то!

Закрыв за собой входную дверь, Нина опустилась на невысокий стул в прихожей. Дотянулась до выключателя, щелкнула его. Зажмурившись от яркого света, она оперлась о прохладную стену. Отсюда был виден открытый шкаф, измятая постель в спальне, стакан с водой, одиноко стоящий на журнальном столике в гостиной. Нина медленно сняла обувь, стащила джинсы, бросив их прямо на пол. Прошла к бару и, внимательно просмотрев все имеющиеся в нем бутылки, выбрала с надписью «виски». Это был любимый напиток Геннадия, когда он хотел снять напряжение.

— Плесни-ка мне заокеанского зелья, — устало говорил он в этих случаях, и Нина знала, что делать.

Сейчас же она открыла бутылку, зачем-то всколыхнула ее и сделала несколько больших глотков прямо из горлышка. Нина позволила себе такое впервые. Она решила, что сейчас можно. Крепче шампанского и мартини она вообще ничего раньше не пила, но эти два благородных напитка никак не соответствовали ее нынешнему настроению. Обжигающая жидкость перехватила дыхание, но через несколько мгновений приятным теплом растеклась внутри. Поведя глазами вокруг, Нина увидела, что портрет подмигнул ей. Это было слишком. Нина почувствовала легкое головокружение и, поставив бутылку на место, на едва слушающихся ногах отправилась в спальню. Там она, уже засыпая, сняла свитер, браслет и серьги и прыгнула в кровать.

Прохладная постель была слишком просторна для одного человека. Нина натянула одеяло до подбородка, легла на левый бок, лицом к окну. Она всегда засыпала на этом месте, глядя в окно. Ей не хотелось ложиться на подушку Геннадия. Она лишь прикоснулась к ней кончиками пальцев, не оставляя следов, и снова принялась сосредоточенно смотреть в окно. Геннадий много раз пытался узнать, что она там высматривает в этой пронзительно черной бесконечности, усеянной в ясную погоду миллионами звезд.

— Я жду знаков, сигналов. Иногда мне кажется, что звезды составляют некие фразы, предназначенные именно для меня.

— Какой ты ребенок, — улыбался Соболев, чем задевал Нину. — А еще говорила, что не любишь сказки.

— Я не отказываюсь, но звезды — это раскрытая книга жизни, не каждому дано ее прочесть. И сказки здесь совсем не при чем!

Нина вспомнила этот разговор, глядя сквозь стекла на черное небо, усеянное звездами. Она попыталась сосредоточиться, чтобы прочесть послание. Оно, может быть, давно дожидается ее, а она забыла об этой небесной почте. Нина вглядывалась в мерцающие огоньки за окном, не зная, что скоро для нее станет судьбоносной цифра «три»: через три дня Геннадия выпишут из больницы. Перед этим он напишет документ, в котором снимет с врачей всю ответственность за состояние своего здоровья. Еще через три дня, используя связи Геннадия, они распишутся в районном загсе. Тихо, без шумихи, только со свидетелями — семейной парой, с которыми Соболев давно поддерживал отношения. Нина отправит маме телеграмму, в которой сообщит, что теперь у нее новая фамилия, новая жизнь, и она счастлива. В чем-то она лукавила, но ей нужно было слишком многое объяснять маме, а желания делать это не возникало. Гораздо легче оказалось просто поставить в известность. А еще через три дня Геннадия не станет. Он будет умирать в мучениях, и только морфий на какое-то время станет его проводником в реальность.

Этот Первомай Нина не забудет никогда... Когда все закончится, на усталом, похудевшем лице Геннадия появится выражение облегчения и покоя. До Нины не сразу дойдет смысл происшедшего. Она будет долго смотреть на совсем новое, блестящее обручальное кольцо и разговаривать с Геннадием. Она будет разговаривать с ним все дни до похорон и много дней после. Это не будет ей казаться странным. Для Нины это общение станет чем-то жизненно необходимым. Память навсегда оставит некие пробелы. Нина о многом потом будет только догадываться, удивляясь. Похороны пройдут словно долгий сон. Она увидит невероятное количество людей, которые захотят проститься с ним. Многих она вызвонит сама, листая записную книжку Соболева. Большинство узнает об этом по цепочке, которая очень быстро передает дурные вести.

А пока она смотрела на едва заметные на пасмурном, неприветливом небе звезды и боролась с закрывающимися глазами. Когда сражаться с наступающим сном надоело, она уснула. За всю ночь она не проснулась ни разу. Тяжелый сон сковал ее веки, тело, даря сновидения, в которых она возвращалась в Саринск. Здесь ее встречали взволнованные и ликующие земляки, потому что ее приезд — несомненное событие для города. Она возвращалась победительницей, и единственное, что омрачало ей праздник, — среди встречавших не было ее мамы. Но огорчение не было долгим. Толпа восторженно скандировала ее имя и, принимая очередной букет цветов, она скоро забыла об этой досадной мелочи...

Открыв глаза, Нина повернула голову, и глаза ее расширились от удивления: рядом спал совершенно обнаженный мужчина. Бесстыдно раскинув ноги, он тихо посапывал. В комнате, несмотря на октябрь, было жарко, душно — одеяло сиротливо лежало на полу возле кровати, одна из подушек — тоже. Нина посмотрела на себя — полупрозрачные бикини были единственной одеждой на ее теле. Длинные волосы свисали с кровати, на ворсистый ковер. Нина боялась пошевелиться.

Ведь тогда проснется этот незнакомец, а она никак не может вспомнить, как его зовут.

Нина осторожно высвободила онемевшую руку из-под его головы и снова внимательно посмотрела в лицо мужчины. На вид ему было лет тридцать, короткие светлые волосы, яркие губы без определенной формы, словно два алых размытых пятна, выделялись на матовом лице. Кожа у него была очень красивого оттенка — любая женщина позавидует. Нина смотрела на него и пыталась вспомнить, какого цвета у него глаза, как будто только это и было важным. Но память отказывалась давать ответ на этот вопрос. Оставалось ждать его пробуждения.

Медленно повернувшись на спину, Нина снова затихла. Тупая боль в голове, сухость во рту означали одно — вчера она снова выпила слишком много. Это стало частым явлением за последние полгода. Когда она впервые очнулась после веселого вечера и не могла вспомнить ничего о том, как провела его, — испугалась. Тогда же и пообещала себе, что больше ни капли в рот не возьмет, иначе рано или поздно это убьет ее. Значит, слово, которое она дала себе, оказалось снова пустым звуком. Наверняка она заехала в один из многочисленных баров и провела у стойки несколько часов. Ей было необходимо находиться среди людей, отвлекаясь на их праздное веселье, флиртующие взгляды и движения. При свете цветомузыки все казалось нереальным, легким, бесконечным, и Нина погружалась в эту безумную эйфорию с головой.

После смерти Геннадия она стала панически бояться одиноких вечеров и убегала из опустевшей без хозяина квартиры в темноту ночи. Бывало, что она просто бродила по улицам. Сначала — вздрагивая от каждого шороха, а потом — с удовольствием и интересом прислушиваясь и присматриваясь ко всему, что происходит вокруг. Она получала необъяснимое наслаждение от мгновений, когда сердце замирало, а сердце уходило в пятки от неожиданных звуков, раздававшихся рядом. Сворачивая с немноголюдных улиц в ближайший бар, она избавлялась от страхов. Расслабление в баре стало самым доступным средством от одиночества. Она заказывала водку и пила рюмку за рюмкой, оглядывая едва освещенное помещение мутнеющим взором. Она ничего не ела, ни с кем не разговаривала, отвергая любые попытки подвыпивших посетителей познакомиться с ней. Ей не нужно было разговаривать, обзаводиться новыми приятелями. Она просто находилась в атмосфере, на первый взгляд лишенной проблем и горя. Нина ждала, что и ее боль быстрее утихнет, когда вокруг будет царить безудержное веселье.

Она не думала, что потеря Геннадия, к которой она как будто была готова, настолько выбьет ее из колеи. Ей было невыносимо оставаться в этой когда-то заполненной его задорным смехом квартире. Со стены в гостиной на нее смотрели насмешливые зеленые глаза, и от этого взгляда Нине хотелось бежать. Бежать куда глаза глядят и больше никогда не возвращаться. Но каждый раз она снова приходила сюда. Пока это было ее пристанище. Не так давно — райское место, а теперь — адское. И только ежевечерние походы в шумные, прокуренные бары помогали ей не сойти с ума. Хотя это ли не назвать сумасшествием? Она прислушивалась к себе, отрешаясь от заполняющей все вокруг музыки, морщилась и заказывала очередную рюмку. Она научилась курить и находила забавным видеть, как серые клубы дыма окутывают ее. Ей казалось, что они охраняют ее, как невидимая оболочка, через которую доступ чужим заказан. Нина с удовольствием наблюдала, как несколько рук одновременно чиркали зажигалками, чтобы помочь даме прикурить. Она не удостаивала их даже взглядом — легкий кивок головы и только. Ей были неинтересны их лица. Какого черта она должна дарить им знаки внимания? В конце концов для того, чтобы поднести ей огонек в нужную минуту, есть услужливый бармен. Вот лица барменов она изучала подолгу. На следующее утро она все равно не могла вспомнить их и приблизительно, но каждый раз делала это с удивительной настойчивостью. Ей доставляло особый кайф видеть, как загораются их глаза. Наверняка каждый из них решал, что на него «запала» очередная богатая истеричка, топящая свою сексуальную неудовлетворенность в рюмке. Кобели! Нина презрительно складывала губы, отвечая на их призывные взгляды. Как легко было заполучить любовь на одну ночь. Вино и секс, причина и следствие — Нина брезгливо морщилась — это не для нее. И сознание собственной неповторимости, не сочетающейся с грязью бренного мира, заставляло ее заказывать новую порцию горячительного. Когда лица сидящих рядом становились совсем размытыми, а мысли в голове — смешными, она давала себе команду «стоп». Выпивала чашку черного кофе, и, едва держась на ногах, отправлялась домой.

Несколько раз за ней пытались увязаться ищущие приключений юноши, но отборный мат и откровенная решимость постоять за себя помогали ей избежать ненужных осложнений. Нина сама не понимала, откуда в такие минуты в ней появлялась такая грубость. Добравшись домой, не раздеваясь, она падала на кровать и забывалась в тяжелом сне. Самым страшным было пробуждение. К душевным страданиям прибавлялась разрывающая голову головная боль, тяжесть во всем теле. Таблетки аспирина теперь всегда лежали на тумбочке, как и стакан воды. Сделать даже один глоток было сущей мукой. Тошнота требовала избавиться от всего, что было внутри. Вывернуться бы, вымыться и снова стать свежей, полной сил. Увы. С каждым днем она просыпалась во все более мрачном расположении духа. Ощущая усталость во всем теле, она наивно пыталась выяснить причину такого состояния. Нина совершенно не собиралась связывать его с очередным вечером в баре — она пришла домой, она почти все помнит. Некоторые детали ускользнули, но это означает только то, они не были важны.

Но сегодняшнее пробуждение было особенным: Нина не помнила завершения вчерашнего вечера. Она четко представила, как зашла в этот маленький бар с красивой цветомузыкой, от которой блики расходились по всему асфальту. Именно увидев разноцветных зайчиков, словно пытавшихся прорваться через закрытые стекла и приоткрытую дверь, Нина решительно спустилась в полуподвальное помещение бара. Она помнила, что сначала заказала водку и стакан апельсинового сока.

Бармен смотрел на нее сначала недоверчиво, но после щедрых чаевых — с нескрываемым интересом. История повторялась, Нина начала злиться и продолжала медленно и целенаправленно напиваться. Но вот что случилось потом? Нина осторожно приподняла голову и снова посмотрела на загадочного мужчину, спокойно спящего в ее постели. Более того, он лежал на ее месте, но, по-видимому, никогда не наблюдал за звездами, поэтому и сопел ей прямо в лицо, отвернувшись от окна.

Она в первый раз привела мужчину домой. Это не значит, что за полгода, что прошли после смерти Соболева, она вела монашеский образ жизни. Она оказалась в объятиях одного из самых близких друзей Геннадия примерно на пятый день после похорон. Это произошло само собой — утешения старого друга плавно перешли в поглаживания, объятия и быстрый секс прямо на кухне, у остывающего в кофейнике кофе. Она ничего не чувствовала при этом — ни приятного, ни отталкивающего. Просто молча согласилась отдать свое тело в умелые руки на несколько минут, не больше. Но неожиданный любовник наверняка решил иначе. Нина потом долго не могла избавиться от его настойчивого желания продолжить знакомство. Вероятно, товарищ Соболева решил, что она теперь оказалась в его полном распоряжении. Он прямо заявил ей, что готов содержать ее, получая при этом определенные услуги. Нина горько усмехнулась — ее приняли за этакое переходящее красное знамя. Обидно и бесчеловечно. Товар в красивой упаковке. С этим нужно было что-то делать.

Она тактично отвечала, что ее принимают не за ту, но вежливые слова отказа возымели обратное действие. После очередного телефонного звонка с намеком на свидание где-нибудь на лоне природы Нина, не выбирая выражений, объяснила стареющему ловеласу направление движения. Она никогда раньше не разговаривала так, но именно после этих слов ее оставили в покое. Она ругала себя за то, что позволила вести себя, как дешевая шлюха, и, вспоминая об этом, просидела больше часа, запершись неизвестно от кого в ванной.

Примерно еще через два месяца Нина познакомилась с одним уличным художником. Стояли первые летние дни. Июньский воздух был наполнен трепетными, самыми романтическими настроениями. Нина чувствовала их кружение, она иногда ощущала их легкое прикосновение к себе. Но все это было лишь шлейфами чужих страстей, романов, влюбленных взглядов и слов. А ей было так одиноко. Она просыпалась и говорила Соболеву «доброе утро». Потом шла варить кофе — обязательно две чашки. Выпивала свою, молча глядя на пустой стул напротив и нетронутую чашку. Она начинала выяснять, почему он не хочет даже попробовать, а заканчивалось все ее упреками и взглядами в окно, где синело небо. Такое далекое, бескрайнее, приютившее ее Соболева навсегда. Теперь Нина лишь изредка позволяла себе смотреть на звезды: она была обижена на них. Ведь могли бы подготовить ее к тому, какая судьба ожидает ее в этом доме. Так нет же, молчали, таинственно подмигивая. Сговорились, холодные. И об этой встрече с молодым художником они тоже не пожелали намекнуть. Будто все в ее жизни подчинялось случайности.

Нина сама заметила его, даже шаг замедлила, так откровенно на его лице читался восторг. Он преградил ей путь и, продолжая восторженно смотреть на ее лицо, умолял об одном: он мечтает нарисовать ее. Она — именно тот образ, который ему грезился, но никогда не являлся наяву. Он был очень красноречив, уверяя, что их встреча предопределена судьбой. Конечно, он подчеркивал обоюдную выгоду: она — его муза, дарит вдохновение, а он — прославит ее оточенные формы и линии в веках. Последнее обстоятельство осело в голове Нины, и она решила, что не будет ничего плохого в том, чтобы согласиться позировать этому фанатику. К тому же это отвлечет ее от тяжелых мыслей об одиночестве, о том, что Соболев бросил ее на произвол судьбы, уйдя в мир иной.

Подняв глаза к небу, она пристально посмотрела на быстро бегущие облака. Ветер гнал их, и они, не имея сил сопротивляться, повиновались его силе. Где-то там, в бесконечных просторах, недостижимых ни взгляду, ни мыслям, нашел свое пристанище Геннадий. И одному ему известно, что он думает, глядя на то, как художник уговаривает ее стать своей Галатеей. Испытывая невесть откуда взявшееся злорадное удовлетворение, Нина согласилась. Первый сеанс обезумевшего от радости мастера состоялся прямо на месте их встречи. Только теперь он решил представиться и, услышав в ответ, как зовут ее, широко улыбнулся. В этот момент Дима показался Нине привлекательным молодым человеком. Она стала разглядывать его с интересом, развлекая себя тем, что придумывала историю его жизни.

Посадив Нину на маленькую табуреточку, он сел напротив на скамейку. Карандаш в его руке двигался быстро, то резко, то плавно. Временами работа прекращалась, пронизывающий взгляд его застывал, придавая лицу отрешенное выражение.

— Дима, мне холодно, — наконец призналась Нина, зябко потирая плечи. Хотя на улице стоял июнь, сильный ветер под вечер заставил многих надеть что́-то потеплее. Нина вышла из дома, когда на улице было тепло и уютно, а теперь она продрогла, жалея, что оставила в прихожей пиджак.

— Предлагаю отметить наше знакомство, — сворачивая работу, сказал Дима. Резким движением он отбросил длинную прядь волос от лица. Поправил яркокрасную повязку на лбу. Нина усмехнулась, подумав, что все люди искусства немного странноватые: одежда художника, его длинные волосы, грязные кроссовки, не мытые со времени последнего дождя — все это, по-видимому, должно было составлять необычный образ творческого человека. — Я знаю один уютный бар, где мы сможем прекрасно провести время.

— Я не возражаю, — ответила Нина, представляя, как она будет смотреться рядом с этим непризнанным талантом. Впрочем, перспектива провести очередной вечер в одиночестве тоже не казалась ей лучшим вариантом. Да и выпить чего-нибудь крепкого она не откажется наверняка. — Только предупреждаю, я не пью пива, сухого вина и всякой подобной бурды. Я говорю для того, чтобы ты не уставился на меня удивленно, когда я закажу себе водку.

— Вот это по-нашему! — присвистнул Дима, складывая пальцы в жест, означающий полный порядок. Они направились в сторону оживленного парка. — Ты удивительная девчонка!

— Я вышла из этой категории, — медленно идя рядом, заметила Нина.

— Тогда ты удивительно молодо выглядишь.

— На сколько?

— Выпускница школы, не старше, — прикуривая, ответил художник.

— Слабовато у тебя со зрением, Димуля, — покусывая нижнюю губу, многозначительно произнесла Нина. — А еще художником себя называешь. Где же твоя наблюдательность?

— Что ты хочешь сказать? Тебе лет сто и ты прекрасно сохранилась, потому что знаешь средство вечной молодости? — Нина засмеялась в ответ, подумав, что делает это так, как Соболев. Она переняла у него многие фразы, жесты, мимику, даже смех. Но Дима укоризненно покачал головой. — И смеешься ты, как ребенок.

— Ладно, так и скажи, что самому не так давно стукнуло восемнадцать и хочется оказаться старше. Я права?

— Нет, мне двадцать три.

— Значит, ты тоже замечательно выглядишь. Бриться начал? А то по твоей нежной коже ничего не определить, — съязвила Нина.

— Перестрелку считаю оконченной. Объявляется перемирие. Идет? — улыбаясь, спросил Дима и протянул открытую ладонь. Нина с силой хлопнула по ней своей. Они уже заходили в маленький и показавшийся Нине с первого взгляда уютным бар. — Значит, говоришь, по водочке закажем?

После двух часов бесед о вечном, глобальном, бессмертном и лирическом Дима осмелел настолько, что предложил Нине отправиться к нему домой. Головы у обоих были заторможены изрядной дозой спиртного, но когда Нина отвечала «да», она все прекрасно понимала. Дима расплатился с барменом, взял ее за руку и, время от времени заглядывая ей в глаза, повел к себе. Они шли переулками, закоулочками, петляли, выходя на совершенно незнакомые Нине улицы. Она точно знала, что обратной дороги не найдет, и с опаской в голосе сказала об этом.

— А тебе пока не нужно будет возвращаться, — едва ворочая языком, ответил Дима. — Я собираюсь похитить тебя у всего человечества на некоторое время. Идет?

Нина снова согласилась, пьяно улыбаясь и представляя, как будет позировать обнаженной в какой-нибудь маленькой, душной комнате с бесподобным творческим беспорядком. Но то, что она увидела, превзошло ее ожидания: маленькая комнатушка в бесконечной коммуналке, наполненной сыростью и несочетаемыми запахами. Суровые взгляды соседей, считающих своим долгом высунуться хоть на мгновение в узкие щели отворенных дверей. Здесь не оставлялась без внимания самая ничтожная мелочь. Как же могли они пропустить такое событие, как появление рыжеволосой бесстыжей девицы, хохочущей во весь голос, несмотря на поздний час.

— Спорим, я сейчас открою дверь, а там кто-нибудь из твоих соседей ушко прислонил? — задиристо спросила Нина через несколько минут пребывания в гостях у Димы.

— И спорить не хочу — все именно так и будет. Только ты как появилась, так и исчезнешь, а мне они потом устроят промывание мозгов с множеством пакостей. На это коммунальщики великие мастера. Говорят, раньше в таких квартирах жили дружно, витала особая атмосфера. Не верю! Люди не меняются, а если это и происходит, то лишь в сторону маразма, — Дима обреченно махнул рукой. Медленно провел языком по сухим губам. — Да ну их. Работать-то будем?

— Будем.

— Присаживайся в кресло. Только поосторожнее, не слишком опирайся о спинку — она может отвалиться в любой момент, — предупредил Дима, оттачивая карандаш при помощи острого скальпеля. Заметив удивленный взгляд Нины, поспешил добавить: — Моя маман работала в одной больнице. У нее была мания — воровать инструменты. Скальпель — самое безобидное, что она умудрилась притащить домой. Видишь — пригодился.

— А где она сейчас? — никак не находя удобной позы в этом поскрипывающем кресле, спросила Нина.

— В дурдоме, — просто ответил Дима и посмотрел на нее. — Ты не переживай. Я не такой. Говорят, что шиза передается через поколение. Меня пронесло.

— Хочется верить, — Нина даже протрезвела. Она только сейчас поняла безрассудство своего поступка.

К тому же большое окно в комнате было настежь открыто, а эта июньская ночь была достаточно прохладной. — Прикрой окно — холодно.

— Желание музы — закон! — Дима мгновенно прикрыл раму и, отложив бумагу и карандаш, спросил: — Пить хочешь?

— Хочу.

— Водка была дрянь. Спирт, а не водка. Сушняк начался, — Дима налил из высокого, в некоторых местах обсиженного мухами графина воду и стал жадно пить. Нина смотрела на стакан не первой свежести, и с каждым глотком своего нового знакомого утолялась и ее жажда. Ничто на свете не могло ее заставить сделать хоть глоток из этого мутного стакана. Дима снова наполнил его до краев и трясущейся рукой протянул Нине. — Пей, пожалуйста.

— Пока не буду. Оставь на столе, — улыбнулась Нина.

— Как хочешь. Ну, начнем.

Он рисовал ее долго. По крайней мере, ей показалось, что прошла вечность. Тело занемело, но всякую попытку двигаться Дима пресекал, не стесняясь в выражениях. Хмель потихоньку улетучивался из его головы, просветляя лицо, изменяя манеру говорить. Он пытался что-то рассказывать о себе, но Нина никак не могла вникнуть в смысл сказанного. Наконец Нина поняла, что скоро уснет. Веки отяжелели, она едва умудрялась не клевать носом.

— Ладно, Рембрандт, я спать хочу, — зевая, сказала она.

— Капризничаешь? — продолжая рисовать, прокомментировал Дима. Он погрозил ей пальцем. — Не шевелись. Осталось совсем чуть-чуть.

Нина потеряла счет времени. Перед глазами была только стена с ободранными обоями и входная дверь с плакатом: «Ты записался добровольцем?». Она смотрела на суровое лицо красноармейца и думала о том, что та жизнь, о которой он мечтал, за которую он сложил свою голову, пожалуй, до сих пор не настала. Вон в какой нищете и грязи живет юное дарование. Да и вокруг него обстановка не лучше.

— Все, отдых! — произнес Дима, довольно улыбаясь. — Надеюсь, ты останешься у меня на ночь? Родители не заругают? Муж не побьет?

— Ничего такого, только это не совсем удобно, — потирая занемевшие конечности, ответила Нина. — И к тараканам я не привыкла. Они у тебя шныряют прямо по столу, брр!

— Можно подумать, что ты живешь во дворце, — краснея, буркнул Дима. Он бросил беглый взгляд на стол и действительно заметил огромного таракана, шевелившего усами.

— Не во дворце, но меня очень даже устраивает. Все, пока. Провожать не надо.

Нина решительно направилась к двери, но та оказалась заперта. Дима подошел и виновато развел руками. Его голубые глаза смотрели невинно. Нина была готова разорвать его на части. Решимость четко отразилась у нее на лице.

— Не нужно убивать меня взглядом, — засмеявшись, Дима замахал руками. — Миру мир!

— Не смешно.

— Останься, пожалуйста, — умоляюще произнес тот. — Знаешь, ведь я первый раз пришел к этому парку. И надо же было, что ты проходила мимо. Мы могли бы никогда не встретиться, но зачем же теперь расставаться?

— Ты в своем уме?

— Да, я уже говорил.

— Что тебе нужно?! — Нина уже раскаивалась в том, что согласилась приехать сюда.

— Давай ляжем вместе спать, — опустив глаза, сказал Дима.

— Что?

— Просто ляжем в одну кровать. Я клянусь, что не буду приставать к тебе, — он подошел к высокой железной кровати, откинул покрывало. Постель показалась Нине на удивление свежей, недавно застеленной. — Раньше мы всегда спали с мамой. Ну, тогда, когда я был маленький. Зачем я вырос? Теперь я один, совсем один...

Нина ужаснулась: перед ней стоял другой человек. Он был болен, неизлечимо болен одиночеством, и это связывало их больше, чем любые обещания, слова. Он так нуждался в ней. В его глазах была такая отчаянная тоска, что ей стало невмоготу смотреть на это. Она прижала голову Димы к груди, почувствовав, как он успокаивается.

— Я останусь, — тихо сказала Нина. Помогая ему, она надеялась излечиться от собственной неутихающей боли.

Дима радостно засуетился, выключил люстру, зажег два огарка свечи. Он несколько секунд любовался желто-оранжевыми языками племени, а потом резко оглянулся на Нину. В его глазах промелькнуло безумие: пустой, тяжелый, пронизывающий, но одновременно проходящий мимо взгляд. Нина отшатнулась к двери, снова вспомнив, что она заперта.

— Ты где любишь спать, у стены или на краю? — улыбнувшись, спросил Дима.

— На краю.

— Вот и хорошо, — он быстро снял с себя потертые джинсы, носки и, оставшись в длинной футболке неопределенного цвета, юркнул под марселевое одеяло. Отогнув один его угол, жестом позвал Нину.

— Отвернись, — попросила она. Дима мгновенно отвернулся к стене, а она сняла с себя платье и осталась в одном нижнем белье. В голове засела мысль, что ничего более глупого она за все свои девятнадцать лет не совершала, но отступать было поздно. Она быстро заплела волосы в косу, чтобы они не мешали. Еще раз покачав головой, она устроилась рядом с Димой. Потом повернула голову и по привычке посмотрела в окно: звезды молчали, посылая издалека немеркнущий холодный свет. Тогда Нина решила поговорить со своим странным знакомым. Такие разговоры в полумраке зажженных свечей должны быть полны откровенных признаний. Посмотрев на Диму, Нина поняла, что он засыпает.

— Спокойной ночи, — разочарованно сказала она, поправляя одеяло, машинально прокладывая его между ними, как неприступную границу. Нина улыбнулась. Она поражалась тому, что происходит с ней в последнее время. Соболева не стало, не стало и той женщины-ребенка, избалованной и легкоранимой, что была рядом с ним. Она превратилась в истеричную девицу, полную страхов и комплексов, избавляться от которых решила весьма своеобразно.

— Спокойной ночи, муза, — промурлыкал Дима, уже впадая в сон. Он по-детски зачмокал губами, поворачиваясь к Нине лицом. Его тонкая рука осторожно прикоснулась к ней. — Спи спокойно. Ничего того, чего ты боишься, не произойдет.

— Я ничего не боюсь, — мгновенно ответила Нина. Пожалуй, Дима неправильно понял ее тон. — Я бесстрашная. Разве ты не понял?

— Понял, сразу понял, — миролюбиво согласился Дима. — Только я — импотент. Это автоматически решает многие проблемы. Спи. Я не посягну на твою честь. Мне нужно твое тело, но только для работы, исключительно для искусства.

Нина посмотрела на его лицо с закрытыми глазами и плотно сжатыми губами. Признание Димы оказалось неожиданным. Что же с ним произошло? Мать — сумасшедшая, сын — импотент, отец... Кстати, о нем ничего не было сказано. Означает ли это, что его нет? Или есть, но давно живет другой жизнью. Обстановка в комнате тоже не давала ответов на эти вопросы. Все было слишком запущено, чтобы понять, сколько человек обитает здесь. Нина решила отложить расспросы до утра. Нужно было спать, чтобы встретить утро с более-менее свежей головой. К своему удивлению, Нина очень быстро отключилась. Размеренное похрапывание Димы не вызывало раздражения, а, напротив, действовало умиротворяюще.

Утром Нина открыла глаза, почувствовав дискомфорт. Оказывается, Дима лежал, повернувшись к ней и разглядывая ее лицо. Нина потянулась и, улыбнувшись, посмотрела на него.

— Доброе утро, — сказала она. — Ты разбудил меня.

— Доброе утро, прости. Я не так давно проснулся сам. Оказывается, я спал с богиней! — Дима широко улыбнулся и провел кончиками пальцев по крыльям ее носа, подбородку, губам. — Это был не сон. Сегодня ты мне кажешься еще прекраснее.

— Ты помнишь, о чем говорил вчера?

— Все, до последнего слова.

— Мне можно спрашивать дальше?

— Лучше не надо, — Дима заметно занервничал и, откинув одеяло, легко перебросил свое тело через Нину. Оказавшись на холодном полу, засуетился в поисках. Он нашел тапки, имевшие такой же жалкий вид, как и все в этой комнате, быстро сунул в них ноги. — Я вскипячу чайник. А ты полежи, еще рано.

Дима натянул джинсы и, открыв дверь, вышел из комнаты. Когда он вернулся, Нина уже поднялась и привела себя в порядок. Оделась, волосы переплела, закрепила валявшейся на столе черной резиночкой. Осматриваясь по сторонам, Нина ужаснулась — при ярком солнечном свете комната была еще более запущенной, чем показалось вчера. Дима стоял с горячим чайником, наблюдая за тем, как мысли отражаются на ее лице.

— Ты права — полный хаос, — кивая головой, сказал он. — Но я так живу и давно привык к беспорядку.

— Можно мне прибраться у тебя? — улыбаясь, спросила Нина. — Может быть, ты сможешь изменить своим привычкам?

— Не знаю, — доставая заварку из старого орехового буфета, ответил Дима. — Сейчас ты здесь и готова наводить красоту, а вскоре ты исчезнешь, и все станет обычным — пыльным и серым. Я не люблю, когда вокруг меня постоянные перемены. Не нужно ничего трогать. Идет?

— Ну, хотя бы полы ты мне позволишь вымыть? Ходить по чистому паркету гораздо приятнее, поверь мне. Это не переворот, просто чуть меньше мусора. Идет? — в тон ему спросила Нина.

Дима обреченно махнул рукой в знак согласия. И после недолгого чаепития Нина принялась за потерявшие цвет полы. Она усердно трудилась, как будто это была ее комната. То и дело заставляла Диму приносить все новую чистую воду, думая о том, что в собственной квартире она тоже очень давно не делала уборку. Ей было наплевать на пыль, мусор, крошки, наверное, это присуще одиночеству — окружать себя грязью и беспорядком, спасаясь от стерильной пустоты в душе.

Он едва дождался начала работы. Очередной сеанс творчества длился не один час. Нина снова жалела о том, что согласилась на эту авантюру. Она ругала себя, что так легкомысленно позволяет повелевать собой какому-то юнцу с безумно-восторженным взглядом голубых глаз.

— Можно мне посмотреть, что там у тебя получается? — попросила Нина, когда тело затекло оконча-

тельно. Она надеялась таким образом получить небольшой перерыв.

— До перекура осталось совсем чуть-чуть, — продолжая рисовать, ответил Дима. — А смотреть не дам,
не проси. Только когда все будет готово.

— Разве мы сегодня не закончим?

— Нет, — коротко произнес Дима. — Но ночевать я тебя, так и быть, отпущу домой. Ты должна
выглядеть отдохнувшей. Что, плохо спалось на чужой
кровати в обществе похрапывающего импотента?

Еще не услышав ее ответа, Дима засмеялся, делая
смешную гримасу. Он был похож на нашкодившего
мальчишку, который только что признался в шалости.
Но наказывать нужно было раньше, а сейчас можно
просто посмеяться. Нина промолчала, снова решив, что
у него тоже проблемы с психикой. Временами его взгляд
становился совершенно безумным, а слова — понятны
только ему одному.

— Ты зачем шутишь такими вещами? — спросила
Нина.

— Потому что тогда с ними легче жить, — не отрываясь от работы, ответил Дима.

— Может быть, ты ошибаешься?

— Ты еще предложи проверить, — Дима сломал
грифель и чертыхнулся. — Перестань отвлекать меня.
Видишь, к чему приводит.

Он еще несколько минут рисовал, но было заметно,
что настроение у него изменилось. Движения руки становились все более медленными, все менее резкими,
отточенными. Наконец Дима отошел от мольберта и
тихо сказал:

— На сегодня все.

— Не могу поверить, что мои ноги смогут двигаться, — медленно приподнимаясь с кресла, произнесла Нина.

— Вот тебе мой телефон, — Дима торопливо написал его на небольшом клочке бумаги. Его руки дрожали. — Позвони завтра, пожалуйста. Соседи долго не подходят к телефону, а то и вовсе не позовут из вредности. Так давай точно договоримся о времени звонка. Идет?

— Хорошо, я позвоню вечером в семь, — Нина подумала, что на это время приходится начало ее критического состояния, когда находиться дома она уже не может.

— А свой телефон ты мне не оставишь?

— Нет.

— Хорошо, — Дима не стал допытываться о причинах ее категоричности. Но уже стоя в дверях, слегка придержал ее за руку. — Только не обмани! Для меня это жизненно важно — дорисовать.

— Ладно, Рембрандт. Не переживай. Мое слово — закон. — Напоследок Нина взъерошила его едва причесанные волосы. — Послушай, я хочу, чтобы завтра ты выглядел менее потерянным и безразличным к собственной внешности. Творческий человек не должен выглядеть, как измятая бумажка. Этот стереотип изжил себя. Всем своим видом ты обязан излучать свет. А какой свет идет от тебя, когда у тебя голова немытая, футболка черт знает какая, кроссовки в грязи? Улавливаешь? Только не обижайся. Мне не безразлично, как ты выглядишь, вот и все.

— Ты серьезно? — в глазах Димы снова промелькнуло странное выражение. Он стал похож на затравленного зверька.

— Ты такой интересный парень. Так покажи это всему миру, — пытаясь сгладить резкость своих слов, продолжала Нина. — К тому же после окончания нашего совместного творчества я приглашу тебя в одно интересное заведение. Там не принято шокировать окружение ни тем, как выглядишь, ни тем, как ведешь себя. Тихо, спокойно, размеренно.

— Размеренно — это не для меня, — засмеялся Дима. — У меня вся жизнь, как на вулкане. Только от одного извержения отойдешь — другое вот-вот нагрянет.

— Мы поговорим об этом в следующую встречу, — протягивая руку, сказала Нина. Дима торопливо пожал ее. — До свидания.

— А эта встреча точно состоится?

— Да.

— Я буду ждать.

Нина спускалась по грязной лестнице с отбитыми ступеньками, удивляясь, как вчера не разбила лоб, взлетая по ним вслед за Димой. Теперь она шла медленно, осторожно и облегченно вздохнула, только оказавшись на улице. Она подняла голову и нашла окно своего нового знакомого — большое окно в старом доме из красного кирпича. Как странно — Нине казалось, что Дима совершенно не вписывается в обстановку огромной коммуналки, где он был самым молодым и самым незащищенным. Она была уверена, что обидеть его может каждый, и наверняка делается это часто. Кто защитит его? В этой роли она не могла представить себя. По крайней мере надолго.

Нина почувствовала, что попала под власть этого странного юноши. Он сразил ее тем, что нуждался в ее присутствии, внимании. Ей нравилось подчинение, не требующее усилий, идущее от сердца. Этим он напоминал ей Соболева: Геннадий говорил, что без нее ему не жить — то же самое читалось в глазах этого юноши. Он словно боялся потерять минуту, секунду, казавшуюся пустой, бессмысленной без нее. Он болезненно пристально вглядывался в каждую черточку ее лица, улавливал перемены в нем и радовался, как ребенок, что она оживает на бумаге, под его карандашом. Он рисовал ее для себя. Нине казалось, что когда она исчезнет из его жизни, воспоминания о проведенном вместе времени еще долго будут согревать Диму. Оставалось определиться с тем, как долго она собирается быть рядом. Пока ответа не было. Она могла исчезнуть уже сегодня. Дима не знает, где она живет, ее номера телефона. Они случайно оказались вместе, и только от нее зависит, состоится ли следующая встреча.

Вернувшись домой, Нина окончательно убедила себя, что совершила очередную глупость: она не должна была соглашаться на общение с этим странным юношей. Он болен, в его глазах время от времени вспыхивало безумие. Она ничего не знает о нем. Только то, что он умеет рисовать, и то, что его мать в сумасшедшем доме. Чудесно! Нина первым делом юркнула в ванную, быстро сняла с себя вещи и бросила их на пол. Потом долго стояла под душем. С каждой минутой пребывания дома она все больше осуждала себя за безрассудство. Она

усмехнулась, подумав, что из них двоих в этой ситуации
более безумной была, пожалуй, она. Но маленькая бумажка с номером телефона Димы, как нарочно, упала на
кафельный пол ванны. Мелкие цифры слились в одну
черную линию. Нина смотрела на них сквозь поднима-
ющийся пар и все никак не могла решить, как быть.
Наконец она сказала себе, что обязательно позвонит, как
обещала. Но к нему больше не поедет.

С этим она зашла в спальню, легла на кровать и не
заметила, как уснула. Полотенце, которым она обмота-
ла голову, сбилось и лежало рядом с подушкой влаж-
ным комом. Нина то и дело касалась его лицом и недовольно отворачивалась, отодвигалась. Она спала так,
как не спала с тех пор, как осталась одна на этой широкой кровати. А утром вскочила и недоуменно уставилась на часы: половина восьмого. Это было слишком
рано для нее. Обычно Геннадий, заметив, что она проснулась, приносил ей чашечку кофе и, улыбаясь, смотрел, как она — сонная, с едва открытыми глазами —
с наслаждением пьет его.

Нина нахмурилась — кофе больше не будет. Вообще ничего не будет. Воспоминания жгли ее, делали ис-
терично вспыльчивой. Прошлое ушло в небытие, а о
будущем думать было страшно. Все было настолько
неопределенным. Так хотелось жить, не задумываясь
ни о чем. Просто быть рядом, купаться в любви, иметь
массу возможностей для осуществления желаний, не ше-
веля при этом пальцем. Нина потянулась, снова закрыла глаза — как же было хорошо! Господи, ну почему
все хорошее так быстро заканчивается?! Теперь нужно
думать о том, на что жить, как жить. Средства, остав-

ленные Соболевым, не бесконечны... Еще немного, она вступит в права наследства, и желание Геннадия станет реальностью. Она — хозяйка всего, что принадлежало ему. В ее возрасте — приличная материальная поддержка. Только бы с умом распорядиться. Не растранжирить, не разнести по барам, не пустить по ветру, в поисках призрачного успокоения.

Поднявшись с кровати, Нина увидела свое отражение в зеркале — спутавшиеся волосы рассыпались по обнаженной груди, плечам. «Хороша, чертовка!» — зло сощурилась она и направилась к телевизору, удивляясь, что не включила его еще вчера. Обычно она просыпалась от его шипения поздно ночью. Телевизор создавал иллюзию присутствия кого-то рядом, и становилось не так страшно, одиноко. Подобрав волосы резинкой, Нина зашлепала босыми ногами на кухню. Она поставила чайник, едва не обожгла пальцы горящей спичкой. И тут вспомнила о своем новом знакомом. Голубые, полные восторга и почитания глаза Димы — самое свежее воспоминание, к которому Нина не знала, как относиться. Она с трудом представляла, что снова переступит порог его комнаты. До обещанного звонка оставалось еще много времени.

— Да уж, — Нина села за кухонный стол, подперла рукой щеку. Напротив на стене висел телефон. Она не любила отвлекаться от своих кулинарных дел, бегая каждый раз в комнату, услышав звонок. Бывали дни, когда телефон звонил очень часто. Однажды она что-то высказала по этому поводу Соболеву, и на следующий день на кухне появился новый телефонный аппарат приятного цвета кофе с молоком. Теперь этот телефон звонил все реже и реже. Не стало Геннадия — автоматически постепенно сошли на нет телефонные звонки. Связь стала словно односторонней: Нина звонила маме, Лене Смирновой, тете Саше. В последнее время — в различные ателье в поисках работы. Ей везде тактично отказывали, и, не огорчаясь, Нина продолжала сокращать список потенциальных рабочих мест. Для нее это была пока игра. Она нуждалась в этих коротких, похожих друг на друга разговорах больше, чем в результате.

Сегодня она не хотела вообще снимать трубку, но давать пустые обещания было не в ее стиле. Поэтому к вечеру Нина составила в голове примерный план своего разговора с Димой. Она хотела тактично сказать, что роль натурщицы не для нее, даже если это делается для такой великой цели. Увековечивание в веках ее красоты — это прекрасно, но пока нужно отложить их сеансы. Она хотела сказать, что им обоим одиноко и тяжело, но не стоит искать друг в друге поддержки всерьез и надолго. Это приведет только к новым проблемам.

Две чашки кофе стояли на столе. Глядя на ту, что предназначалась Соболеву, Нина молча пила, делая небольшие глотки. Кофе был нестерпимо горячим, но она любила этот обжигающий вкус. На подоконнике лежала пачка сигарет. Нина смотрела на нее, спрашивая себя, не сделать ли утренний кофе с сигареткой одной из новых традиций? И тут же ответила «нет». Она делает это в совершенно другой ситуации. Сейчас ей это не нужно. Допивая кофе, Нина набирала номер телефона, продолжая мысленно приводить новые доводы в пользу прекращения неожиданного знакомства.

Дима наверняка подошел к телефону раньше обговоренного времени. В трубке раздалось всего два гудка, и Нина услышала его взволнованный голос. Она старалась говорить приветливо и весело. Сначала ей это легко удавалось. Со стороны это было похоже на беседу двух знакомых, которые не так давно виделись. И особых новостей нет, и не созвониться нельзя. Но когда Дима конкретно спросил о времени следующей встречи, Нина растерялась. Куда-то подевались приготовленные фразы, аргументы. Она замялась и все кружила вокруг да около.

— Ты что, передумала встречаться? — дрогнувшим голосом спросил Дима. — Я же еще не закончил. Осталось немного.

— Мне кажется, ты настолько талантливый, что схватил все с первого сеанса, — начала Нина, но Дима тут же перебил ее.

— Ты приедешь сегодня?

— Нет, — она представляла, как беспокойно забегали его глаза по обшарпанным стенам длинного, темного коридора.

— А завтра? — надежда уже едва теплилась в глухом, чуть слышном голосе.

— Может быть, завтра, — торопливо согласилась Нина, не понимая, зачем она это делает. Она не хотела признаваться себе, что ей просто было страшно оставаться с ним один на один в запертой комнате. Она боялась снова увидеть отрешенно-болезненный взгляд его голубых глаз. Они тогда становились почти прозрачными и смотрели словно сквозь нее. Этот взгляд было нелегко переносить. Нина почувствовала, что ее желание помочь Диме не такое сильное, как показалось вчера. — Завтра должно получиться.

— Не верю я тебе, — тихо сказал Дима. — Вы все врете.

— Кто все?

— Мама, отец, друзья, ты...

— Ты преувеличиваешь. Мы поговорим об этом, когда я приеду, — сказала Нина, уловив в его интонации что-то новое, пугающее. — Мы обязательно поговорим при встрече.

— Значит — никогда, — прошептал Дима, справляясь с комком в горле. — Почему я поверил тебе вчера?

— А что бы могло измениться?

— Ничего.

— А теперь?

— Все! — закричал Дима, бросая трубку. Старый телефон не выдержал — извилистая трещина прошла по всему корпусу. И глядя на нее, Дима боролся с нарастающим желанием схватить телефон и швырнуть в глубь этого темного коридора.

— Алло, Дима! Ты что?! — Нина долго стояла и слушала гудки. Ей было так неспокойно на душе, словно заживающая рана вдруг открылась. Первым желанием было поскорее набрать номер телефона. Но еще через мгновение Нина мучительно думала о том, что скажет. Ей нечего сказать ему. Пусть он перебесится, смирится с тем, что ее больше никогда не будет. Это лучше для обоих.

Сейчас она оденется и выйдет из дома. Так она делает уже давно, и постепенно вечерние выходы из

опустевшего без Геннадия дома стали чем-то привычным, само собой разумеющимся. Знакомства с обезумевшими юношами не входят в ее планы. Она не хочет
связываться с каким-то фанатиком, вдруг увидевшим в
ней свою долгожданную музу. «Сколько же ушло на
ожидание? — усмехнувшись, подумала Нина. — Ему
едва ли исполнилось двадцать, а он говорит о долгом и
мучительном ожидании. Творческий человек — как
всегда преувеличивает, сгущает краски».

Нина вышла из подъезда и под пронизывающими,
долгими взглядами старушек направилась куда глаза
глядят. Она никогда не продумывала маршрут заранее.
Просто шла, думая о чем-то или вовсе ни о чем не
думая, разглядывая идущих навстречу людей. Обычно
она замечала маленький бар или летнее кафе и останавливалась. Дни стали уже долгими, по вечерам было
уютно и тепло, поэтому просидеть за стойкой в душном
баре казалось Нине глупостью. Она наслаждалась роскошью лета — буйство зелени, яркие краски клумб, пес-
трые одежды прохожих и сидящих рядом за столиками.
Все это помогало Нине справиться с серостью и холодным мраком, царившим в ее душе. Она понимала, что
долго так продолжаться не может, и ждала, когда боль
утихнет и отпустит ее. Алкоголь только усугублял тре-
вожное, неуютное состояние. Нина пила рюмку за рюмкой, замечая на себе заинтересованные взгляды со стороны: мужчины смотрели на нее с нескрываемым
интересом, женщины — осуждающе. Ей было безразлично их мнение. Они не знали ничего о ней и поэтому
не имели права осуждать ее или пытаться вторгнуться в
сузившиеся пределы ее личного пространства. Нина

начала чувствовать прилив злости и готовности к грубым выходкам. Она заметила за собой это качество: спиртное делало ее агрессивной, бесшабашной. Может быть, потому, что на смену легкому шампанскому в мгновения счастья пришла тяжелая, обжигающая водка? Она не приносила желаемого успокоения, разрядки. Она затягивала в свои горячие, одурманивающие объятия, чтобы потом уже не выпускать. Нина уже ощущала ее тяжелое дыхание, не находя в себе достаточно сил, чтобы сопротивляться. Легче было давать смыкаться этим объятиям все крепче.

Очередной вечер плавно перешел в ночь. Официант недовольно поглядывал на засидевшихся посетителей. Ему явно хотелось попросить всех подняться из-за своих столиков и отправиться куда-нибудь в другое место. Но он вежливо молчал, позволяя себе лишь неодобрительные взгляды, да и то мельком. Нина поймала один из них и, залпом выпив остывший кофе, с трудом поднялась. Голова кружилась. Кажется, сегодня она выпила лишнее. Стараясь выглядеть совершенно трезвой, она комично смотрелась со стороны. Ее усилия идти твердо приводили к обратному результату. Немногочисленные прохожие посмеивались ей вслед, дежурный патруль проводил пристальным взглядом, но не остановил. Нина расслабилась уже в такси. Она просто физически не могла больше передвигаться. Это могло закончиться сном на одной из лавочек и пробуждением стражами порядка. Эти приключения тоже не входили в программу Нины. Поэтому она решила домчать себя до дома по-царски. Водитель пытался разговорить ее, но она упорно молчала. И говорить не хотелось, и язык перестал подчиняться. Нина боялась, что уснет прямо в такси. Она будила себя тем, что с силой щипала свою руку. Боль на какое-то мгновение приводила ее в чувство, но вскоре глаза снова теряли способность четко видеть картину за окном. Свет фар автомобилей сливался в сплошную линию, пульсирующую и время от времени прерывающуюся. Нине казалось, что она никогда не приедет к своему дому. Но наконец это произошло. Выдохнув в лицо водителю несвязные слова благодарности, она сунула ему в руку деньги и резко открыла дверь машины. Прохлада летней ночи освежающе пахнула. Нина улыбнулась и поспешила войти в подъезд.

Она с облегчением громко выдохнула, бросившись на кровать в спальне. Сбросив с ног босоножки, не переодеваясь, мгновенно улетела. Казалось, что кровать стала невесомой и поднялась в воздух, совершая невообразимые фигуры высшего пилотажа. Нина не знала, за что хвататься, чтобы не упасть, и в конце концов очнулась на полу. Вместо того чтобы сразу подняться, она легла на спину и раскинула руки в стороны. Уставилась в потолок, прислушиваясь к шуму и боли в голове. Рядом лежал босоножек, чуть не касаясь щеки. Нина посмотрела на него и отвернулась. Нужно было начинать новый день, но ни настроения, ни желания делать это не было. Разбитость и апатия сковали уставшее от разгула тело. Нина закрыла глаза, пытаясь вспомнить, что за день наступил. Есть ли у нее какие-нибудь планы? Это был самообман — Нина давно ничего не планировала. Она только знала, что периодически должна звонить матери и тете Саше, которая задавала подозрительные вопросы и каждый раз упорно звала в гости. Нина благодарила, отказывалась и обещала как-нибудь обязательно заехать. Она создавала образ занятой студентки, которая еще немного подрабатывает, чтобы не тянуть деньги с матери. Это обстоятельство, кажется, нравилось тете Саше, но все равно она говорила с Ниной странно. Она словно пыталась поймать ее на вранье, будучи заранее уверенной в том, что та врет.

Нина поднялась с пола, медленно зашла в гостиную и подошла к телефону. Резким движением она схватила его и бросила в проем двери. Потом выглянула в коридор: куски пластмассы валялись по паркету, в самом углу лежал диск набора. Он сиротливо смотрел на свою хозяйку своими глазницами цифр.

— Никто не смеет не доверять мне, — глухо сказала Нина, отшвыривая ногой небольшой кусок от того, что минуту назад называлось телефоном.

Зайдя на кухню, она первым делом открыла холодильник и достала пакет кефира. Она не стала варить традиционный кофе, промямлив что-то о невозможном аромате. Эти слова были адресованы Соболеву, с которым продолжала разговаривать, правда, уже не каждый день.

— Прости, сегодня утро будет без кофе. Как видишь, я не в состоянии ощущать даже его запах. Прости. Я вела себя ужасно, но ты сам виноват, — убирая от лица мешающую прядь волос, Нина отрезала бумажный уголок пакета и трясущейся рукой налила полстакана кефира. — Ты оставил меня одну. Ты не должен был так поступать. Это нечестно, это убивает меня...

Отпивая кефир небольшими глотками, Нина зло смотрела за окно. Яркое солнце, зелень действовали на нее обычно успокаивающе, но не сегодня. Она смотрела на расцветающую природу, чувствуя, как эта независящая от ее настроения красота набирает мощь, отвоевывает себе все больше пространства. Нина подошла к окну и задернула шторы — она отгораживалась от всех и вся.

Уже допивая кефир, Нина подумала о Диме. Ей стало интересно — как он провел вчерашний день? Звонить и спрашивать об этом она посчитала глупостью. Она не имеет права на это после своего обмана. Она не оправдала надежд вдохновленного ее красотой дарования. Нина подошла к зеркалу в прихожей: под глазами мешки, вчерашний макияж размазан по лицу, волосы взъерошены. А в голове тысячи острых молоточков отбивают нехитрый ритм. Он сводит с ума, но бороться с ним невозможно. Молоточки со временем притупятся и замолчат.

После душа Нина почувствовала себя лучше, давая себе очередное обещание провести этот вечер иначе. С утра она была уверена, что справится со своими страхами и все постепенно станет на свои места. Чтобы как-то занять себя, Нина включила телевизор, взялась за уборку. Квартира давно нуждалась в этом. Вещи валялись где попало, серый слой пыли на мебели, потерявшие яркие краски ковры, грязные стекла окон, нечищеная печка на кухне. Нина решила, что быстро справится с беспорядком. Но когда она взглянула на часы, то очень удивилась. Оказывается, прошло два часа, а она еще не закончила. После наведения порядка в спальне, гостиной и коридоре с разбитым телефоном Нина принялась за уборку на кухне. Открыв пенал, перебрала банки с вареньем. Снова стало тоскливо: она вспомнила, как Геннадий любил есть крупные янтарные абрикосы, прозрачные и сочные. Она варила это варенье очень вкусно — мама приобщала ее к кухне давно. Никаких проблем — Нина считала себя отличной кулинаркой. Теперь все ее шедевры останутся без щедрых похвал того, для кого предназначались.

— Ты даже не представляешь, как я не люблю есть сладости одна, — тихо сказала Нина. — Они теряют свой вкус. Впрочем, это ли важно?..

Нина закончила уборку, удовлетворенно вздохнула. В какой-то момент ей показалось, что эта чистота — средство от хандры. В такой обстановке она тоже обязательно будет выглядеть соответственно. Пробуждение на полу, запах перегара в комнате — с этим нужно завязывать.

Первая чашка кофе за день подарила Нине заряд бодрости. Горячий напиток показался необыкновенно вкусным. Вторая чашка с кофе так и стояла на столе. Поглядывая на нее, Нина решила, что пора бы обзавестись знакомыми, которых можно приглашать домой. Друзья Соболева забыли о ее существовании, а своих у нее в этом городе не было. Может быть, ожидание гостей тоже станет своеобразной терапией от хандры. Правда, для того чтобы тебя окружали нормальные люди, нужно искать встречи с ними не в пьяном угаре за стойкой бара. Нина приложила руку ко лбу, шумно выдохнула. Она сама обрекла себя на такую жизнь. Единственный новый человек за последнее время — Дима. И тут Нине захотелось позвонить ему. Она уже не раздумывала над поводом. Просто набрала номер и долго держала трубку. Никто не желал подходить к телефону. Она поняла, что Дима не преувеличивал, говоря, что соседи редко откликаются на телефонные звонки. Тогда Нина быстро переоделась, подобрала волосы, взглянула на себя в зеркало перед выходом — она впервые за эти месяцы осталась довольна увиденным. Улыбнувшись своему отражению и закрыв дверь, Нина торопливо спустилась по ступенькам.

Она быстро нашла Димин дом. Попросив водителя остановиться неподалеку от него, зачем-то посмотрела вслед отъезжающему такси и только после этого медленно зашагала к нужному подъезду. Нина предвкушала, как удивленно вытянется лицо Димы. Как он сначала всем своим видом покажет, что обижен, но потом снова станет восторженным и гостеприимным. Она пригласит его поужинать и не выпьет ни капли спиртного — только сок, томатный или апельсиновый. Это начало возвращения к нормальному существованию. Нине хотелось, чтобы свидетелем этого стал этот странный юноша.

На лавочке, как обычно, восседали старушки. Они о чем-то беседовали, но увидев Нину, поднимающуюся по ступенькам, замолчали. Она спиной почувствовала на себе их взгляды, борясь с желанием оглянуться. Закрыв за собой дверь, Нина облегченно вздохнула. На лестничной площадке со знакомой дверью она остановилась, перевела дыхание. Потом подняла голову и увидела несколько звонков с надписями. Каждая — фамилия и указание количества звонков. Нина задумалась — она знала только имя. Хорошенькое дело, не паспорт же ей было у него требовать! Стоя в нерешительности, она услышала звук открываемой двери. Нина решила, что поздоровается с выходящим из нее и смело зайдет в темный коридор.

На пороге оказалась старушка с редкими, седыми волосами, подобранными в тощий хвостик сзади. Она взялась за ручку двери, пытаясь закрыть ее за собой, но Нина остановила ее:

— Здравствуйте, — она старалась говорить как можно дружелюбнее. — Разрешите мне войти.

— А вы к кому? — сощурив подслеповатые глаза, спросила старушка.

— К Диме.

— Не получится.

— Почему?

— Нет Димы, — старушка настойчиво отвела руку Нины от двери, закрывая ее.

— Он, наверное, уехал рисовать в парк? Вы, случайно, не знаете, где он обычно работает?

Старушка как-то странно посмотрела на Нину. Ее бледные губы беззвучно зашевелились, в глазах появился уничтожающий блеск. Нина отшатнулась, словно этот взгляд обладал физической силой.

— Его вообще больше нет, — чуть пришепетывая, произнесла старушка.

— Что вы мне голову морочите! — взорвалась Нина. Она чувствовала, как портится ее настроение, и все из-за этой противной маленькой старухи, сверлящей ее своими голубыми глазками. — Как его фамилия, черт возьми? Я позвоню столько, сколько нужно! Отвечайте!

— Не кричи на меня, — отмахнулась старушка, направляясь к ступенькам лестницы. Оглянувшись, сказала еще тише: — Вчера он выпрыгнул из своего окна.

— Что?!

— Не спасли его, вот что. Завтра похороны. Так что приходи завтра.

— Не может быть...

— В жизни всякое бывает, — старушка снова пристально посмотрела на Нину. — Приходи, а то у парня получатся самые немноголюдные похороны. Ни отца, ни матери, ни друзей... А ты ему кто? Что-то мне твое лицо знакомо. Вчера следователь приходил, просил, чтобы мы сообщали обо всех, кто будет спрашивать Диму. Ты кто?

— Я ему никто, — ответила Нина.

— Зачем же пришла?

Нина, не отвечая, опустила глаза. Она ждала, что вот-вот предательский комок станет в горле, мешая говорить, дышать, но ничего такого не происходило. Она перестала реагировать на происходящее, словно это ее совершенно не касалось. Параллельная жизнь, в которую случайно попало ее второе «я».

— Зачем пришла? — повторила вопрос старушка.

— Теперь это не имеет значения, — прошептала Нина, медленно проходя мимо остановившейся на ступеньках старушки.

— А я вспомнила, где видела тебя, — сказала та ей вслед. — Твой портрет у Димы в комнате. Он лежал на его кровати. Все-таки, хоть и странный он был, но хорошо парень рисовал. Похоже получилось, очень похоже. Ты не хочешь подняться и посмотреть?

Нина ускорила шаг, слова, раздававшиеся сверху, казались раскатами грома. От них хотелось поскорее спрятаться или хотя бы присесть, закрыв уши. Но старушка все говорила, говорила. Голос ее сбивался оттого, что она попыталась догнать Нину. Ей это не удалось. Выбежав из подъезда, девушка помчалась по улице, быстро свернув за ближайший угол. Она бежала, не разбирая дороги, не чувствуя усталости, не чувствуя ничего. Она едва переводила дыхание, в груди кололо, ноги становились ватными, но Нина упрямо бежала. Ей было нужно поскорее оказаться подальше от злосчастного места. До сих пор услышанное не укладывалось у нее в голове. Единственное, в чем она была уверена: ее отказ подтолкнул Диму к этому последнему шагу. Наверняка его неустойчивая психика не выдержала очередного удара. И этот удар нанесла она. Она убила его...

Нина остановилась и, едва дыша, взглянула на зеленый ковер травы. Воображение мгновенно дорисовало картину: тело Димы лежит лицом к небу, голубые глаза, не мигая, смотрят вверх, белокурые волосы в беспорядке, а возле головы медленно растекается вязкое красное пятно. Оно становится все больше, словно зарисовывая красной краской яркую зелень. Нина даже почувствовала сладковатый запах крови. Это ощущение было настолько сильным, что она едва успела пробежать несколько шагов. Приступ тошноты заставил ее упасть на колени. Опираясь на широкий ствол дерева, она чувствовала, как ее выворачивает. Она слышала только эти страшные, неприятные звуки. Казалось, этому не будет конца. Наконец она смогла подняться и, вытирая рот ладонью, снова пошла по тротуару. Прохожие настороженно смотрели на нее. Она затравленно ловила их взгляды, быстро отводя глаза. Ей казалось, что все знают, что она убила человека. Это скоро проявится несмываемой надписью у нее на лице. И с этим нужно будет как-то жить. Нина усмехнулась. Она прислушалась к себе — где же слезы? Обычно они приносят облегчение. Всем, но не ей. Она никогда не могла успокоиться, проливая их. У нее нет слезных каналов. Они ей ни к чему. Это было бы слишком кощунственно — плакать по жертве собственного легкомыслия.

Нина снова закрыла глаза. Она почувствовала, что спящий рядом мужчина зашевелился. Предстоял самый неприятный момент — она так и не вспомнила его имени. Интересно, а как он обратится к ней? У него нет подобной проблемы? Нина прислушивалась к едва уловимым шорохам рядом, недоумевая, почему пригласила его к себе в дом. Это был один из необъяснимых поступков, которые она совершала с удивительным упрямством. Она продолжала свои ежевечерние походы в бары, количество выпитого исчислялось все большими дозами. Утренние пробуждения становились все более тяжелыми, хмурыми. В минуты просветления Нина понимала, что, не решая внутренних проблем, связанных с потерей Соболева, она погружается в еще более засасывающее болото. Последнее время она вообще вела себя странно, и только работа в небольшом ателье, куда она все-таки смогла устроиться, помогла не сойти с ума после случая с Димой.

Нина работала без выходных, выполняя заказы со сказочной быстротой. Процесс доставлял ей удовольствие — для такой натуры, как Нина, это было важно. К тому же ее работой были довольны. За три месяца она успела обзавестись несколькими клиентами, которые постепенно делали ей рекламу среди своих зна-

комых. Она принималась за любые заказы: блузы, костюмы, брюки, юбки. Ее необыкновенное природное
чутье фасона, ткани сослужило ей хорошую службу. За
все время работы ни одного нарекания, только благодарные отзывы. У Нины появились средства к существованию, заработанные своим трудом. Она впервые
получила это новое ощущение значимости собственной
личности. Мысленно она благодарила Геннадия, однажды
посоветовавшего ей обрести профессию, несмотря на кажущееся отсутствие проблем. Он хотел, чтобы она не
потеряла равновесие, оставшись без него. Он все знал
заранее.

Нина вздохнула: «Все, да не все». Наверняка он и
представить не мог, что она станет проводить столько
времени в барах, едва узнавая по утрам свое отражение
в зеркале. Нина тряхнула головой. Черт с ними, с этими походами в «бездну безнравственности», как часто
говорила о подобных заведениях ее мама. Что она может понимать в этом? Разве были в ее жизни переломы, когда смотреть на окружающий мир возможно только сквозь толщу бокала? Нина уверенно отвечала — не
было. Их жизнь протекала ровно, соответствуя планам,
которые они с годами обсуждали вдвоем. И ничто не
могло заставить Нину думать, что жизнь ее матери
была не столь безоблачной. Но у Алевтины Михайловны часто было тяжело на сердце. Она просто умела
скрывать это от дочери. Может быть, не стоило этого
делать настолько тщательно? Девочка выросла с сознанием того, что все горести проходят стороной, а с годами — что она тоже вот так будет воспитывать дочку,
не нуждаясь больше ни в ком. Идеальный мир...

На поверку все оказалось иначе. Взрослая жизнь не была такой радужной, всепозволяющей, открытой. Она каждый раз наносила удары, внимательно присматриваясь за реакцией на них. Последний был ниже пояса. Оставшись молодой вдовой, Нина так тяжело переживала это, что даже с матерью не сразу поделилась происшедшим. На этот раз она позвонила ей, чтобы сказать — она снова одна. Одна в большом, чужом городе, где у нее нет друзей, есть только клиенты с дежурной улыбкой на лице и затертыми комплиментами. Но в Саринск она пока не собирается. Во-первых, учеба — Нина продолжала лгать. Во-вторых, она просто не хочет возвращаться к призракам. Здесь они одни, в Саринске — другие.

Алевтина Михайловна не уговаривала дочь. Она знала, что это бесполезно. Ее крепкий орешек никогда не откажется от задуманного. Только вот как же она, бедная, успевает и работать, и учиться. Материнское сердце сжималось от боли — она знала, что такое оказаться одной в чужом городе, и нет ни одного местечка, где твоей душе спокойно.

— Ниночка, я ведь тоже работаю, откладываю копейку к копейке. Нет ни дня, чтобы я не думала о том, как ты останешься без меня. Ведь мне уже под шестьдесят, и сердце пошаливает. Но я знаю, что у меня есть ты, и держусь.

— Мам, я ведь не для этого все тебе рассказываю, — в голосе Нины досада, разочарование, словно пожалела о сказанном. — Давай без подвигов, без амбразур.

— Ты говоришь со мной, как с чужой, девочка. Расстояние отдалило тебя. Это ужасно осознавать матери. Ты поймешь это с годами, когда сама будешь ждать весточек от своей кровиночки...

— Мам! — нетерпеливо перебила Нина.

— Все, все. Не буду. Ты не обижайся, милая. Просто я так люблю тебя. И мне хочется, чтобы твоя жизнь сложилась особенно. Не любой ценой, понимаешь?

— Да, она и складывается непредсказуемо. Одно только от счастья и осталось — фамилия, квартира, мебель, побрякушки. Я теперь богатая, мам. Так что можешь бросать работу — я в состоянии содержать тебя не один год. Соболев оказался очень богатым человеком. Его бывшие друзья, зная об этом, пытались взять шефство надо мной.

— Хорошие люди, наверное.

— Куда лучше! — усмехнулась Нина, вспоминая, как быстро оказалась в железных объятиях одного из них. — Я сама себе хозяйка. Время пройдет, и я смогу на всю катушку показать это. А пока мне очень больно, мам. Мне не хватает его. Я даже не думала, что такое произойдет со мной.

— Как же не думала, девочка. Ты ведь любила его? — в голосе Алевтины Михайловны недоумение. — Замуж ведь просто так не выходят.

— Ты не понимаешь, о чем говоришь. Давай поговорим о любви в другой раз. Пока это — запретная тема.

Нина вспоминала, как почувствовала холодок в разговоре после этих слов. Мама отказывалась понимать свою дочь. Она и не могла — слишком многого не

знала, слишком много обмана было между ними. Дочь
не спешила восполнять пробелы. Она ушла в свои ощущения, став слабой и сильной одновременно, умной и
глупой, трепетной и бездушной. Размышления над собственным существованиям привели к странным выво-
дам. Нина решила, что слишком близко подпустила к
себе Соболева. И теперь приходилось расплачиваться
за это. Нужно было обязательно находить отдушину,
иначе внутренняя боль разорвет тело. Оно не в состоянии сопротивляться долго. Вот когда Нина поняла, как
люди находят утешение в работе. Она как раз проходила именно такой этап. Приходя в ателье, она становилась другим человеком. Она чувствовала свою значи-
мость, мизерную, больше надуманную, но все-таки. Это
существенно наступало на безысходность, в которую
Нина сама себя ввергала. Перемены нравились ей. Они
вносили в ее жизнь определенность, открывали пусть
туманную, но перспективу. Здесь был порядок. Оставалось только наладить личную жизнь. Нине еще не
исполнилось двадцати, но опыт любви ее не радовал.
Все шло не так, как она себе представляла. Может
быть, потому, что однажды она сказала, что вообще не
хочет любить и пускать кого-то в свое сердце?

Это было давно, почти три года назад. Многое изменилось, и взгляды на жизнь — тоже. Нина повзрослела. Это замечала мама, с которой она регулярно созва-
нивалась, виделась два-три раза в год. Об этом говорила
тетя Саша, к которой Нина изредка стала наведываться. Это были те редкие вечера, когда ей не приходилось
трусливо убегать из собственной квартиры. Общество
родственницы Лены Смирновой действовало на нее ус-

покаивающе. Неспешные разговоры, воспоминания о детстве, в котором они с Ленкой были проказницами, но умницами. Что-то должно было связывать Нину с прошлым, от которого она с каждым годом удалялась все дальше. Уже и мама свыклась с тем, что ее дочь далеко. Алевтину Михайловну успокаивало одно — девочка учится, она нашла себя и чувствует себя уютно вдалеке. Что еще нужно матери, кроме понимания, что ее ребенок уверенно идет по жизни? Нина видела, что мамины глаза спокойны, и продолжала умело создавать иллюзию. Легче было делать это на расстоянии. Отвыкнув от Саринска с его неспешным ритмом и постоянным контролем со стороны матери, Нина действительно чувствовала себя уютнее вдали от отчего дома. Она считала, что стала достаточно взрослой и опытной женщиной, готовой к самостоятельной жизни. Только получалось у нее это весьма своеобразно.

Одно из проявлений — этот незнакомый мужчина, оказавшийся в ее постели. Если не считать ночи, проведенной однажды у несчастного Димы, это было впервые: проснуться, а рядом обнаженный мужчина. Интересно, как получилось, что он здесь? Нина чувствовала по изменившемуся ритму его дыхания, что он проснулся. Она ощутила тонкий поток горячего воздуха у себя на лице. Не открывая глаз, она поняла, что мужчина смотрит на нее. Нужно было медленно поднять веки, прищуриться и потянуться. Проделав это, Нина улыбнулась в ответ на открытую улыбку очаровательного блондина. Его голубые глаза смотрели хитро и чуть насмешливо.

— Доброе утро, амазонка! — произнес он, слегка картавя.

— Доброе утро, — Нина автоматически прикрыла грудь руками. — Почему ты так меня назвал? Почему?

— Ты просила обращаться к тебе так, — удивленно глядя на Нину, ответил мужчина. Он улыбался, наблюдая за смущением, явно читавшимся на ее лице.

— Странно. Во мне нет ничего, что присуще амазонкам.

— Вчера ты была настроена весьма воинственно: готова скакать на лошади, сражаться и лишить себя груди, — увидев, как округлились глаза Нины, мужчина откинулся на спину и рассмеялся. Успокоившись, он безнадежно махнул рукой. — Все ясно. Ты ничего не помнишь. Не буду ставить тебя в неловкое положение. Дмитрий.

Он протянул Нине руку и пожал ее холодные пальцы. Они были просто ледяными. К Нине возвращались воспоминания о вчерашнем вечере. Возвращались обрывками, суть которых сводилась к поразительному сочетанию имени, внешности мужчины, подсевшего к ней в баре примерно в первом часу ночи. Нина отчетливо вспомнила это, потому что их разговор начался с ее вопроса о времени. Она никак не могла понять, что показывают часы на ее руке. Наверное, он расценил ее обращение как повод к более близкому знакомству. Несколько рюмок водки помогли Нине раскрепоститься. Все шло как всегда. Но в какой-то момент она потеряла контроль над собой. Это должно было произойти рано или поздно. Она не заказала себе привычной чашки кофе, означающей окончание вечерней программы. Она чувствовала, как лица сидящих превращаются в размытые маски, но не пыталась остановиться. Вопреки правилам она продолжала пить, закусывая тонким ломтиком лимона с сахаром. И подсевшего мужчину не гнала.

— Ты всегда столько пьешь? — наклонившись к ней, спросил он, одновременно сделав знак бармену принести две порции водки.

— Нет, обычно больше, — стараясь выглядеть кокетливой, ответила Нина. Она не спровадила его, как делала всегда. Что-то в его облике заставляло ее не быть грубой.

— Ты здесь одна?

— Совершенно.

— Меня зовут Дима.

Он не ожидал такой реакции. Девушка вдруг уронила голову ему на грудь, обняла трясущимися руками. Она что-то пробормотала себе под нос. Он не пытался утешать ее. Просто подождал, пока она успокоится, и молча протянул ей рюмку холодной водки. Она кивнула, так же молча выпила, сложила губы трубочкой и уставилась отсутствующим взглядом в стойку бара.

— Извини, не обращай внимания. Меня зовут Нина, — она протянула руку для приветствия.

— Красивая ты.

— Я знаю. Толку в этом? От этой красоты одни проблемы.

— Преувеличиваешь, нарываясь на комплимент?

— Не имею такой привычки. И вообще шел бы ты своим путем.

— Я давно за тобой наблюдаю — тебе пора домой, — участливо сказал Дима. — Если ищешь приключений, то пожалуйста — продолжай.

— Я знаю что делаю, — Нина едва нашла в себе силы подозвать бармена. — Повтори.

— Нет, тебе хватит. Могу проводить до дома.

— Да пошел ты! — Нина махнула рукой, пытаясь рассмотреть лицо этого нахала. — Я трезвее любого здесь, понял? И ты мне никто, никто! Какое тебе дело?

— Действительно, — Дима очаровательно улыбнулся и отошел в полутьму бара.

Нина проводила его тяжелым взглядом. Ее задело то, что сначала он нагло подсел, познакомился, а теперь вот так легко поднялся и исчез. Она ведь не девочка по вызову, с ней так нельзя. И вдруг на Нину нахлынула пьяная злость — а кто она такая? Ноль без палочки, портниха, живущая в квартире, окруженная роскошью, заработанной сомнительным путем. Почему она проводит здесь время? Потому что одиночество в этих одиноких стенах убивает ее. Оно идет за ней, но почему-то страдают другие. Она сама давно незаметно убивает, словно невзначай. Нину бросило в жар — это случилось с Паниным, Соболевым, Димой — рядом с ней смерть. Кто следующий? Может, этот мужчина? Его тоже зовут Дима. Его глаза тоже блестят, сверкают. Всем своим обликом он дал понять, что готов быть рядом.

В Нине проснулось что-то бесовское. «Хочет, пусть попробует!» — она пристально смотрела в широкую спину Дмитрия, мысленно повелевая ему повернуться. Прошло совсем немного времени — его взгляд встретился с тяжелым взглядом Нины. Она поманила его пальцем.

— Слушаю, — он сел на свободный высокий стул рядом.

— Я передумала.

— Да? По поводу чего? — мужчина медленно достал сигарету, зажигалку и с наслаждением затянулся.
Нина равнодушно смотрела на серые клубы дыма, ок-
ружившие его. — Курить будешь?

— Нет.

— Хорошо, — он убрал пачку в карман куртки и
нетерпеливо завозился. — Так что?

— Поехали ко мне.

— Ты хотела этого с первой минуты, — игриво
поправляя Нине волосы, сказал Дима. — А насчет
чего передумала?

— Думала, что получу за это деньги с тебя, а сейчас решила, что сама заплачу, — ответила Нина, не
понимая, как такое пришло ей в голову. Все казалось
какой-то нереальной сценой из театральной постанов-
ки. — Я так хочу. Как тебе такой вариант?..

...Вспомнив этот момент, Нина сжалась. Она почувствовала, что мгновенно покраснела. А Дима, кажется,
получал огромное удовольствие, наблюдая за ней. Он
медленно поднялся с кровати, потянулся. Поискал глазами белье и быстро оделся.

— Прикажете подать кофе в постель? — спросил он.

— Я хочу, чтобы ты оделся и ушел, — ответила
Нина, отворачиваясь. Она подтянула к себе маленькую
подушку и, прикрыв ею грудь, замерла в неудобной
позе.

— Ты начинаешь все сначала. Это уже было, —
засмеялся Дима. — Тебе нравится звать меня обратно?

— Я не позову больше, — буркнула Нина.

— Не верю. Тебе понравилось со мной. Я доставил тебе столько сладких минут, что ты не можешь не захотеть этого еще.

— Ничего особенного — оргазм как оргазм. Со мной такое случается регулярно, — Нина повернула голову и уничтожающе посмотрела на свое очередное приключение. — Спасибо и прощай.

— Хорошо, я уйду, — начав одеваться, сказал Дима. — Выполни свое обещание, и я исчезну.

Нина поняла, о чем он говорит, но решила поиграть. Она поднялась, накинула полупрозрачный пеньюар. В голове застучали молотки, отбивая привычный похмельный ритм. Хотелось принять прохладный душ, выпить горячего кофе, но только не в обществе этого мужчины.

— Уточни, пожалуйста, — прижимая пальцы к вискам, попросила Нина.

— Сумму ты не оговаривала. Вопрос в другом — во сколько ты оценила меня?

— Ты так запросто говоришь об этом, будто такое случалось с тобой и не раз, — прищурив глаза, сказала Нина.

— В чем-то ты права.

— Первый раз вижу перед собой альфонса!

— Все когда-нибудь бывает впервые, — нагло улыбнулся Дима. Нина возненавидела его в эту минуту. Как она могла позволить ему оказаться в своей постели?! Непростительно!

— Ты с первой минуты знал, что тебе от меня нужно.

— Не стану спорить. Каждый устраивается в этой жизни как может. Моих талантов оказалось недостаточно, чтобы вести достойное существование. Остался последний козырь, и я использую его. Только красота спасет мир. Ты с этим согласна?

— Я не готова к философским беседам. Слишком тяжелая голова... Хорошо, подожди минуту, — Нина вышла из спальни. В коридоре висела ее куртка, в кармане которой в беспорядке лежали измятые купюры. Отсчитав сумму, которую Нина сочла приемлемой, вернулась. Дима сидел на краю кровати, продолжая улыбаться. — Держи и проваливай.

— Сумма покрывает обиду за твою грубость, — пряча деньги в кармане брюк, заметил Дима. — Я ухожу. Прощай, милая. И, честно говоря, не могу не заметить, что на этот раз тебе повезло.

— Что ты имеешь в виду?

— То, что ты роскошно живешь и пьешь, как свинья. Я не воспользовался этим только потому, что у меня свои взгляды на этот счет, но рано или поздно ты встретишь кого-то менее совестливого, — Дима надел куртку. Наклонился и поцеловал Нину в щеку. Она не заметила, как он сморщился от неприятного запаха. Чуть отстранившись, он тихо сказал: — Это не мое дело, и я не знаю ничего о тебе, но лучше завязывай. Ни одно горе не утопишь в водке. Она слишком мелка для этого. Горе не тонет, вязнешь ты. Подумай, ты ведь нормальная девчонка.

— Тебе тоже повезло.

— В чем?

— Ты все еще жив, — тряхнув нечесаными волосами, загадочно произнесла Нина. — Это исключение из правила.

— Да? Попахивает детективом. Ладно. Пока.

Он закрыл за собой дверь, не став ждать объяснений. В одном он оказался прав. Прошло несколько мгновений, и Нина подбежала к окну, чтобы, выглянув, проводить его. А потом, увидев, как легко и пружинисто он шагает, едва поборола в себе желание закричать: «Вернись!» Она прижалась лбом к холодному стеклу и смотрела ему вслед, пока он не затерялся вдали среди прохожих. Нина почувствовала, как ее трусит мелкой дрожью. До нее только дошел смысл сказанного: она была настолько пьяна, что не помнила ничего, и воспользоваться этим было легче легкого.

Нина бросилась в спальню, открыла шкатулку, стоящую на комоде: все драгоценности были на месте. Потом быстро вбежала в гостиную — деньги в целости и сохранности лежали в потайном месте. Тяжело дыша, Нина открыла дверцу бара. Достала бутылку виски. Напитка в ней было на самом донышке. Одним большим глотком она выпила его прямо из бутылки. Почувствовав, что ее сейчас вывернет, Нина часто задышала, закрыв глаза. На смену спазму пришло безразличие дурмана. Еще несколько мгновений, и Нина почувствовала, что способна снова смотреть на мир. Осторожно открыв глаза, увидела себя в небольшом зеркале внутри бара. На нее смотрела взъерошенная, с обезумевшими глазами женщина неопределенного возраста. В этом мутном взгляде не осталось ничего человеческого, только подступающее безумие и панический страх. Отшатнувшись, Нина отвернулась. Кажется, оставался один шаг до пропасти... Медленно перевела взгляд на пустую бутылку и с силой швырнула ее в стену. Разлетаясь на мелкие осколки, она издала резкий, характерный звук.

Равнодушно посмотрев на валяющееся повсюду стекло, Нина стремительно вышла на балкон.

Холодный осенний воздух заставил Нину поежиться. Опираясь о перила, она старалась забыть увиденное отражение в зеркале. «Пожалуй, за секс с такой расплывшейся рожей нужно было заплатить больше», — горько усмехнулась она. Упрямо глядя вниз, она продолжала стоять на ветру. Ей нравилось чувствовать обжигающее дыхание осени, оно кололо ее тысячами невидимых иголочек, возбуждая. Это было новое ощущение. Нина тряхнула волосами, раскинула руки в стороны и запрокинула голову. Каждая клеточка ее тела напряглась. Все ее естество испытывало отвращение к той, что стояла, обнажив грудь, не обращая внимания на то, как холодный ветер треплет невесомый пеньюар. Она словно хотела вобрать в себя свежесть воздуха, как будто это могло помочь освободить душу от накопившейся скверны. Глубоко дыша, Нина стояла, сжимая и разжимая кулаки. Со стороны это было похоже на некий ритуал, проводимый рыжеволосой колдуньей. На самом деле это было прощание. Прощание с тем безрассудством, в которое молодая женщина бездумно ввергала себя. Это было обращение к Соболеву, это была клятва самой себе: «Измениться! Все сначала!» Холодный сырой воздух обжигал, но в этот момент для Нины не было ничего лучшего. Она с упоением делала каждый вдох. Ей хотелось верить, что с этого дня она станет сильнее. Она добьется всего того, о чем мечтает сама, о чем мечтает ее мать. Она создана для триумфа. Нужно только не терять голову, не идти на поводу у эмоций, думать. Оставалось понять, хватит ли у нее здравого смысла быть выше, сильнее обстоятельств? Нина улыбнулась — она готова!

Новый знакомый Нины производил впечатление серьезного, спокойного мужчины. Слишком спокойного, с грустными глазами цвета морской волны. Казалось, в них навсегда поселилась безмолвная тоска, пустившая корни глубоко в душу. Нина сразу поняла, что этот мужчина создан для нее. В нем было что-то притягивающее, заставляющее думать о нем как о сильном и слабом одновременно. Желание разобраться с этим было чрезвычайно сильным, бороться с ним Нина посчитала неуместным.

Все началось с желания Нины проведать мать. Но ехать в Саринск в поезде не хотелось. Весенняя природа просыпалась, завораживая упрямой, всепобеждающей силой пробуждающейся жизни. В голове Нины возникла идея — добираться до Саринска автостопом. Это пришло ей в голову в последний момент, когда она стояла посреди гостиной, глядя на собранную сумку со своими вещами и подарками для матери. Последнее время жизнь Нины Соболевой была слишком пресной, по ее разумению. Она смогла выскользнуть из капкана собственной слабости, расправившись с нею решительно и безвозвратно. Осталась только привязанность к сигаретам, но это Нина себе прощала. Оставалось приучить к этому маму — ей будет нелегко привыкнуть к дочери, держащей сигарету в тонких пальцах. Нина усмехнулась: знала бы милая мамочка, сколько всего гораздо более неприятного скрыла от нее единственная дочь. Что делать — пришлось поддерживать желаемый образ. Но еще с одной ложью Нина собиралась покончить в этот приезд. Она отважилась сказать маме, что больше не собирается становиться актрисой, что оставила учебу и всерьез занялась своей профессией. Она — прирожденная портниха. Пусть это звучит не так феерически, как вторая Вивьен Ли, но это избавляет от множества комплексов, облегчает жизнь. Пора было честно признаться в этом хотя бы себе самой. Нина сделала этот шаг, говоря в телефонную трубку. Она все-таки струсила, делая признание на расстоянии, не видя потускневших глаз матери.

— Ну, так, значит так, — выдохнула Алевтина Михайловна. Она вдруг почувствовала обрушившееся разочарование: и личная жизнь не складывается у ее девочки, и юношеской мечте не суждено сбыться. Что же это за напасть, Господи?! Ради чего было столько лет разлуки, одиноких вечеров и молчаливых разговоров с фотографией дочки? Значит, ей тоже суждено шить, бесконечно, безвыходно шить и улыбаться клиентам. Делать свою работу, успевая выслушивать проблемы совершенно чужих людей. Делать вид, что тебя это интересует, иногда реагировать, чтобы не решили, что ты просто киваешь головой, не вслушиваясь в откровенные признания. Для Алевтины Михайловны признание Нины прозвучало как приговор. Она поняла, что не выполнила своего предназначения. Она столько раз твердила дочери, что та должна прожить интересную жизнь, так верила в это... Чепуха получается. Ее Нина четко идет по ее стопам. И зачем она научила ее держать иголку в руках? Наверняка возомнила, что станет лучшей швеей на все времена. Что-то максималистское все же слышится в ее словах. Наивная девочка. Она всегда будет обычной белошвейкой в глазах тех, кто снисходит до заказов.

Однако все свои размышления Алевтина Михайловна оставила при себе, сказав, что будет рада любому выбору дочери, и добавила:

— Я скучаю по тебе, доченька. Приезжай поскорее, пожалуйста.

— Приеду, мам. Я очень скоро приеду.

Нина собиралась как можно скорее выполнить хоть это свое обещание. Она услышала в голосе матери что-то, заставившее сжаться ее сердце. Но окончательно измениться Нина не могла. Она решила наполнить свое возвращение в Саринск новыми ощущениями. Автостоп — единственно правильный выход. Немного перца, немного жгучей приправы к размеренному ритму последних месяцев! Стоя на окружной дороге, голосуя, Нина внутренне предвкушала обжигающий вкус приключений, по которым, по совести говоря, соскучилась. Она поднимала руку не все время. Просто Нина никак не могла определиться: проехаться в кабине рядом с водителем огромного рефрижератора или в салоне новой модели «жигулей»? По столице гоняли такие красивые автомобили, что у Нины дух захватывало. Она то и дело представляла себя за рулем одной из них, полагая, что будет смотреться неотразимо! Оставалась малость — средства. По правде, она могла позволить себе эту роскошь уже сейчас, но безоглядно потратить солидную сумму из сбережений Соболева Нина пока не решалась. Она выстраивала в мыслях цепочку, каждое

звено которой шаг за шагом будет приближать выпол-
нение желаний, а касались они не только автомобиля.

Стоя на обочине, Нина вглядывалась вдаль. Замечая на горизонте появление стремительно мчавшейся
машины, она принимала уверенный, бесстрашный вид.
Некоторые водители принимали ее за девицу легкого
поведения. Нина смеялась в душе: ей нравилась даже
такая ситуация. Похотливые взгляды усталых дально-
бойщиков не пугали ее, но садиться к ним в кабину она
все же не решалась. Наконец, Нина решила, что поедет
только на приличной иномарке, даже если за рулем ее
будет сидеть какая-нибудь расфуфыренная дамочка.
В конце концов ей нужны приключения не фатальные,
а просто немного разнообразия, чуть-чуть.

Ждать не пришлось долго. Докуривая сигарету, Нина
заметила, как вдалеке на гору поднялся и стремительно
мчится вниз сверкающий под яркими солнечными лучами автомобиль. Нина неплохо разбиралась в марках
машин, сразу заметив, что иномарка — редкое явление
по современным меркам. Когда расстояние сократилось,
она уже ясно видела характерные формы, фары «БМВ»
красного цвета. Нина щелчком отбросила окурок, неуверенно подняла руку. Она завороженно следила, как
это норовистое чудо резко сбавило скорость, а еще через мгновение остановилось перед ней. Наклонившись
к автоматически опустившемуся стеклу, Нина улыбнулась: на нее смотрели грустные голубые глаза. Мужчина лет тридцати устало откинулся на сиденье.

— Здравствуйте, — Нина не узнала своего голоса. В нем она не услышала привычной грудной нотки,

действующей на мужчин гипнотически. Она чувствовала, как сердце пустилось вскачь, и запаниковала, не понимая причин этого. — Подбросьте до Саринска, если по пути.

Мужчина молча разглядывал ее. Вероятно, он прикидывал в уме, стоит ли проводить больше четырех часов дороги в обществе этой зеленоглазой девицы с сумкой за спиной? Она не была похожа на путан, зарабатывающих таким образом. Она не выглядела вульгарной, скорее напряженной. Пауза затягивалась. Нине надоело стоять, наклонившись в ожидании ответа. Она была на грани того, чтобы сказать: «Проезжай!» И зачем ему нужно было останавливаться? Смотрит, как на больную лошадь, потерявшую подкову.

— Садитесь, — дверь открылась. Нина быстро юркнула внутрь, сразу почувствовав приятный запах мужского одеколона. Она слишком явно потянула носом, потому что заметила, как улыбка промелькнула по лицу хозяина этой красоты. Почему-то Нина ни на секунду не сомневалась, что автомобиль ведет его хозяин. Они подходили друг другу как нельзя лучше. Оба шикарны той неброской роскошью, которая выставляется не напоказ, а опытному взгляду видна сразу. За несколько секунд Нина успела заметить, что на мужчине не ширпотребовский, а дорогой импортный костюм, накрахмаленная белоснежная сорочка, он аккуратно подстрижен и руки у него чистые, ухоженные. Женский взгляд охватил мелочи, на которые Нина всегда обращала внимание. Незаметно посмотрев вниз, довершила свои впечатления его вычищенной до блеска обувью.

— Ну, давайте знакомиться, — приятный мягкий голос окончательно расположил Нину. Она расслабилась. — Алексей Зорин.

— Нина.

— Вы так путешествуете?

— Нет. Еду к маме.

— Вы не против, если я закурю?

— Пожалуйста.

Алексей прикурил, открыв пошире свое окно. Сигарета невероятно шла ему. Нине казалось, что он все делает красиво, необычно: ведет машину, держит руль, стряхивает пепел. В его движениях она видела что-то завораживающее. Но вместе с тем он не кичился, не поглядывал свысока. Было бы неприлично сидеть вполоборота, наблюдая за ним, но Нина все же позволяла себе часто поглядывать в его сторону.

— Мне понадобилось именно сегодня быть в столице, — сделав потише магнитофон, произнес Алексей. — И в последний момент я решил вернуться в Саринск сегодня же. Нам невероятно по пути. Я мог сделать это завтра, послезавтра, но почему-то собрался и поехал.

— Я тоже не знала, в какой день поеду, и собралась за полчаса, — улыбнулась Нина. — Может быть, это неспроста?

— Я не верю в случайности, — заметил Алексей. — Однако иногда хочется идти по течению.

— Это течение может унести слишком далеко от берегов. Хорошо, если умеешь плавать... — Нина вдруг отвернулась к окну. Она вспомнила о том, как тяжело вырывалась из капкана, в который добровольно попала.

Надежный замок долго не желал открываться, держа свою пленницу в напряжении на грани нервного срыва. А когда она поняла, что может оставаться по вечерам в квартире и не нуждается в согревающем глотке спиртного — чуть не заплакала. Но слезы никогда не были в арсенале ее женского оружия. Она не применяла его никогда, считая последней глупостью лить слезы, когда нужно просто реально оценить обстановку.

— Вы говорите абстрактно? Или нужно понимать, что вам удалось добраться до берега? — впервые за дорогу Алексей внимательно посмотрел на четкий профиль спутницы.

— И этот берег был очень крутым. Взобраться тоже стоило немалых ссадин... — Ей дорого обошлось это движение по течению. Оно могло стать роковым, но единственная ночь с Дмитрием помогла Нине осознать весь ужас положения. Она нашла в себе силы измениться, строить все заново. Одно «но»: близость с Дмитрием не прошла бесследно. Через месяц с небольшим она поняла, что беременна. Мысль о том, чтобы оставить ребенка, не задержалась в сознании ни на минуту. Поход к врачу состоялся безотлагательно. Нина сдавала анализы, наблюдала за побледневшими, передвигающимися с трудом женщинами, выходившими из дверей, в которые вскоре должна войти она. Врач все время вел к тому, что она должна серьезно подумать, прежде чем делать такой ответственный шаг. Он даже сказал, что единственная операция может грозить ей в будущем бесплодием. Но это слово совершенно не испугало Нину. Она злилась, что доктор так настойчиво повторяет одно и то же, а ей хочется поскорее изба-

виться от того, что связывает ее с темной страницей ее
недавнего прошлого. Никто в мире не уговорил бы ее
оставить этого ребенка. Ей казалось кощунственным
думать об этом. Избавление было необходимо без вариантов, и только в этом Нина видела выход.

Она сравнительно легко пережила неприятную процедуру операции. Местный наркоз, равнодушные лица
медперсонала, будничность происходящего — все это
легким туманом опустилось в операционную и развея-
лось только после того, как Нина вышла в больничный
двор и увидела первый снег. Он лежал совсем тонким
слоем, успев в некоторых местах растаять. Это было
похоже на старый потертый ковер, но все равно впечатляло — Нина соскучилась по нему. Его появление словно
было еще одним подтверждением неизбежных перемен.
Пока не хотелось думать о том, что говорил врач. Нина
не видела ничего предосудительного в своем поступке.
Гораздо хуже было бы оставить ребенка и получить
проблемы, которые не укладывались в схему возрождения и строительства новой жизни. Сейчас Нине нужны
были силы и уверенность в способности измениться.
Последний штрих на этом пути был сделан...

Нина смотрела из окна автомобиля на пробиваю-
щуюся зелень травы у обочины, думая, что время вдруг
помчалось с невероятной быстротой. Это радовало, удивляло, страшило. Замедлять его бег Нина все равно не
смогла бы. Останавливаться не собиралась. Вот и приходится поспевать.

— Вы давно в столице? — спросил Алексей, вы-
рывая Нину из нахлынувших воспоминаний.

— Почти четыре года.

— Учитесь?

— Уже нет.

— Закончили?

— Нет, — Нина засмеялась. — Это долгая история. Одним словом, я не поступила, а домой возвращаться не дал комплекс Наполеона.

— Удалось хорошо устроиться? — Алексей не понимал, почему так настойчиво продолжает задавать вопросы. Он надеялся, что интуиция, которая заставила его остановиться и подобрать незнакомку, не подведет его и на этот раз.

— Да, — коротко ответила Нина, из чего Алексей сделал вывод, что она не настроена откровенничать с посторонним человеком.

— Простите. Я не пытаюсь вторгнуться в личную жизнь. Простое любопытство. Вы не похожи на искательницу приключений. И я пытаюсь понять, что заставило вас добираться домой таким способом. Вы не боитесь?

— Нет, не боюсь. А в поезде ехать мне было бы действительно скучно. Что за интерес переспать на несвежем, сыром белье, которое недовольно выдаст тебе проводник? Ко всему попутчики могут оказаться еще те.

— А водитель автомобиля, который решит вас подбросить?

— Я ведь не села в первую попавшуюся машину, — хитро улыбаясь, заметила Нина. — У меня интуиция.

— У вас тоже?

— Опять совпадение?

— Нет, продолжайте, — Алексей чувствовал, как у него поднимается настроение.

— Так вот, я увидела ваши глаза и поняла, что этот человек не сделает мне ничего плохого.

— И что же у меня с глазами?

— В них усталость, разочарование и грусть, даже тоска. Человек с такими глазами не способен обидеть, злобствовать, — Нина говорила совершенно серьезно, но заметила, как губы Алексея снова дрогнули от едва скрываемой усмешки.

— Вы еще и психолог.

— Да, если хотите.

— Ничего я не хочу. Говорите вы умно, но поступили крайне легкомысленно. Мне действительно от вас ничего не нужно, и я ничего плохого вам не сделаю. Я доставлю вас в Саринск, и мы расстанемся.

— Мне повезло, — Нина закрыла глаза, устроившись поудобнее на сиденье.

— Если нужно будет остановиться, говорите без стеснения.

— Договорились.

Нина снова стала смотреть в окно, Алексей вставил новую кассету в магнитофон. Зазвучали «Времена года» Вивальди. Заметив удивленный взгляд спутницы, Алексей спросил:

— Вы любите что-нибудь более современное? Легко поправимо.

— Нет, нет. Прекрасная музыка. Просто я подумала, что она как нельзя лучше подходит к моему состоянию. Вы тоже читаете по глазам? — Нина провела рукой по волосам, впервые задумавшись о том, как выглядит со стороны. Ей хотелось нравиться этому мужчине. Она почувствовала это с первого мгновения, как только склонилась и увидела его сквозь открытое окно автомобиля.

— Наверное, — коротко ответил Алексей.

Потом он предложил Нине сигарету. Она не отказалась. Серый дым, поднимаясь вверх, быстро уносился в открытое окно. Разговаривать с привычной сигаретой в руках было спокойнее. Личная жизнь обоих по крупицам связывалась в нечто определенное. Нина слушала размеренную речь Алексея, не в силах бороться с возрастающей симпатией к нему. Она впервые ощущала столько положительных эмоций к мужчине. В какой-то момент ей показалось, что и он проявляет к ней интерес. Но не в ее привычках было витать в облаках. Она запретила себе обольщаться на этот счет. Пусть все идет своим чередом: она — просто попутчица, он — случайный собеседник, хотя и чертовски обаятельный. Они перешли на «ты», но это был единственный прогресс в их недолгих отношениях.

Еще через пару часов они сделали привал. Алексей угощал кофе, наливал сам в пластиковые стаканчики из небольшого термоса с желтыми хризантемами. Нина достала приготовленные бутерброды с сыром. Получился очень удачный отдых перед решающим броском, как сказал Алексей.

Уже в Саринске Алексей поинтересовался:

— Где ты живешь?

— Было бы наглостью просить доставить меня к подъезду.

— Ты права. Лучше указать этаж.

— Тогда придется знакомиться с моей мамой.

— Это не исключается, — улыбнулся Алексей.

— Тебя ничем не запугаешь! — Нина снова оказалась среди знакомых улочек, снующих прохожих. Она не видела ни одного знакомого лица — город разрастался. Он изменялся, следуя властному велению времени. — И все-таки останови где-нибудь... Здесь, пожалуйста.

Нина решила, что зайдет на рынок и купит что-нибудь к ужину. Наверняка у мамы в холодильнике только ее любимая ряженка, овсянка на молоке, творог. В лучшем случае — борщ или постный суп. Алевтина Михайловна не баловала себя гастрономическими изысками. Она вообще не любила готовить только для себя. С годами смирившись с этим, сделала свой рацион очень скромным, требующим минимального времени на приготовление.

— Ну что, попутчица, — Алексей остановил машину и повернулся к Нине вполоборота, — будем прощаться.

— Будем, — улыбаясь, сказала Нина, хотя этого ей хотелось меньше всего на свете.

— Удачи тебе, Нина. Спасибо, что оказалась приятной собеседницей. У меня сейчас не самые лучшие времена — думал, что присутствие рядом кого-то поможет отвлечься от своих проблем. Ты оправдала мои надежды. Спасибо. Еще ни разу дорога не была такой приятной.

— Тебе спасибо. Я не рассчитывала на такой комфорт и удовольствие. Ты мне очень понравился. Даже если у тебя сейчас трудный период, я уверена, он скоро закончится, — Нина говорила, кивая в подтверждение головой. Длинная прядь волос выбилась из-под заколки. Алексей осторожно поднял руку и мягким движением убрал волосы за ухо. Нина почувствовала, как дыхание ее мгновенно сбилось. Улыбнувшись кончиками губ, она опустила глаза. — Ты — самое лучшее приключение, которое могло со мной произойти!

— Как странно. Сегодня я слышу о себе такие разные впечатления. Совершенно противоположные! Кому верить? Той, которая была рядом шесть лет и называет равнодушным негодяем, или тебе? — глаза Алексея стали пустыми, застывшими. Он выглядел так, как будто здесь присутствовала только его оболочка, а физически он был там, где его воспринимали совсем иначе.

— Лучше мне, — тихо произнесла Нина.

— Конечно, конечно, — Алексей встряхнул головой.

— Ну, прощай, — Нина открыла дверцу, вышла из машины и, стараясь изо всех сил не выглядеть расстроенной, улыбнулась. Ответная улыбка Алексея показалась ей самой красивой из всех, что она видела в своей жизни. Он вообще был для нее самым лучшим. А ведь он не сделал ничего такого знаменательного, чтобы вселить в нее такую уверенность. Просто был вежлив и сдержан... — Не слушай никого, кто плохо говорит о тебе. Это все от зависти. Пустое, не обращай внимания. Прощай.

Нина закрыла дверцу и, закинув сумку на спину, пошла в сторону рынка. Вечерний рынок издалека пестрел цветами, лимонами, тепличными огурцами и помидорами. Равнодушно глядя на это великолепие, Нина сделала несколько шагов, когда услышала голос Алексея вдогонку:

— Нина, подожди! — он оказался рядом быстрее, чем Нина могла предположить. От неожиданности она расплылась в рассеянной улыбке и, опустив глаза, остановилась. Теперь она видела только мокрый асфальт и начищенные до блеска туфли Алексея. Потом ощутила, как его руки осторожно сжали ее предплечья. — Знаешь, я не могу вот так отпустить тебя. Мне кажется, что это было бы неправильно. Я хочу знать, что смогу снова увидеться с тобой.

— Слава богу, — выдохнула Нина, чувствуя, как густо краснеют щеки. — Я думала, ты никогда этого не скажешь, и все закончится, не начавшись.

— Я уверен, что нам стоит начать, — прямо глядя Нине в глаза, сказал Алексей. Он только сейчас понял, что слишком сильно сжимает руки Нины. Он мгновенно разжал пальцы. — Извини.

— Ничего.

— Вот возьми, — он достал из кармана пиджака визитку. — Держи. Я буду ждать твоего звонка. Ты позвонишь?

— Да.

— Поскорее, ладно? — Алексей улыбнулся. Он до конца не мог объяснить себе этого поступка. Совсем недавно разрушилась его семья. На душе до сих пор было скверно. Жизнь потеряла смысл. Зачем он не отпускает эту странную девушку? Может быть, интуиция подсказывает, что у них много общего: обретения, потери, разочарования, сложные отношения с любовью. Зорин чувствовал, что поступает правильно. В конце концов, он просто хочет провести время в обществе интересной молодой женщины. Кажется, и она не против. — До встречи.

— До встречи.

Он подмигнул ей и направился к машине. Он шел легкой, пружинистой походкой, на ходу убирая густые черные волосы с высокого лба. По его движениям было заметно, что он волнуется. В этот момент для него было главным — занять руки, а как он выглядит со стороны, его на самом деле не интересовало.

Нина проводила Алексея взглядом, наблюдая, как он открывает дверцу машины. Она заметила, как много восторженных взглядов остановилось на этом галантном мужчине, садящемся в сверкающий автомобиль. Её согревала мысль, что именно она заинтересовала его. Почему? Это было так неожиданно: получить от приключения совершенно потрясающий результат. Она не смела и мечтать о таком. Неужели ей наконец повезло? Должно было, обязательно. Этот шанс упускать нельзя. К тому же очевидна обоюдная симпатия. Нина улыбнулась. Её распирало от желания поговорить о своем новом знакомом с мамой, Ленкой. Но в то же время она боялась делиться тем, что только зарождалось. Она опустила взгляд на визитку и, не в силах сдержать улыбку, прочитала: «Алексей Иванович Зорин». Имя прозвучало для Нины, как музыка. Далее она узнала, что он — деловой человек, председатель закрытого акционерного общества. По правде говоря, она не хотела ничего знать о нем. Ей было все равно, чем он занимается. Она знала, что мужчина с такими глазами никогда не обидит, не обманет, не предаст. Это казалось ей сейчас самым главным.

Алексей Зорин принадлежал к тому типу мужчин, о которых мечтают женщины: приятной внешности, спокойного нрава, со светлой головой. Как говорят — за таким как за каменной стеной. Настоящий — это было о нем. Он не притворялся, он просто был таким. Он все делал со стопроцентной отдачей, если брался за дело, всегда доводил до конца. Удача тоже сопутствовала ему. К двадцати восьми годам Зорин добился того, чего многим не удается сделать в более степенном возрасте: успешно окончил институт, стал председателем закрытого акционерного общества, активно занимаясь тем, что определялось новым и емким словом «бизнес». Он обеспечивал безбедное существование жене и сыну, помогал родителям, родственникам, друзьям. Кое-кто злословил, что Зорин деньгами держит их возле себя, покупая их внимание и преданность. Это не было правдой — Зорин был интересен сам по себе, как личность. Друзей не бывает много, и те, кто всегда оставались рядом, знали его простым студентом, потом начинающим бизнесменом, сумевшим вовремя сориентироваться в изменяющемся мире. При этом дружеские отношения не зависели от работы Алексея. Друзья просто были рядом и в хорошие, и в трудные времена.

Наверное, когда у человека все в порядке, темные силы начинают присматриваться к нему с особым вниманием. Им не нравится, что счастье длится долго, их переполняет желание навредить, очернить. А может быть другой вариант: счастливый человек ослеплен и не замечает ничего, происходящего вокруг. И хорошо, если рядом действительно преданная любимая, верные друзья. В ином случае образуется трещина, через которую постепенно, незаметно вытекает благополучие. Когда замечаешь это, чаще всего ситуация становится уже непоправимой. Так случилось и с Алексеем.

Он считал, что у него все в полном порядке: и на работе, и дома. Он слишком много работал последнее время, чтобы заметить перемены. Они появились не вчера, и родители осторожно намекали на то, что происходит у него за спиной. Алексей не понимал, о чем идет речь. Он любил жену Иру, обожал сына Пашку, и каждый рабочий день начинал с того, что смотрел на семейное фото, стоящее в стильной рамочке на его столе. Он испытывал светлую, дающую энергию радость, глядя на улыбающиеся лица жены и сына. Он был уверен, что они — его надежный тыл. Ради них он готов на все.

Измены жены оставались неизвестными Алексею до тех пор, пока что-то не изменилось в его отношениях с сыном. Он не мог понять, почему их ежевечерние разговоры стали так тяготить мальчишку. Ему не хотелось весело болтать с отцом, каждый раз удерживать его за руку, чтобы тот не уходил. Раньше каждая минута общения была дорога обоим, но вот что-то произошло. Пашка пожимал плечами, давая понять, что ничего нового за день не случилось — говорить не о чем. Он все время отводил глаза, явно желая, чтобы отец поскорее вышел из комнаты и оставил его в покое. Алексей целовал сына и, внимательно вглядываясь в его напряженное лицо, закрывал за собой дверь.

Разгадка пришла совершенно неожиданно. Вернувшись однажды с работы намного раньше обещанного, Алексей застал Пашу за уроками. Ирины дома не было.

— Привет, сынок. Как дела?

— Хорошо, — не поворачиваясь, ответил тот.

— Где мама?

— Она будет к семи часам. Ты ведь тоже должен был прийти к семи. Не нужно возвращаться раньше времени.

Алексей зашел к Паше, сел на диван напротив письменного стола. Он видел, как тело мальчика напряглось. Он сидел слишком прямо и до сих пор не соизволил обернуться.

— Паша, — Зорин подошел и положил руку на хрупкое плечо семилетнего мальчика.

— Что?

— Ты ничего не хочешь мне сказать?

— Нет.

— Я чего-то не знаю? — Алексей видел, как покраснело лицо сына. — Что происходит?

— Не знаю. Это ваши взрослые дела, я мало в них понимаю, — Паша поднял на отца прозрачные голубые глаза. — Лучше скажи, когда мы будем обедать?

— Ты ничего не ел после школы?

— Нет. Мама ушла, а на плите нечего разогревать.

— Сейчас я накормлю тебя, — Зорин похлопал сына по плечу и вышел из комнаты. Он решил дождаться прихода Ирины, чтобы узнать, почему она оставила Пашу одного. Алексей был уверен, что каждый день после школы они обедают, вместе делают уроки. Оказывается, Ирина может позволить себе уйти из дома по своим делам, даже не потрудившись накормить ребенка.

Ожидание утомило Зорина. Паша давно поел, сделал уроки и теперь тихо играл в своей комнате. Слишком тихо, что настораживало Алексея. Время от времени он подходил и заглядывал в детскую. Паша поднимал на него полные недоумения голубые глаза и снова принимался за свои машинки, самолеты.

Алексей смотрел на движущуюся секундную стрелку настенных часов, чувствуя, как с каждым ее движением внутри все вскипает. Наконец раздался щелчок открываемого замка.

— И часто это у вас бывает? — голос мужа заставил Ирину вздрогнуть. Она не ожидала застать его дома. Растерявшись, она несколько секунд глотала открытым ртом воздух, потом улыбнулась, стараясь разобраться в настроении Алексея. — Пашка голодный, тебя нет. Это явно не первый раз. Интересно, как давно?

— Не очень, — Ирина блеснула своими огромными карими глазищами. Густо накрашенные ресницы придавали ей вид фарфоровой куклы с красноватыми щечками. От мороза лицо ее еще пощипывало. Она тянула время, вешая на плечики свою дубленку. Потом не спеша сняла сапоги. — Здравствуй, для начала. Если ты пришел раньше, зачем делать из этого проблему?

— Это не ответ, — Алексей никогда не повышал голос. Он считал, что кричащий человек унижает прежде всего самого себя, и не желал опускаться. Он просто менял интонации в зависимости от ситуации. Сейчас Ирина явно услышала едва сдерживаемое негодование.

— Что такого? Я не крепостная и не мусульманка, чтобы за неделю спрашивать у тебя разрешения покинуть эти прекрасные стены, — Ирина сняла норковую шапку и мгновенно посмотрела на себя в зеркало — беспорядок на голове был для нее высшей степенью неухоженности, которую она не могла себе позволить ни на минуту. Несколько умелых движений удовлетворили ее.

— Речь не об этом, — глухо произнес Алексей. Он хотел продолжить, но в проеме детской показался Пашка. При нем выяснять отношения Зорин не мог.

— А о чем, черт побери?! — Ирина, по-видимому, придерживалась иного мнения. Став в вызывающую позу, она тряхнула головой. — В чем мое преступление?

— Мы поговорим позднее, — тихо сказал Алексей и, повернувшись, медленно пошел в гостиную. Ирина влетела в комнату раньше него, включила свет и снова выжидающе уставилась на Зорина. — Я вижу, ты явно хочешь сказать мне что-то важное.

— Очень хочу. Во-первых, я рада, что ты соизволил обратить на меня свое внимание. Весьма своеобразно, но тем не менее. Последние пару лет ты вообще не замечаешь нас. Мы существуем где-то фиктивно, — Ирина говорила отрывисто, импульсивно.

— Не сбивайся на «мы». Речь о тебе!

— Обо мне. Что говорить? Я — приложение к твоей красивой жизни.

— По меньшей мере — нашей, — устало опускаясь в кресло, уточнил Зорин.

— Я несчастна, Леша. Я чувствую себя ужасно. Раньше, когда мы ютились за шкафом в квартире твоих родителей, я была счастлива. Теперь у меня внутри пустота.

— Почему? Чего тебе не хватает? Я готов выслушать.

— Ты готов выслушать? Почему сегодня, а не год назад? Отчего сегодня столько внимания к моей скромной персоне? А вообще ты хоть когда-нибудь, хоть один раз в день вспоминаешь обо мне?

— Ира, столько драмы. Мое сердце не выдержит. При чем здесь мое отношение, мои мысли, когда тебя пять часов нет дома, сын остался без обеда, а я не знаю, где тебя искать! И это не впервые, можешь не лгать.

— Ты никогда меня не искал. Зачем это делать сейчас?

— Давай так. Ответь на единственный вопрос. Где ты была?

— Я встречалась с мужчиной, — после небольшой паузы ответила Ирина. Она медленно прошла мимо Зорина, подошла к окну. Опершись о подоконник, повернулась лицом к мужу. — Вот я и произнесла это. Могла бы соврать, но, ты знаешь, мне надоело делать это. Даже легче стало.

— Здорово, — Алексей не смотрел в ее сторону. Ему казалось, что там возле окна стоит призрак. Ирина еще не пришла. Она вернется и скажет, что была у родителей, что заболели теща или тесть и ей срочно нужно было быть там. Она извинится, объяснив, что не хотела пугать Пашу, расстраивать его. Она должна была сказать что-то в этом роде. — Прекрасно. Значит, мы живем во лжи.

— Ага, а ты думал, что в роскоши? Извини, я разочаровала тебя, — Ирина усмехнулась. Она не хотела сегодня говорить об этом, но, кажется, настал момент, когда это просто необходимо. — Но это еще не все.

— Да? Слушаю, — Зорин подпер ладонью щеку и, покусывая губы, уставился на узор ковра, висевшего напротив.

— Он любит меня. Он хочет, чтобы мы с Пашкой переехали к нему.

— Да?

— Я познакомила Пашу с ним. По-моему, они понравились друг другу.

— Что?! — Зорин медленно поднялся, подошел к Ирине. Он не видел ее лица, только две чернеющие точки зрачков, жгучие, ненавидящие.

— Как ты могла сделать это?! — его вопрос прозвучал, как раскат грома.

— О, впервые мой супруг повышает голос. Слава богу, в тебе осталось что-то от обычного человека.

— Ты можешь хоть сейчас уходить к своему любовнику. Но сына оставь в покое! Не впутывай его в свои грязные дела.

— Это не грязные дела — это моя жизнь, моя молодость. И я хочу прожить ее так...

— «Чтобы не было мучительно больно за бесцельно прожитые годы...» — перебил ее Зорин. — У тебя было все, все! Моя любовь, сын, достаток, желания. Я потакал им, как мог. А ты, чем отплатила ты? Упреками и изменой?.. А если бы я пришел как всегда затемно? Ты бы продолжала вести двойную жизнь, лгала мне, сыну? Отвечай!

— Нет, рано или поздно я бы все равно призналась. Не потому, что устала жить во лжи, — чтобы не видеть твоего восторженного лица, постоянного удовлетворения от собственных успехов. Меня тошнит от твоей непогрешимости.

— Все, я понял. Уходи, убирайся. Собирай вещи и убирайся. И пожалуйста, без сцен. Ты ведь заботишься о психике ребенка.

— Я не уйду без него! Паша! Пашенька! — закричала Ирина.

Мальчик в один миг оказался возле матери, обнял ее за ноги, прижался всем телом. В его глазах, обращенных на Алексея, застыл ужас. Зорин отступил на несколько шагов назад.

— Что ты делаешь? — тихо спросил он, глядя на Ирину.

— Мамочка, что случилось?

— Ничего не случилось, — ответил Алексей.

— Сынок, папа выгоняет маму из дома, — приседая к Паше, быстро проговорила Ирина. Она машинально гладила его жесткие густые волосы, стряхивала что-то с одежды.

— Ира, опомнись! — Зорин сжал кулаки.

— Да, сыночка, я говорю правду. Ты останешься с ним или уйдешь со мной?

— Ирина! — Зорин произнес ее имя так, как будто оно означало что-то непристойное.

— Мама, я с тобой! — истошно закричал мальчик, еще крепче прижимаясь к матери.

Зорин на мгновение закрыл глаза, желая открыть их и не увидеть картины, которая долго будет стоять перед его глазами. Часто дыша, он крепко сжал веки, а когда разжал их — он стоял в комнате один. За стеной слышался голос Ирины. Она что-то тихо, беспрерывно говорила Паше. Алексей стоял, не в силах пошевелиться. Все, что происходило, казалось ему дурным сном, кошмаром. Разрушилось то, что было незыблемым. Все, ради чего он жил, работал, добивался успехов. Еще через несколько минут он услышал громкий звук закрываемой двери. Звук, разделивший его жизнь на две части: в одной он был счастлив, удачлив, силен, во второй — раздавлен, обессилен. Пока он не знал, как жить дальше. Он не мог больше радоваться, словно кто-то спрятал улыбку, делающую его лицо таким светлым. В один день Зорин превратился в угрюмого, погруженного в себя человека. Его глаза погасли. Небесную синь в них словно затянуло серыми тучами грусти.

Алексей автоматически занимался делами, стал каждый день два-три часа проводить в тренажерном зале. Он перестраивал свою жизнь под график свободного от семьи мужчины, тяготясь временем, которое оставалось после напряженного трудового дня. Ему было неинтересно проводить его в клубах, за бокалом пива со знакомыми, в поисках приключений, в которых он никогда не нуждался. Ему было вполне достаточно того, что у него было. Он считал, что живет полноценно и счастливо. Как же долго он обманывался... Неужели после этого кто-то посмеет утверждать, что можно доверять кому-то, кроме себя? Нет, даже от самого близкого человека можно ожидать непредвиденного. Значит, не нужно больше никого подпускать к себе настолько близко. Должна существовать дистанция, которая не позволит проникать в само естество, а значит — не будет повода для разочарований, горечи утрат.

Когда нечего терять, гораздо проще жить. Зорин вывел для себя эту теорию за пару месяцев неожиданной холостяцкой жизни. Он сам подал на развод. Едва выдержал унизительную для себя процедуру суда. Ирина перестала для него существовать. Это было еще одно неожиданное открытие: любимая женщина стала чем-то вроде пятна, заполняющего пространство. Иногда оно становилось слишком ярким — Зорин отворачивался и смотрел в другую сторону. И наступил момент, когда Ирина с Пашей сели в такси и быстро умчались от крыльца здания суда.

Зорин тяжело перенес перемены. Он быстро купил себе квартиру, оставив ту, в которой они жили с Ириной, в ее полное распоряжение. Он не взял оттуда даже пепельницы, потому что не хотел видеть ничего, напоминающего о прошлом. Опустел только его гардероб — в новую, еще пустую квартиру он перевез два чемодана своих вещей. Он начинал все сначала. Правда, Ирина позвонила и сказала, что они с сыном ни в чем не нуждаются. Что она живет в другом городе, другой жизнью, а из прошлой у нее есть Паша.

— Остальное можешь оставить себе, — пафосно закончила она.

— Я оставляю квартиру сыну. Кто знает, может быть, лет через пять тебе станет тоскливо и с этим мужчиной. Я не уверен, что каждый твой новый избранник будет думать о будущем нашего сына. Это моя обязанность, и я ее выполню. Ключи от квартиры у твоих родителей.

Он положил трубку, чувствуя, что вот-вот заплачет.
Это случается и с настоящими мужчинами, когда рядом
нет свидетелей слабости, а сердце разрывается от боли.
Алексей сдержался. Он собрал свои эмоции в кулак и
не позволял ни на людях, ни наедине с собой распускать-
ся. Он говорил себе, что настанут лучшие времена.
Обязательно настанут, ведь не такой он плохой человек, чтобы судьба навсегда отвернулась от него. Зорин
страдал, стараясь не давать этого понять окружающим.
Все это время он замечал, как настороженно присматриваются к нему сослуживцы, родители, друзья. Они
словно боялись вести с ним прежние разговоры. Они
видели в нем что-то пугающее, останавливающее, ли-
шающее откровенности отношения. Им было непривычно
наблюдать за тем, как изо дня в день он заставляет
себя жить.

Алексей в это время уже знал, что Ирина изменила
ему с Виталием Шкловским. Они начинали в одно время, только Виталий почти сразу перебрался в столицу, а
Алексей развивал дело в родном Саринске. Изредка
они встречались — по делу и по поводам житейским.
Виталий всегда был в числе приглашенных на все домашние праздники Зориных. И вот получается, что
интерес его подогревался не только крепкой мужской
дружбой, а и страстными объятиями с Ириной.

Зорин почувствовал, как тысячи мурашек побежали
по телу, заставляя его вздрагивать. Он никогда не ожидал удара изнутри, с тыла. Он был уверен в том, что
его жизнь сложилась, удалась и нужно прилагать силы
к тому, чтобы его близким было уютно, спокойно. Чтобы он мог выполнять их желания, делать подарки, ба-

ловать. Ему нравилось видеть выражение радости и восторга на их лицах. Пашка — такое чудо! Алексей сдавил голову руками — как же жить без него? Первое время Зорин не столько был раздавлен предательством Ирины, как тем, что она лишила его общения с сыном. Она выставила его в глазах мальчика монстром, которому нет ни до кого дела. Ребенок в испуге принял сторону матери. Однажды он позвонил Алексею. Тот обрадовался, но Паша произнес слова, которые вмиг разрушили эту радость:

— Не звони нам, пожалуйста. Я не буду встречаться с тобой по воскресеньям. Мне это не нужно. И подарков не нужно. У меня все есть. До свидания.

В трубке раздались гудки, а Зорин продолжал сидеть, прижимая ее к уху. Его сердце сжималось и разжималось, словно железная рука проводила жесткий, прямой массаж. От этих прикосновений становилось все хуже. Положив трубку, Зорин нервно закурил. Он не чувствовал вкуса табака, затягивался глубоко, выпуская дым через нос. Он уговаривал себя, что мальчик просто повторил слова матери. Она знала, как причинить ему боль. Паша не мог разлюбить его. Это все Ирина, ее желание измучить его. Если она так счастлива со своим новым избранником, зачем нужно посыпать солью его свежую рану? Неужели от этого ощущение счастья становится полнее?

Алексей не был оригинальным в способе решения душевных проблем — он работал без отдыха, позволяя себе пятичасовой сон, минимум времени уходило на еду. Тренировки, фирма, деловые поездки в столицу, жесткий график, подчиненный интересам фирмы. Почти три месяца он не позволял себе останавливаться. Не позволял для того, чтобы не оставалось времени думать.

Незаметно настал первый весенний день. Природа начинала свой извечный цикл возрождения, пробуждения. Зорин наблюдал за этим довольно равнодушно. Он перестал радоваться первой зелени — Пашки нет рядом, кому рассказывать о таинствах, силе жизни; первым цветам — кому их теперь дарить? Конечно, оставалась мама. Но это другое, это незыблемое. Алексей снова без устали работал, замечая, что только здесь теперь у него все ладится.

И в тот день он возвращался из столицы после очередных переговоров по расширению производства. Он ехал на большой скорости, расслабившись — машина была продолжением его тела. Она беспрекословно подчинялась его командам, никогда не протестуя. Еще издалека Алексей заметил силуэт на обочине. Расстояние сокращалось, и Зорин увидел голосующую девушку. Она стояла свободно, докуривая сигарету, которую отбросила отработанным жестом. В другой руке она держала небольшую сумку. Почему-то Зорин сразу решил, что она не из тех, кто стоит на загородных дорогах в поисках средств к существованию. Нога сама нажала на тормоз, машина плавно остановилась возле незнакомки.

Зорин взял попутчицу до Саринска, не предполагая, что их дорога окажется намного длиннее расстояния от столицы до родного города. Она будет длиться десять лет, потому что через полгода Нина Соболева станет Ниной Зориной. Она сменит фамилию, оставит работу, вернется в город своего детства. Она сможет позволить

себе это, чувствуя, что возвращается победительницей.
Она выиграла в лотерею у самой судьбы — Алексей
стал для нее отцом, мужем, любовником, другом. И она
станет для него существом, ради которого он снова найдет в себе силы отогнать тучи с небесной сини своих
теперь уже светящихся от счастья глаз.

Начнется самая удивительная полоса жизни обоих.
Любовь и дружба, взаимопонимание и необходимость
друг в друге, болезненная привязанность, переходящая
в страсть. Они испытают всю гамму чувств, которая
сопутствует влюбленным. Неожиданное чувство поможет двум разуверившимся людям не убегать от жизни,
а наслаждаться ею сполна. Они будут счастливы, на
время забыв свое правило: никого не впускать к себе в
душу. Никого, чтобы потом не разочаровываться, не
испытывать боль, не сжимать бессильно кулаки и снова
оглядываться назад. Снова всматриваться в прошлое,
потому что будущее грозит оказаться еще более мрачным...

Три года семейной жизни пролетели невероятно быстро. У обоих было такое чувство, как будто они давно
знали друг друга. Саринск — небольшой городок, но
Нина была уверена, что никогда раньше не встречала
Алексея. Он, улыбаясь, говорил, что не мог не заметить такой красотки. Прижимал руку к груди, вздыхая:

— Где были мои глаза?

— Да ладно тебе. Это сейчас ты так говоришь, а
раньше небось на малолеток, как я, и не смотрел, —
Нина обнимала его, блаженно прикрывая глаза. — Как

подумаю, что в тот день могла просто сесть в поезд и не встретить тебя, — мороз по коже.

— Оказывается, глупости иногда хорошо заканчиваются, — вдыхая запах свежести от волос Нины, заметил Зорин.

Теперь на его рабочем столе рядом с фотографией сына стояла еще одна: Нина, улыбаясь, смотрела на него огромными зелеными глазищами. В них было столько огня, энергии, что Зорин, казалось, получал мощную подпитку, просто время от времени поглядывая на сияющее лицо жены. Он до сих пор не мог поверить в то, что случай настолько круто изменил его блеклое существование. Он снова стал самим собой. Нина, как живая вода, наполнила его неиссякаемой жаждой жизни. Ему снова было все по плечу, он знал, что рядом есть надежный человек. Почему-то Алексей сразу ощутил безграничное доверие к этой тогда малознакомой женщине. Он рассказал ей о себе то, что не говорил даже родной матери. Он был уверен, что только раскрывшись друг перед другом полностью, они смогут стать единым целым, мощным союзом, разрушить который будет под силу только смерти. Он забыл о том, как давал себе обещание никого не впускать в свое сердце, свести общение с женщинами к случайным встречам, просто ради того, чтобы напомнить себе: ты мужчина, молодой мужчина. Его никак не согревала перспектива ни к чему не обязывающих свиданий. И в это самое время Провидение послало ему Нину. Это была невероятная удача! Зорин никогда ничего не делал наполовину. Он был слишком цельной натурой, чтобы, почувствовав, как его подхватывает ураган новой любви, не отдаться ей безоглядно. Они нашли друг в друге все то, что нужно обычному человеку для счастья.

Нина заметила, что стала другой рядом с Алексеем. Он был так добр, так нежен с ней, что не отвечать ему взаимностью она не могла. Она впервые по-настоящему любила, только теперь открывая для себя прелести взаимной любви. В ней проснулась другая женщина, которая забыла о прошлом. Она отказалась от него — со всеми необдуманными поступками, эгоизмом, наивностью и бескомпромиссностью, которыми оно было полно. Нина продала квартиру в столице вместе с мебелью, оставив себе драгоценности и портрет, подаренный Соболевым. Выручив от продажи хорошие деньги, Нина почувствовала, что не будет выглядеть бедной Золушкой рядом с преуспевающим Зориным. Он должен знать, что она не несчастная девушка, которую он подобрал на дороге. Хотя в прямом смысле это было именно так. Несмотря на романтику их отношений, она думала и о таких вещах. Ее прагматичность все еще давала о себе знать.

Теперь Нина четко поняла, что больше не хочет приключений. Ей хватит тех, что случились с нею за годы жизни в столице. Там, вдали от близких, друзей все казалось безнаказанным, все было дозволено. Но теперь Нина все чаще задумывалась о том, что мама, Лена, Алексей ничего не знают о том, что происходило с ней совсем недавно. Они видят красивую оболочку, которая скрывает червоточины. Их количество не увеличивается, но избавиться от них навсегда вряд ли удастся. Нине казалось, что мама только притворяется, что верит сладкой, гладкой жизни, о которой она рассказывала. Но что случилось, то случилось. Поэтому, пораз-

мыслив, Нина решила вычеркнуть все, что было в прошлом. Эта глава закрыта раз и навсегда. Она счастлива
и должна наконец почувствовать, что такое настоящее,
сильное чувство. Она, как и Зорин, была уверена, что
это навсегда.

Зорин понравился ее матери. Родители Алексея безоговорочно приняли Нину. Все складывалось как нельзя
лучше. Алевтина Михайловна после первой встречи с
Алексеем сказала:

— За таким мужчиной как за каменной стеной. Только красив больно. Смотри, чтоб не увели твоего Зорина!

— Да что ты, мам. Он так любит меня. Для него в
целом мире больше нет ни одной женщины! — восторженно ответила Нина, пряча лицо на груди у матери. — Я так счастлива, неприлично счастлива! Ты не
знаешь, это может длиться долго?

— Наверное, доченька. Нашла у кого спросить, —
горько усмехнулась Алевтина Михайловна. — Для меня
твое счастье — мое счастье, а свое я давно упустила.
Уже и позабыла, как это было.

— Мам, ну не говори так.

— Не буду. Старею я, Ниночка. Время-то как ле-
тит — девяностые за окном. Вы уж со внуками не
тяните, чтобы понянчить, посмотреть на голубочков.

— Мам, мы ведь еще для себя не пожили. Только в
квартиру все купили. Ты же знаешь, он все оставил
первой жене.

— Оставил, значит, не мог иначе. Ребенок у него
там. Он не ее облагодетельствовал, он о мальчике своем думал, — сказала Алевтина Михайловна.

За то время, что провели они за праздничным столом по случаю помолвки, она многое смогла понять в избраннике дочери. И теперь, не кривя душой, думала, что девочке ее повезло. И ей повезло — дочь вернулась в Саринск, видеться чаще можно будет. Вернулась ее Ниночка обновленная, со сверкающими глазами. Сразу с порога призналась, что встретила необыкновенного мужчину. Через полгода он стал ее мужем. Всем он понравился теще. Сама была бы помоложе, на такого бы смотрела, восхищаясь. Да только у Нины ее могло хватить смелости решиться быть рядом с таким человеком: больно высокого полета. Для Алевтины Михайловны слова «акционерное общество», «бизнес» звучали пугающе. В ее голове не укладывались потребности, желания такого уровня. Она даже сказала что-то на этот счет, чем рассмешила Алексея.

— У меня потребности любого нормального человека. Желания? Еще недавно ни одного не было, а сейчас — голова кругом! Я счастлив и готов к долгой жизни рядом с любимой женщиной. По-моему, все очень просто... Единственное условие — всегда вместе, одно целое, полное доверие.

Алевтина Михайловна сделала вывод, что для Алексея очень важна открытость в отношениях. Кажется, Нина никогда не отличалась изворотливостью. Видимо, увидел Зорин в ней родственную душу. После нелегких испытаний получил от Господа заслуженную благодать. Получил за то, что в тяжелой ситуации остался человеком, не поддался эмоциям. По-мужски поступил.

— Я после знакомства с ним другой стала. Просто чувствую это, — придя в очередной раз к матери в гости, призналась Нина. — С ним так легко. Он, как волшебник, всегда знает, чего я хочу. Но я перестала быть капризной. Раньше я могла позволить своему настроению меняться по сто раз на дню. А сейчас, вне зависимости от погоды, у меня всегда прекрасное настроение! Я просыпаюсь счастливая и засыпаю счастливая!

— Скорее бы от твоего счастья дите появилось, — Алевтина Михайловна заметила недовольство, мелькнувшее в глазах дочери. — Что я не так сказала? Три года вместе живете.

— Мам, давай не будем об этом.

— Почему?

— У нас пока другие планы.

Нина лукавила. Алексей тоже был обеспокоен по этому поводу. Он с самого начала говорил, что мечтает о детях, которых они воспитают в любви и добре. Он обязательно хотел сына и дочку. Закрывал глаза и говорил, что видит детей с такими же красивыми глазами, как у нее. Он даже имена уже придумал. Нина улыбалась, чувствуя, что и в ней проснулась природная тяга к материнству. Заложенная природой от рождения, она явно не давала о себе знать раньше. Нина мельком вспомнила свой поход в абортарий и снова не испытала сожаления по этому поводу. Того ребенка она не хотела. Она ничего не чувствовала к зародившейся в ней жизни. Сейчас все было иначе: рядом любимый мужчина, она живет полноценно и счастливо. Только в такой обстановке должны появляться дети.

Нина стала все чаще обращать внимание на свой женский календарь, отмечая дни, наиболее благоприятные для беременности. Она читала литературу по поводу лунных циклов. О том, в какой его день рождаются наиболее одаренные дети. Она обсуждала это с Алексеем, а он только улыбался и ждал. Ждал, когда же она объявит ему радостную новость. Но время шло, а ничего не менялось. Они по-прежнему любили друг друга, но разговоры о ребенке Зорин вести перестал. Природная деликатность мешала ему говорить о том, что, как он решил, является проблемой для его жены.

Втайне от Алексея Нина проходила медицинские осмотры, сдавала анализы, консультировалась со специалистами, но получала единственный ответ: «Вы здоровы». Само собой, Нина умалчивала о том, что случилось с нею больше трех лет назад. Она считала, что в маленьком городке все тайное рано или поздно становится явным. Ей не хотелось, чтобы Алексей узнал об этом. Пусть лучше живет с мыслью, что вся проблема в нем. Так Нине было легче. Правда, оставалось одно «но» и немалое — Паша. Алексей был его любящим отцом. И если быть уверенным, что бывшая супруга Зорина не изменяла ему с первых дней их семейной жизни, то этот мальчик был прямым доказательством мужской состоятельности Алексея. Естественно, кроме Ирины, никто не мог дать ответ на вопрос об отцовстве.

А она сама через год после развода оказалась у разбитого корыта — Шкловский не планировал создавать с ней семью, не воспринимал Пашу. Ребенок мешал ему, о чем, рыдая, рассказывала Ирина родителям Алексея, а те — Зорину. Он знал, чем все закончится, и не ошибся: вскоре Ирина с Пашей вернулись в Саринск в квартиру, оставленную Алексеем. Романтика отношений двух любовников закончилась банальной ссорой и полным разрывом.

С появлением Паши в Саринске Зорин стал искать способы сближения с ним. Ребенок был очень эмоционально напряжен. Это замечали его бабушки, дедушки, это не укрылось от глаз Алексея и Нины, которые однажды вместе провели с мальчиком замечательный день. Ирина, раздавленная неудачами в личной жизни, совершенно равнодушно восприняла желание Зорина встретиться с сыном. Но она не знала, что Нина тоже окажется рядом, и пришла в бешенство, когда выяснилось, что Паше очень понравилась красивая рыжеволосая тетя.

— Она такая добрая и внимательная! Она слушала все, о чем я рассказывал, — похвастался Паша, вернувшись с длительной прогулки.

— Лицемерка! — процедила сквозь зубы Ирина и мгновенно позвонила Зорину.

— Чтобы ее больше никогда не было рядом с моим сыном! Никогда! Иначе и тебе будет невероятно трудно увидеться с ним, хотя бы в день его рождения! Ты меня знаешь, я слов на ветер не бросаю! — кричала она Алексею. От неожиданности он не сразу нашел нужные слова.

— Ира, зачем ты так? Кому будет хуже, если мальчик будет спокойно чувствовать себя рядом с Ниной?

— Повторяю, чтобы ее рядом не было! Точка.

— Что случилось? — Нина видела, как побледнело лицо мужа. Он медленно положил трубку телефона.

— Ничего. Бессильная злоба брошенной бабы!

Конечно, он рассказал Нине обо всем. И с этого дня стал встречаться с сыном один на один. Ирина строила всяческие препоны. Свидания с сыном были редкими, кратковременными. Мать Паши постоянно показывала, что в их жизни все идет по плану и встречи с Зориным не входят в него. Она могла отменить их, перенести на другое время и снова отменить. Она изводила Алексея, получая от этого нескрываемое удовольствие. Отношения между Зориным и Ириной испортились окончательно.

— Как можно получать удовольствие от страданий другого человека? — недоумевал Алексей. — Подменили ее, что ли?

— Люди не меняются. Просто с годами они перестают притворяться, — Нине не понравилось то, что с ее мнением никто не считался. Но со временем она решила, что все к лучшему. Тем более, что проблема с собственной беременностью не решалась и само напоминание о ребенке, которого подарила Зорину не она, а другая женщина, стало действовать ей на нервы. И даже когда Ирина, устав бороться, уже не была против встреч, Нина не желала общаться с Пашей. С некоторых пор это стало единственной причиной ссор, редко, но все же возникавших в их доме. Неприятный разговор возникал время от времени, доставляя немало тяжелых минут обоим...

— Нина, очнись! — Алевтина Михайловна взяла дочь за руку, но та так глубоко ушла в свои мысли, что никак не отреагировала на это. — Ниночка!

— Да, мам, так вот я говорю, что у нас другие планы, — Нина тряхнула головой, отчего ее волосы заиграли всеми оттенками от рыжего до темно-коричневого. — Вот Леша обещает машину мне подарить.

— Тебе машину? Зачем она тебе, Нина?!

— Времена сейчас другие, мамочка. Женщина должна многое уметь. На следующей неделе иду на водительские курсы. Домохозяйкой быть хорошо, но, кажется, я не из тех, кто может долго сидеть дома, занимаясь хозяйством. Я работать хочу.

— А машина при чем?

— При том, что Леша скоро поможет мне открыть свое дело. Нужно будет ездить в столицу, по делам бизнеса. Бывают ситуации, когда доверять можно только себе. Поэтому нужно быть на колесах. У Леши своих забот хватает — я хочу, чтобы он гордился мной.

— А чем ты собираешься заняться? — поинтересовалась Алевтина Михайловна.

— Не буду рассказывать заранее, не обижайся. Я стала какая-то суеверная в последнее время. На меня это не похоже, но — факт, — развела руками Нина.

— Ленке Смирновой, небось, рассказала. Признавайся, рассказала?

— Пришлось, потому что мне нужна помощница, которой я могу доверять. Она должна стать моей правой рукой.

— Говоришь так, будто собралась руководить. Ты явно не швеей в наше ателье решила устроиться, — усмехнулась Алевтина Михайловна.

— Точно, — хитро сощурилась Нина. — Я собралась купить это развалившееся, никому не нужное ателье и превратить его в самый престижный салон Саринска. Скоро это будут не пустые слова. Сейчас время новых возможностей.

Увидев, как вытянулось лицо матери, Нина подошла, обняла ее. Ей давно хотелось рассказать о своих планах, но она предпочитала говорить о конкретных вещах. Пока все было в проектах, но Зорин обещал, что они очень скоро воплотятся в реальность. Нина была счастлива вдвойне: сбывалась ее мечта прославиться на весь Саринск, а там, бог даст, и далеко за его пределами. Свое тщеславие Нина не оставила в прошлом. Оно было ее второй натурой, которая то заходила в тень, то снова показывалась и повелевала.

— Да, мамуль, планы наполеоновские, надеюсь, что все будет так, как мы хотим.

— Я очень верю в это, — сдерживая слезы, сказала Алевтина Михайловна. Она не стала продолжать, что если планам дочери суждено исполниться, то и ее мечта наконец осуществится. Хоть под старость получить доказательство того, что твой ребенок добился большего, чем ты. — Я рада за тебя, милая, но хочу, чтобы работа не мешала твоим природным обязанностям.

— Ты опять, мам?

— Опять и не обижайся, — Алевтина Михайловна сделала предупредительный жест рукой. — Тебе только двадцать три — все еще впереди.

— Уже двадцать три, мам, — заметила Нина. Ей очень захотелось курить, но при матери она никогда этого не делала. Зорина машинально похлопала себя по карману и поймала усмешку матери.

— Что, подымить решила?

— Нет, — Нина вздохнула. Хотя Алевтина Михайловна давно знала о ее привычке, все-таки что-то мешало Нине достать пачку сигарет и блаженно закурить. И Зорину не нравилось это, но он считал, что не вправе запрещать. Единственное, о чем он просил, — курить поменьше и сигареты совсем легкие. Нина знала, что она может справиться с этой привычкой. Она была уверена, что у нее все под контролем. Как только она поймет, что беременна, ни о каких сигаретах не может быть и речи. Пока же она просто получает удовольствие от приятного ритуала. — Вечно ищу ключи. Кажется, они в другом кармане.

— Ладно тебе. Ты взрослый человек.

— Значит, уже двадцать три, мамуль? — засмеялась Нина, касаясь губами щеки матери.

— С тобой бесполезно спорить.

— И не нужно.

— Ладно, Наполеон в юбке. Надеюсь, что ты знаешь, что делаешь.

Нина кивнула головой. Она была уверена, что движется в правильном направлении и ничто не сможет сбить ее с пути.

Зорин застал жену уже в кровати. Она слишком внимательно рассматривала журнал, чтобы он понял: мысли в этой головке далеки от печатных страниц.

— Привет, — склонившись, он чмокнул ее в макушку. — Какой-то у тебя сегодня загадочный вид.

— Нет, Леша, просто устала. Работы много. Голова кругом, — улыбаясь, ответила Нина. — Ужинать будешь, разогреть?

— Спасибо. Я не голоден. Поработаю немного и к тебе. Дождешься? — в ответ лишь неловкое пожатие плеч.

Нина с облегчением вздохнула, оставшись одна. Она физически не могла сейчас выносить чье-либо присутствие. Журнал отложен в сторону. Строчки плывут перед глазами. Нина не могла воспринимать ничего, ничего. Мысли путались в голове. В них не было логики, здравого смысла — только паника. Что же происходит с ней, с ее семьей? Как может она подвергать такой опасности все то, что было дорого ей без малого одиннадцать лет? Они в ответе друг за друга, разве может она обмануть доверие Зорина? Неужели мало ошибок совершила она в своей жизни? И нельзя, чтобы она сама стала ошибкой для Алексея. Он не вынесет этого. Оба уже обжигались слишком больно. Опрометчивые шаги юности не всегда можно исправить. Не прокрутить жизнь назад, не прожить заново, начисто.

Откинувшись на подушку, Нина кусала губы от злости на саму себя. Ведь она не имеет права быть такой легкомысленной! Ей дорог Алексей. Она умрет без него. Она высохнет, как земля без дождей растрескивается и лишается способности дарить жизнь. Они существуют только потому, что все эти годы были вместе. Делили радости и горести, болезни и праздники, строили планы и прилагали усилия, чтобы они свершились. Они нужны друг другу, как воздух. Нина прижала ладони к пылающему лицу: «Что я наделала?! Ведь все было хорошо, больше чем хорошо...»

Новая жизнь, которую они начали вместе много лет назад, была в радость обоим. В ней не было все гладко — так бывает только в юношеских грезах, когда на глазах розовые очки молодости. Когда предательства, трудности, преграды еще впереди, но кажется, именно тебя они минуют. Кто угодно прочувствует их гнет, но только не ты. Потому что в твоей жизни все будет замечательно. Эти мысли переполняют, и становится очень больно от беспощадной реальности, в которую бросает тебя жизнь. И тогда ты начинаешь набираться опыта, делая ошибку за ошибкой, пока, наконец, не выбираешься на свою дорогу. Преодолеваешь свою высоту и взираешь с нее на пройденный путь. О чем-то хочется забыть, другое — хранить в памяти вечно. Полученный опыт бесценен. Кажется, вот теперь-то настал час, когда ты, мудрый, не попадешь в ситуацию, из которой будет очень трудно найти выход. Не тут-то было...

Нина снова взяла в руки журнал, поглядывая в сторону двери. Ей показалось, что Алексей остановился неподалеку. С чего бы это он стоял под дверью? Прошло пару минут — померещилось. Зорин не из тех, кто будет подсматривать в замочную скважину. Ему легче прямо сказать, спросить. А она теперь будет бояться его вопросов, потому что даже самой себе не может сейчас дать ответ на простой вопрос: что происходит?

Имея весь набор жены преуспевающего бизнесмена, Нина поначалу радовалась такой жизни. Но вскоре почувствовала внутренний дискомфорт. Снаружи все было прекрасно, более чем. Но в душе у Нины образовалась пустота, которую срочно нужно было заполнить. Ей было жизненно необходимо самореализоваться, и молодая женщина чуть не впала в депрессию от вбивания в голову собственной неполноценности. Она спрашивала себя, чего достигла к двадцати четырем годам, и ответ был не утешительным: просто жена удачливого бизнесмена, которая даже ребенка не может ему родить. Ребенок... Нина уже не надеялась. Ей чуть за тридцать, но столько безрезультатных попыток обзавестись маленьким Зориным окончились неудачей. В какой-то момент они с Алексеем решили, что их ребенка выносит суррогатная мать. Колебалась с принятием решения Нина и в конце концов ответила: «Нет». Ей казалось, что все равно что-то будет потеряно с самого начала. Она не прочувствует всего того, через что проходит женщина, носящая ребенка под сердцем. Она боялась, что не будет испытывать к малышу того, что называется материнской любовью. К тому же могли возникнуть сложности с той, что родит им ребенка. Вдруг она потом станет шантажировать их? Все время жить в страхе, что твой ребенок узнает, как появился на свет? Нет, Нина шла на поводу эмоций. Она отбрасывала тот момент, что это будет только их с Алексеем ребенок. Участие в этом таинстве чужой женщины было для Нины неприемлемым. Зорин принял ее решение, и все перестали говорить об этом. Ни мама, ни Алексей не заводили больше разговоров о том, какие глаза, волосы будут у маленьких Зориных. Никто не ругал ее за усугубившееся пристрастие к сигаретам — она курила часто, много, почти пачку в день.

Нина стала раздражительной и нередко позволяла настроению командовать собой. Она постепенно возвращалась к той, какой она была до встречи с Алексеем. Она снова решила, что если небо серое, то можно стать капризной, если светит солнце — тогда и улыбка будто к месту. Постепенно она впустила в душу столько ненужного, тяжелого, от которого так трудно избавиться. И порой собственных усилий бывает недостаточно. Нина не просила о помощи, но Зорин видел, что привычное плавное течение дней тяготит ее. Тогда он окончательно понял для себя, почему много лет назад она стояла на обочине. Наверняка она была в таком же безвыходном положении, загнала себя в угол и искала выход. Зорин подумал, что все-таки ей повезло, что остановился именно он. Но хвалить себя можно было долго — решит ли это сейчас проблемы жены?

Времени на долгие размышления у Зорина не было. Быстро сообразив, что Нине надоела бездна свободного времени, которая способствует ненужному копанию в собственных комплексах, Алексей помог ей организовать свое дело. Он вставил бриллиант в нужную оправу, только и всего. Нужен был хороший толчок, вовремя и достаточный. Расчет оказался правильным — ателье, владелицей которого стала Нина, через два года превратилось в процветающий салон «Мираж». Удовлетворение от работы вернуло Нину к нормальной жизни. Но останавливаться на достигнутом она не могла. С некоторых пор она поняла, что у нее должно быть все: вся правда, вся страсть, весь успех, все лучшее! Этот максимализм чаще мешал, но не в работе. Салон с его каждодневными проблемами, заботами поглотил Нину. И то, что общение с Алексеем стало вообще мизерным, не могло ее остановить. Оба серьезно занимались своим делом, стараясь не делать друг другу больно, устраивая маленькие семейные праздники. Позволяли себе раз в год хорошенько где-нибудь отдохнуть. Обычно долго обсуждали новое место для отпуска, А потом, переполненные впечатлениями, возвращались и с новыми силами с головой уходили в работу. Они спешили домой, покончив с делами, не заводили сомнительных знакомств — жизнь и так сложна, зачем же делать ее невыносимой? У них не было потребности в романах на стороне. Прошел не один год после свадьбы, но отношения их нисколько не потеряли романтики, нежности, внимания. Они были похожи на молодоженов — любовь читалась в их глазах, улыбках, долгих и мимолетных взглядах. Зорины считались самой благополучной парой из всех, на которых было обращено внимание неутомимых любителей копаться в чужом белье.

Все было так до этого дня. Нина снова закрыла лицо руками. Ей было неприятно чувствовать, как краснеют щеки. Несколько глубоких вдохов — от одного воспоминания о том, что она сделала сегодня, Нина чувствовала спазм удушья. Раскаяния не было, но и определить точно свои ощущения она не могла. Она изменила мужу, впервые за десять лет. Это противоречило всем правилам, которых она придерживалась. Это перечеркивало все ее мысли, шло вразрез с ее нынешними нормами, но произошло! Да, она привела сегодня этого мальчишку в Ленкину квартиру и дала себе волю. Многое в случившемся стало откровением для Нины: такой раскованности и остроты ощущений она давно не испытывала. Несмотря на нежный возраст, ее партнер оказался не новичком в вопросах любви и ласки. Он умело вел любовную игру и сумел доставить Нине ни с

чем не сравнимое удовольствие. Наверняка ему еще нет
и восемнадцати, но задатки Казановы налицо...

Хорошо, что Леша никак не расстанется с компьютером. Для него — это наркотик, сидит ночами за мо-
нитором. Вот и сейчас Зорин в кабинете под гипноти-
зирующим экраном, а она здесь со своими грешными
мыслями. Нина была вся во власти приключения, в которое она попала. Она ведь даже не знает, как его
зовут! Он был так настойчив, так искренен, в его глазах
было столько восторга! Ей понравилось ощущение силы,
уверенности, страсти, которые он излучал.

Началось все весьма невинно. В тот день шел дождь,
и, срочно пересмотрев свой гардероб, Нина выбрала
новое темно-зеленое платье и черные лаковые шпильки.
Стройные ножки, рыжие кудри и зеленые смеющиеся
глаза — последний взгляд в зеркало и в путь! Нина
осталась довольна увиденным — зеркало отражало красивую, уверенную в себе женщину, которой она снова
стала. «Жаль, Зорин убежал ни свет ни заря», — подумала Нина. Посмотрев на часы, она поняла, что может опоздать — это было не в ее правилах. Дисципли-
на, которую она поддерживала на работе, не позволяла
ей показывать пример расточительного обращения со
временем. Однажды Лена Смирнова спросила:

— Как ты успеваешь заниматься столькими делами?

— Потому что я дорожу своим временем, — пожи-
мая плечами, ответила Нина. По глазам Лены она поняла, что ответ ее не удовлетворил. — Извини, но
расшифровки не будет. По той же причине.

Нина быстро спустилась по ступенькам. До машины
две минуты ходьбы — стоянка еще не опустела. Сто-

рож высунулся из окошка, его лицо просияло. Пригладив седую шевелюру, он приветливо улыбнулся:

— Доброе утро, Нина Михайловна.

— Здравствуйте, Сергей Иванович, — она замедлила шаг, зная, что он обязательно захочет переброситься с нею парой фраз.

— Вы как всегда прекрасны. Вот увижу вас с утра — верная примета, что день сложится удачно, — сторож продолжал улыбаться и кивнул головой в подтверждение своим словам.

— Спасибо за комплимент, — Нина махнула ему и направилась к машине.

Белоснежное «рено» выделялся в ряду стоящих машин. Оно выглядело так, как будто всем видом желало скорее оказаться на трассе и показать своей хозяйке, на что способно. Нина не случайно выбрала именно эту машину в отличном салоне. Она вспомнила день, когда они с Алексеем выбрались смотреть машину. Она ужасно волновалась, но тот только посмеивался.

— Бизнес-леди без авто как без рук, дорогая моя. Так что сегодня ты делаешь очень важный выбор. Обдумай его хорошенько. Машина — второе «я». Она должна гармонировать со всем, что связано с твоим образом жизни. О деньгах не думай, выбирай.

— Я поняла, — с порога в глаза Нине бросилась белоснежная машина. Она сверкала, манила. И Нина, взяв Алексея за руку, тихо сказала: — Это она.

Зорин удивился ее выбору, но она тут же нашла неопровержимую причину, объяснила, что ей нужна скоростная машина. Поездки в столицу она намеревалась совершать именно на ней и тратить при этом минимум времени. Нина немного лукавила. «Рено» понравилось ей с первого взгляда только потому, что выглядело шикарно. Она представила, как здорово будет смотреться за рулем, и, повернувшись к Зорину, сложила ладони в умоляющем жесте.

— Леш, она мне так нравится!

— Открывай дверь и садись за руль, — сказал Алексей. — Ну, что скажешь?

Нина закрыла за собой дверцу, обхватила руль тонкими пальцами и почувствовала, что она на своем месте. Продавцы в салоне улыбались, наблюдая за ней. Красивая женщина за рулем такого автомобиля — завораживающая картина.

— Слов нет, — Нина поняла, что за рулем этой машины будет чувствовать себя уютно. Ушел страх, неуверенность, боязнь минуты, когда нужно будет тронуться с места и выехать на дорогу. Раньше Нине казалось, что ее повсюду ожидают опасности. Даже окончив водительские курсы, она не смогла до конца избавиться от напряженности за рулем. Сейчас же она была уверена, что никаких проблем не будет. — Зорин, это моя машина!

После таких слов Алексей больше не задавал вопросов. Через неделю Нина совершила на своей новой машине первую деловую поездку в столицу. Для уверенности взяла с собой Смирнову. После Зорин спросил ее:

— Лен, скажи честно, как она чувствовала себя за рулем?

— Ты не о том спрашиваешь, — подхватила Нина. — Лучше спроси, как Ленка себя чувствовала.

— Прекрасно! — ответила Лена. И восхищенно добавила: — Мне казалось, что Нина за рулем не первый год. Прирожденный водитель. У нее педали — продолжение ног!

— А руль — продолжение рук, — засмеялась Нина, обнимая подругу. — Какая же я красавица!

Но главное состоялось — Нина получила то, о чем мечтала. Через три года Зорин намекнул, что она может позволить себе заменить машину. Но Нина и не думала расставаться с ней.

— Да, Нинуля, оказывается, не только у мужчин бывает любовь к первой машине, — констатировал Алексей и больше не говорил на эту тему. Он понял, что пока Нину все устраивает, и был несказанно рад этому.

У нее действительно началась полоса удовлетворения собой, жизнью, полное взаимопонимание с мужем, мамой, Леной, сослуживцами. Нина перестала хандрить, полностью погрузившись в заботы о своем салоне. Это стало ее главной целью — его процветание, ее известность. Успехи не заставили себя ждать, и Зорина была полна новых планов. Она не могла дождаться окончания своего единственного выходного дня, спеша в понедельник на работу, окунаясь в деловые бумаги, отвечая на многочисленные факсы, назначая встречи.

И в тот день все шло своим чередом. Выехав со стоянки, Нина вела машину, думая о том, насколько загружен сегодня ее день. Она явно запланировала слишком много, но ей было не привыкать оставаться в кабинете после того, как все разойдутся. Впереди знакомая дорога: пятнадцать минут — и она на месте. Нина предвкушала, как зайдет в здание, поздоровается с охранни-

ком, поднимется в свой кабинет и включит компьютер.
Рука автоматически потянется к маленькой кнопке.
А пока он будет загружаться, она польет цветы. Монстера, которую ей подарили на Новый год, наконец
переболела после пересадки, и у Нины отлегло от сердца. Она любила цветы, и кабинет ее походил на маленький филиал ботанического сада. Ей было уютно в
окружении зелени, спокойно.

Неожиданно пошел сильный дождь. Нина и не заметила, как быстро переменилась погода. За несколько
минут небо заволокло серыми тучами, и крупные капли
сползали по лобовому стеклу, рисуя замысловатые водяные дорожки. Нина включила дворники, подумав, что
еще пять минут назад ничто не предвещало дождя. Было
слишком тихо, тепло, покойно. И вот на тебе...

Подъехав к перекрестку, Нина остановилась на светофоре. Открыла бардачок посмотреть, есть ли зонт.
Он был на месте. Еще раз глянула на себя в зеркало
заднего вида. Кажется, сегодня она превзошла саму
себя. С чего бы это? И тут Нина посмотрела вперед и
увидела неподалеку основательно промокшего юношу.
Он пытался голосовать, но на него никто не обращал
внимания. Машины проезжали мимо, рассекая колесами образовавшиеся лужи. Нине стало жаль паренька, а
он, похоже, растерялся, когда рядом затормозило белое
«рено». Открыв дверь, парень увидел красивую улыбающуюся женщину.

— Куда тебе, воробышек? — неожиданно ласково
спросила она.

— Переулок Астахова, десять. Это недалеко от «Миража». Такое шикарное здание в три этажа, знаете?

— Еще бы, садись давай.

— Сажусь!

Пассажир оказался приятным собеседником, уверенным в себе, но не заносчивым. Огромные голубые глаза смотрят открыто. Он то и дело поправлял намокшую шапку черных волос, слегка запрокидывая голову назад.

— Вот интересно получается: Компьютерный колледж никто не знает, а только скажи «Мираж» — сразу все на своих местах. Мне кажется, что это несправедливо.

— Ты учишься в этом колледже?

— Да. Хочу рано или поздно перещеголять Билла Гейтса.

— Цель достойна восхищения! — улыбаясь, заметила Нина.

— Иначе в наше время нельзя. Без цели никак.

— Чем-то еще увлекаешься? — Зорина время от времени поворачивала к нему голову, выхватывая все новые детали его запоминающейся внешности.

— Компьютер — не хобби. Это мое будущее. А вообще пытаюсь выучить японский. Интересная страна, традиции. Одни танки чего стоят.

За разговором дорога показалась короче. Нина остановила машину.

— Было очень приятно поговорить. Нечего наговаривать на молодежь — теперь я это точно знаю, — заметила Зорина. — Если в тебе еще и столько остроумия, то цены тебе нет.

— Вы тоже ничего.

— Что? — Нина удивленно подняла брови.

— Ничего, говорю, выглядите, — продолжал юноша без смущения. — Особенно ноги.

— Ноги, говоришь?

— Да. Такие красивые. Одна красивее другой.

Нина поняла, что попалась на удочку. Засмеялась, прикрывая ладонью рот. Юноша только улыбался, внимательно глядя на нее.

— Попалась, попалась! Собралась было негодовать... С юмором тоже у тебя порядок.

Нина внимательно посмотрела на своего пассажира. Мистика какая-то, но манера говорить, голос, разлет густых черных бровей казались ей знакомыми. Он показался ей очень красивым. Лицо открытое, в глазах задор молодости. Нина чувствовала, что и ей передается частичка его энергии. Несмотря на дождь, серость за окном, она ощущала прилив сил, подъем настроения. Одно ее тревожило — она явно где-то его видела, но где, вспомнить не могла. Нина не любила такой игры воображения. Она раздосадованно потянулась за сигаретой, но не решилась закурить при юноше. Он был так возвышенно красив, что представить себя рядом с сигаретой Нина не смогла. Вот он сейчас выйдет из машины, а она никак не может понять, почему его лицо кажется ей таким знакомым. В салоне она его не видела точно, тогда где? А впрочем, мало ли красивых, запоминающихся лиц.

— Спасибо, — парень протянул Нине деньги. — Возьмите, вы очень выручили меня.

— Не нужно. Станешь компьютерным гением — вспомни эту поездку в своих мемуарах. Удачи тебе.

— Могу я вас еще когда-нибудь увидеть? — неожиданно спросил юноша.

Нина медленно повернулась всем корпусом. Что-то все-таки чертовски привлекает в этом юном нахале. Он смотрит восторженно, и улыбка вот-вот сорвется с дрожащих от волнения губ. Он хочет выглядеть старше своих лет, пытается напустить нарочитую серьезность. Но какой же он еще ребенок!

— Конечно, сможешь. Обязательно. Будет ливень, холодно, и я опять захочу спасти тебя от воспаления легких.

— Тогда до встречи! — он улыбнулся и быстро вышел из машины. На прощание наклонился и подмигнул ей.

Нина улыбнулась, провожая его долгим взглядом. Она не трогалась с места. Юноша шел легкой, уверенной походкой. Нина ждала, что он вот-вот обернется и сделает еще что-нибудь, чтобы привлечь ее внимание. Но он так и не оглянулся, только один из его товарищей, встретившихся на пути, бросил беглый взгляд в сторону машины. Еще через минуту шумная компания студентов вошла в учебный корпус. Театрально вздохнув, Нина поехала на работу.

Она едва дождалась момента, когда перешагнула порог салона. Здесь Нина чувствовала себя в безопасности, на своем месте. Здесь у нее все получалось, все пока складывалось удачно. Идя по длинному коридору, она заметила в его конце мелькнувший силуэт Лены Смирновой. Та приветственно махнула ей рукой и скрылась в одной из комнат. Леночка Смирнова стала главным помощником Нины, ее правой рукой. О другой кандидатуре Зорина никогда не думала. Просто много лет назад, вернувшись в Саринск, возобновила отношения с подругой детства. Шаг за шагом они снова стали близки. Карьера экономиста в проектном институте, где Лена работала после получения диплома, ее не устраивала. Она тяготилась работой, от одной мысли о которой у нее портилось настроение. На вопрос Нины о смысле учебе на экономическом факультете Лена ответила, что после школы была полна иллюзий. К тому же родители хотели, чтобы она получила эту профессию. Звучало это красиво, престижно, а потом оказалось, что это совсем не для нее.

Лена чувствовала себя обманутой, раздавленной собственными ошибками, когда Нина предложила ей совершенно новую работу. Об этом можно было только мечтать! Теперь она даже забыла о неустроенной личной жизни — неудавшийся роман с Ильей Стояновым надолго выбил ее из колеи. Лена рассказала Нине, что они долго встречались, ссорились, расставались, снова сходились. А в конце концов Илья уехал в Штаты на три года по контракту. Он до последнего дня не говорил ей об этом, из чего Лена сделала вывод, что не играет в его жизни важной роли. Он привык к ней, к ее любви, вниманию, но в то же время он готов в любой момент отказаться от этого. Лена проводила его и сказала себе, что все кончено. Это решение стоило ей нервов, слез, но она поняла, что от этой привязанности нужно избавиться. Жизнь проходила, а она все время оставалась как бы в стороне, наблюдая, как происходит у других. Она говорила о том, как несчастна, пока Нина не перебила ее:

— Давай договоримся больше не вспоминать о прошлом. Хватит копаться в том, что делает существование невыносимым. Смотри на меня: я так делала, по меньшей мере, три раза. Сейчас я уверена, что только это помогло мне выжить. Если ты еще не в монастыре, значит, есть надежда, что к моим словам ты прислушаешься. — Лена кивнула в ответ. Она не стала говорить о том, что молитвы по-прежнему занимают в ее жизни не последнее место. Пусть это будет ее маленькой тайной. У каждого должен остаться закрытый от всех островок души. С тех пор они разговаривали только о планах на будущее. Лена была благодарна Нине за возможность начать новую жизнь. Подруга вдохнула в нее силы, заставила снова почувствовать себя уверенной, лучшей.

— Ленка, если такие, как ты, будут киснуть, к чему же это приведет? — Зорина быстро прикурила очередную сигарету и сделала широкий жест. — Все просто рухнет! Мы не должны этого допустить. Согласна?

Лена была согласна со всем, что говорила Нина. Она была готова подписаться под каждым ее словом. Зорина казалась ей воплощением идеала женщины с большой буквы. Она смогла стать личностью — это для Смирновой было самым важным.

— Нинка, я так горжусь тем, что я с тобой рядом! — и казалось, каждая веснушка на ее лице восхищается Зориной.

— Перестань, — отмахнулась Нина, хотя ей было приятно это слышать. — Мама недавно заметила, что я стала слишком прямо держать спину и чуть запрокидывать голову назад при ходьбе. Она связывает это с тем, что я начала зазнаваться. Ты не замечала что-нибудь подобное?

— Нет, но твоя мама редко ошибается, — хитро сощурилась Смирнова. — Мы слишком давно рядом, изо дня в день. Может, и есть что-то, не знаю.

— Значит, нужно отправить тебя в командировку. Приедешь, свежим взглядом взглянешь на меня и скажешь о впечатлении, — сказала Нина и поспешила добавить: — Серьезно, Ленок, нужно срочно ехать в столицу. Компанию на сей раз я составить тебе не смогу — здесь работы выше крыши. Отправляйся поскорее, лучше сегодня вечером. В крайнем случае — завтра.

— Хорошо, сегодня, — Нина послала подруге воздушный поцелуй.

Это было два дня назад. Лена уехала в модельное агентство отбирать девушек для работы с фотографом. Дизайнер в Саринске готовил павильон для съемок, рекламные агенты — несколько роликов. У Нины были грандиозные планы. Задуманный фотоальбом новой коллекции Нины Зверевой и показ моделей весенне-летнего сезона должны состояться через месяц. Работа захватывала: общение с клиентами, ответы на звонки, контроль каждой модели. Нина потеряла счет сигаретам, выкуренным за день. Иногда она замечала, что прикуривает очередную, когда предыдущая еще тлела в пепельнице. Суматоха к вечеру поубавилась. Салон опустел. Сделав себе чашку крепкого кофе, Нина устало опустилась в удобное, мягкое кресло. Недовольно посмотрела на пустую пачку из-под сигарет, доставая последнюю. Отхлебнула кофе и начала просматривать наброски моделей, которые сделала сегодня. Каждый день в голову приходят новые идеи. Нина понимала, что нужно остановиться, сосредоточиться, не рассеиваться на несколько направлений, сделав акцент на своем неповторимом стиле. Она знала, что на этот раз превзошла саму себя. Она уже представляла, как взорвется овациями зал, когда она выйдет на подиум вместе с последней моделью. Нина глубоко затянулась — она обожала этот момент и не стыдилась признаться, что тщеславна. Вдруг мысли ее неожиданно переключились с размышлений о предстоящем показе на воспоминания о своем пассажире. Ему бы самому по подиуму ходить. Красавчик! Фигура, рост, внешность, улыбка завораживающая и глаза не по годам серьезные, проникают вглубь, изучают. Сколько энергии, сколько жадного восторга было в его взгляде. «Старею, — подумала Нина. — На мальчишку обратила внимание. Стыдобище, кутюрье-мутюрье». Резко затушив сигарету, она большим глотком допила кофе. На часах было половина седьмого. Зорина села за рабочий стол. Она должна была доделать мелочи, на которые всегда не хватает времени. Она называла это «подобрать шлейф». Когда работа была закончена, Нина с удовольствием потянулась, выгнув спину, разминая руки. Потом быстро подправила макияж, осмотрев себя в большом круглом зеркале. Выключив компьютер, свет, закинула сумочку на плечо и заперла кабинет. Везде стояла пронзительная тишина. Стук ее каблуков отзывался звонким эхом. Спускаясь по ступенькам, услышала, как у охранника негромко работает телевизор.

— До свидания, Дима, — улыбнулась она высокому юноше, поднявшемуся, чтобы открыть ей входную дверь.

— До завтра, Нина Михайловна, — пробасил он.

Нина достала из сумочки ключи от машины, отключила сигнализацию и юркнула внутрь. На улице резко похолодало, было сыро и неуютно. Ей хотелось поскорее добраться домой. Идеальный вариант — чтобы Алеша уже был дома, но такое случается так редко последнее время. Оба слишком серьезно заняты своей работой. Она важна для них, потому что помогает оставаться свободными, сильными людьми. Нина всегда отдавала себе отчет в том, что чем ответственнее дело, за которое берешься, тем с большей отдачей нужно его выполнять. Особенно, если ты — руководитель. Зорин смеялся, когда Нина в пылу разговора начинала переходить на начальственный тон. Это бывало крайне редко и означало, что она совершенно не согласна с собеседником.

— Зорина, не позорься, — дождавшись, пока жена остынет, говорил Алексей. — Никогда ни на кого не повышай голоса. Самое большое искусство — когда то, что ты говоришь спокойно и тихо, доходит до людей быстрее самого раскатистого крика.

Нина вспомнила слова мужа и щелкнула языком: сегодня у нее было столько поводов сорваться, но она сдержалась и была горда собой!

Наверное, за это дома ее ждал сюрприз. Едва открыв дверь, Нина почувствовала аппетитный запах жареной картошки и чего-то мясного. Это означало, что Алексей пришел раньше и решил сделать ей приятное.

— Привет, Леша.

— Привет, Нина Михайловна. Переодевайся и приходи. У меня все в завершающей стадии, — улыбнулся Зорин. Он выглядел таким домашним в спортивном костюме и Нинином фартуке.

— Ты потрясающе выглядишь! — заметила Нина, улыбаясь в ответ.

— Благодарю. Простите за отсутствие поварского колпака, но, думаю, это не сыграет в моем случае решающей роли.

— Прощаю, — ответила Нина, сделав величественный жест.

Она быстро переоделась и вернулась на кухню. Села на свое место за столом, внимательно наблюдая за движениями Алексея. Устало провела рукой по лицу, помассировала виски. Вдруг ей стало грустно и тяжело на душе. Она даже вздрогнула, резко посмотрев на Зорина — не заметил? Кажется, нет. Он увлеченно расставляет тарелки, что-то напевает себе под нос.

— Мне кажется, ты спокойно можешь обойтись без меня: кухней тебя не запугаешь, брюки, рубашки даже лучше погладишь. В конце концов, есть домработницы, — то ли шутя, то ли серьезно сказала Нина, остановившись в дверном проеме кухни. Зорин удивленно поднял брови, ожидая продолжения. — Нет, Леша, правда. Мы с тобой настолько погрязли в своей работе, что друг для друга совсем времени не остается. Я часто думаю: что держит нас вместе? Мы так мало говорим теперь об этом. Все сказано? За столько лет все сказано...

— Ну что за настроение? Нормальная семья, минимум проблем, масса возможностей. Устала? Давай придумаем что-нибудь, все в наших руках. Реально посмотри на вещи и отбрось всякие миражи. Если есть проблема — давай обсудим, — Алексей в упор смотрел на Нину.

— Милый, ты уже много лет знаешь, что у меня есть только одна проблема.

— Зачем возвращаться к этому? — устало выдохнул Зорин.

— Я уже привыкла и давно не занимаюсь самобичеванием. Просто освободиться от этого окончательно не удается.

— Наш первый брак оказался браком. Но мы нашли друг друга — это главное.

— Я никогда не рожу тебе сына... — Нина глубоко вздохнула, отвела взгляд.

— Брось, — Алексей подошел к Нине. Она положила голову ему на плечо. — Мы живем полноценной жизнью. Если бы ты еще не вычеркивала из нашего бытия Пашку. Он есть, он мой сын и я люблю его. Ну почему в твоих глазах сразу появляется этот холод?

— В тысячный раз прошу тебя не говорить о нем, — Нина отстранилась, в ее голосе зазвучали нотки досады. — Мы ведь договаривались.

— Хорошо. Что это я? Договор дороже денег, — встрепенулся Зорин. — Мы нужны друг другу, и наверное, поэтому мы вместе. Все в наших руках! Главное, обсуждать проблему, а не носиться с нею.

— Наверное, пока обсуждать нечего.

— Прекрасно. Тогда прошу к столу! Как насчет бокала вина?

— Было бы здорово.

— Значит, сухое красное, — бокалы и бутылка бордо стремительно появились на столе. Зорин протянул Нине ее бокал и поднял свой. — За тебя, любимая. Ты — моя бесценная находка. Я каждый день просыпаюсь счастливым, потому что знаю: открою глаза и увижу тебя. Это трудно передать словами, может быть, я не прав, что так мало говорю на эту тему. Просто мне кажется, что мы чувствуем друг друга на уровне взглядов, жестов, ритма дыхания. Я не мастер говорить длинных речей. Я просто люблю тебя.

— И я тебя, Алеша... — Нина попыталась сгладить неприятное впечатление от затеянного разговора. Сделала несколько глотков, улыбнулась. — Ты самый лучший!

— Приятно, когда тебя ценят при жизни, — улыбнулся Алексей.

— Очень вкусно, — попробовав еще обжигающе горячую вырезку, произнесла Нина.

— Я рад. Надеюсь, что тебе действительно нравится. Приятного аппетита.

— Я теперь буду почаще задерживаться на работе.

— Меня этим не запугать. Я готов.

— На все?

— Пока мы говорили о еде, — заметил Зорин. — Что с тобой сегодня? Ты хочешь устроить мне испытание?

— Нет, Алеша. Никаких испытаний.

— Как дела на работе? — Он решил резко изменить тему. Алексей всегда был в курсе планов Нины и их осуществления.

— Все кипит, как я люблю, — улыбнулась она. — Сроки с новым альбомом поджимают, но, думаю, мы успеем.

— Значит, все по плану.

— Да, замечательно. Лена уехала в агентство. Надеюсь, что она сделает хороший выбор. Она никогда не подводила меня.

— Я рад.

— А что у тебя?

— Скоро предстоит поездка в столицу.

— Я так не люблю ночевать одна, — Нина поджала губы, вздохнула.

— Я постараюсь все успеть за один день. Ты не успеешь соскучиться, — Алексей накрыл своей ладонью руку Нины.

Она подняла на него глаза. Лицо сидевшего напротив мужчины действовало на нее успокаивающе. У нее все в порядке. Она знала, что все будет хорошо, когда он рядом, когда вот так любяще смотрит на нее. Все остальное не имеет значения. Их любовь — главное. Они смогли пронести ее через годы. Они не надоели друг другу. Их жизнь не превратилась в серую вереницу будней, хотя иногда Нине казалось, что время остановилось. Ей были нужны перемены, новые впечатления, всплески эмоций. Алексей, напротив, всегда стремился к спокойному, ровному существованию. Ему не нужны бесконечные праздники. А если и нужны, то не обязательно громкие. Вот такой тихий семейный ужин — самое приемлемое для Зорина. Кажется, и Нине это нравится. Алексей снова поднял свой бокал:

— Все мои тосты за тебя!

— Спасибо, — Нина чувствовала, что нервозность сегодняшнего дня уходит. Она снова стала спокойной, рассудительной и могла даже посмеиваться над тем, что вывело ее из равновесия.

На следующий день по дороге на работу Нина снова увидела вчерашнего «мокрого воробышка». Теперь он откровенно жестикулировал двумя руками, пытаясь привлечь ее внимание. Нина решила не останавливаться, но в этот момент произошло словно раздвоение личности. Это было с ней впервые. Она ощутила невообразимое: мозг дает сразу две команды, и нога уже жмет педаль тормоза. Еще мгновение, и юноша оказывается на сиденье рядом с Ниной.

— Привет, — он улыбается широко и явно ждет такой же реакции в ответ. Серый обычный свитер и немного потертые джинсы невероятно украшают этого сорвиголову.

— Привет, а если бы я сегодня не ехала на работу?

— Я стоял бы до бесконечности. Это очевидно?

— Бред какой-то, — машина рычит, дергается, словно чувствуя волнение хозяйки, и наконец трогается с места. — Тебе туда же?

— Нет. Я просто хотел вас увидеть. У меня занятия в три часа.

Нина почувствовала, как ее бросило в жар. Она ехала, автоматически переключая скорости, реагируя на светофоры, пешеходов. Ситуация, в которой она оказалась, требовала незамедлительных действий, и Нина лихорадочно подбирала слова, чтобы все стало на свои места. Через несколько минут, совладав со своими эмоциями, Нина выбрала место для остановки. Двигатель замолчал, повисла давящая тишина. Не глядя на пассажира, Зорина негромко произнесла:

— Давай выходи, воробышек, ты затеял не ту игру. Я в свои годы пока не ищу альфонсов. Это не мой стиль, — она смотрела в сторону, едва ли замечая, что происходит за окном. — Ты ошибся.

Парень словно окаменел. За кого его приняла эта женщина?

— Вы меня не так поняли, — начал он, но Нина не дала ему договорить.

— Выходи, я не желаю ничего слушать! Что ты себе придумал, честное слово? Вот так всегда, сделаешь хорошее дело, и сама же за это расплачиваешься! — Нина потянулась за сигаретой и, как в прошлый раз, одернула себя. — Никаких слов, никаких объяснений я не принимаю.

— Хорошо. Но я все равно буду надеяться на встречу. Для меня это слишком серьезно, чтобы вот так просто уйти! Да вы и сами этого хотите, только признаться страшно, — наконец медленно проговорил он и пристально посмотрел на Нину: та продолжала держаться за руль, глядя вперед. В ее позе чувствовалось нарастающее нервное напряжение. — Я не нахал и не хам. Я очень волнуюсь и не знаю, как дать понять, что я чувствую. Помогите мне.

— Выходи, — сказала Нина уже более мягко.

Он с такой силой хлопнул дверью машины, что показалось, она сейчас развалится. Нина съежилась, закрыла глаза, а открыв, посмотрела ему вслед. Закинув сумку за спину, парень медленно побрел по улице, на ходу закурил.

— Черт возьми, он курит! — возмущенно крикнула Нина, ударив обеими руками руль. Но тут же спохватилась, погладила гладкую, прохладную поверхность. — Прости, прости, пожалуйста.

Тряхнув головой, Нина завела машину. Она ехала, смотрела на дорогу, прогоняя видение юноши с грустными голубыми глазами. Он смотрел на нее, и в ее сердце поселилась тревога. Нина не понимала ее причины. Это было так не похоже на нее — изводить себя из-за такого пустяка. Мальчишка возомнил себе бог знает что, а она взяла в голову. Нина пыталась думать о чем-то другом, но мысли постоянно возвращали ее к событиям этого утра: «Да вы и сами хотите, только признаться страшно...» Почему она не может освободиться?

Целый день Нина была рассеянной и необычно вялой. Она не могла сосредоточиться, листая свежие журналы мод. Ее состояние не оказалось незамеченным. На все вопросы она отшучивалась или загадочно улыбалась. Часам к одиннадцати Зорина вызвала к себе Смирнову, вернувшуюся из командировки. Нина решила, что пора заставить себя работать и выслушать ее отчет о проделанной работе.

Лена не заставила себя долго ждать. Она постучала и, получив разрешение войти, сияя, остановилась у порога.

— Привет, Леночка, — Нина улыбнулась, слегка поворачиваясь из стороны в сторону в своем черном кожаном кресле. Она отложила эскизы, в беспорядке лежащие у нее на столе. — Проходи, присаживайся и рассказывай.

— Привет, — Лена села на один из ближайших к
столу Нины стульев. Бросила беглый взгляд на стелла-
жи с яркими журналами мод. Потом взглянула на свой
подарок — в углу у окна в белом цветочном горшке
разросшаяся темно-зеленая монстера. — Ставлю тебя в
известность, что я отобрала девушек для работы с фотографом. Девчонки — прелесть. Ты увидишь.

— Хорошо. Альбом надо закончить побыстрее. А как
павильон?

— Дизайнеры практически подготовили его к съем-
кам. Клипмейкеры работают над рекламными ролика-
ми. Все в стадии завершения.

— Давайте побыстрее, — лицо Нины стало серьезным. — Фотоальбом коллекции должен быть готов максимум через три недели. Сегодня тринадцатое сентяб-
ря — сроки поджимают.

— Мы успеем. Иначе у нас не бывает.

— Хорошо, надеюсь, что и на этот раз все сложится супер!

Их разговор прервал телефонный звонок. Нина сняла трубку и после короткого приветствия нетерпеливо
произнесла:

— Послушайте, если вы готовы к серьезной работе,
извольте соблюдать график. Нет — мы разрываем кон-
тракт. Жду вашего ответа не позднее завтрашнего утра.
Всего доброго, — положила трубку и возмущенно развела руками. — Наша юная звезда подиума начинает
действовать мне на нервы.

— Этого и следовало ожидать.

— Возьми себе на заметку. Сорвет еще одну репе-
тицию — готовь документы на увольнение.

— Хорошо, не переживай, — Лена сделала запись в своем блокноте. — Все идет, как идет. Свято место пусто не бывает. Сколько талантливых девочек вокруг.

— Часто люди делаются невыносимыми, когда ты к ним нормально относишься, — раздраженно добавила Нина.

— Не ворчи, начальник.

— Что в малом ателье? — так Зорина называла мастерскую на первом этаже, где портнихи занимались срочной работой: вставка змеек, подгонка готовой одежды, мелкие доработки изделий.

— Заказов много. Люди, по-моему, довольны. Знаешь, не у каждого в доме есть машинка, чтобы прострочить обычный пододеяльник или наволочку. Здесь все в порядке. Сегодня собираюсь принять на работу еще двух мастериц. Все будет о'кей! — Лена сложила пальцы в характерный жест.

— Хорошо.

— Я могу идти?

— Ой, Ленка, я подвозила такого пассажира! — совершенно другим тоном сказала Зорина, меняя тему.

— Ты что, таксуешь в свободное от основной работы время?

— Не остри, — Нина закурила. — Он такой необыкновенный! Его бы к нам на подиум. Фигура, рост, внешность, улыбка. Смотрит словно колдует.

— Так приглашай. Или он тебя уже околдовал? — засмеялась Лена. Она поправила ворот белоснежной блузки. — Околдовал?

— Глупая, — с наигранным возмущением ответила Нина. — Он еще совсем мальчик, лет семнадцать. Но ты бы видела его глаза. Они проникают внутрь, изучают. Полный магнетизм.

— Еще бы! Такая красотка, в такой машине — это увлечет и кого-нибудь постарше.

— В его взгляде было столько энергии, жадного восторга, — Нина прикрыла глаза и продолжала задумчиво. — Знаешь, я смотрела на него, слушала и ловила себя на мысли, что манера говорить, разлет густых черных бровей мне знакомы. В салоне я его точно не видела. За границей? Вряд ли. Тогда где?

— Мало ли типичных лиц. В городе видела, просто внимания не обращала. Так бывает: встречаются люди каждый день на улице, проходят мимо, а в подсознании внешность отложилась.

— Нет, здесь другое, — Нина открыла глаза, но ничего вокруг не увидела.

— Эй, подруга! — Лена взмахнула перед лицом Нины рукой, привлекая ее внимание. — Я здесь, не пропадай, очнись.

— Старею. На мальчишку внимание обратила. Климакс на горизонте.

— Типун тебе на язык!

— Согласна. Ладно, подруга, будем двигаться дальше.

— Собственно, работа с девушками только началась. Я возьму под контроль, — Смирнова внимательно посмотрела на загадочное лицо Нины. — Какая-то ты сегодня не такая.

— Не могу сосредоточиться и заставить себя думать. Кошмар какой-то! — призналась Зорина и затушила сигарету.

— Не тринадцатое ли число на тебя действует?

— Не пятница, случайно? — Нина натянуто улыбнулась.

— Вторник, но кажется, тебе хватило.

Нина медленно поднялась из-за стола. Подошла к монстере, осмотрела ее листья. Потрогала землю и, взяв с подоконника лейку, начала поливать.

— Нина! Остановись: вода льется на пол! — вскрикнула Смирнова. Нина вздрогнула, обернулась. Вернулась к своему столу. — Ты что? Дома все в порядке?

— У меня не в порядке только здесь, — Зорина показала пальцем на грудь.

— Сейчас исправим. Тебе кофе или чего-нибудь покрепче?

— Достаточно кофе.

Лена вышла из кабинета и вскоре вернулась с чашкой горячего кофе. Нина благодарно улыбнулась, а Смирнова поставила чашку на ее рабочий стол и осталась стоять, пристально глядя на подругу. Нина втянула носом аромат и благодарно улыбнулась.

— Тебе надо к психоаналитику, — наконец произнесла Лена.

— Скажи уже сразу — к психиатру, — засмеялась Нина.

— Говорю — к психоаналитику, подразумеваю — к сексопатологу, — женщины обменялись понимающими взглядами. — Я у себя в кабинете до трех, потом уеду.

— Хорошо, — Нина потихоньку отпила кофе. — Я, наконец, погружаюсь в работу.

— Хочу в это верить.

— Кофеин сейчас сделает свое дело, — с наигранной веселостью сказала Нина и задумчиво посмотрела в окно. — Спасибо тебе. Иди работай, дорогая.

— Нина Михайловна, — Лена вышла из-за стола. — Хочу тебе напомнить: горизонт — воображаемая линия. Приди в себя.

— Я всегда знала, что моя правая рука наставит меня на путь истинный, — они рассмеялись. Лена вышла из кабинета, закрыв за собой дверь.

Нина потерла виски. Еще мгновение, неловкое движение — и кофе разливается большим коричневым пятном по столу, документам.

— Вот черт! — промокнув бумагой разлитый кофе, Нина добавила раздраженно: — Воробышек, воробышек, где ты взялся на мою голову!

Какое-то время она смотрела на фотографию Зорина на столе. Мужское открытое лицо смеется. Нине показалось, что на душе стало легче. Обращаясь к фотографии, Нина произнесла:

— Не отвлекайте меня своим обаянием, господин Зорин.

Но погрузиться полностью в работу Нина все-таки не смогла. Воспоминания о голубоглазом юноше не давали ей покоя. Едва дождавшись окончания рабочего дня, Зорина поспешила домой. Но и здесь она замечала на себе вопросительные взгляды Алексея. Ее рассеянность привела к тому, что она чуть не облилась кипятком, заваривая чай. Алексей несколько раз звал ее в гостиную посмотреть фильм, но она предпочла принять ванну и, сделав пару звонков, пошла спать. Среди ночи проснулась. Леша еще не ложился, он явно утолял голод по телевизору. Нина неслышно подошла и обняла мужа за плечи.

— Зорин, ты меня любишь?

— Конечно. Я люблю тебя, — вот она уже сидит у него на коленях, и его пальцы приятно касаются ее непослушных волос. — Что с тобой? Нина, милая, я так люблю тебя.

В ответ нежный поцелуй, долгий, призывный. Мягкий ворсистый ковер безропотно принял два горячих тела, слившихся в одно целое.

Прошла неделя. Каждый день Нина видела из окна машины полные немой тоски глаза своего юного пассажира. Испытывая жалость, она делала вид, что ничего не замечает. Эти встречи сводили ее с ума. Ей с таким трудом удавалось выглядеть как обычно, заинтересованно выслушивать отчеты о проделанной работе. Смирнова то и дело пристально смотрела на нее, но ни о чем не спрашивала. Нина несколько раз хотела сама рассказать ей о злополучном перекрестке, где ее поджидает влюбленный мальчишка. Однако что-то останавливало ее от откровений с подругой. Вчера Лена уехала в очередную командировку — отвозить деловые бумаги, встречаться с нужными людьми. Перед отъездом зашла, оставила ключи от своей квартиры. Она всегда поступала так, доверяя Нине уход за любимыми цветами. Можно было, конечно, обратиться к родителям, но Нине это было проще.

— Все, Ниночка, я улетаю. Я справлюсь за пару дней. Не забудь о моей флоре, пожалуйста, — Смирнова улыбнулась, поймала взгляд подруги. — Ну, возвращайся к нам. Хватит порхать в облаках.

— Договорились. К твоему приезду все будет в порядке, — Нина почувствовала облегчение, когда за Леной закрылась дверь ее кабинета. Под тяжелым, долгим взглядом подруги ей было неуютно.

Нина в тот момент не верила, что все закончится так быстро. Она старалась внушить себе, что ничего не происходит. Ничего не должно происходить! Ничего из того, что может усложнить ее жизнь. Нужно просто заниматься своими делами и не обращать внимания на происходящее вокруг. Но юноша не сдавался, и к концу недели Нина решила остановиться. Она уже притормозила, но в последнюю минуту разум не дал ей сделать этот шаг. Тогда Нина сместила свой график, но парень, похоже, совсем потерял голову. Он словно поселился на этом перекрестке, забыв обо всем. И это было недалеко от истины. Он впервые основательно влюбился. Чего больше в этом чувстве — реального или надуманного, он был уже не в состоянии разобрать. Для него существовала только одна мечта: белоснежное «рено» останавливается рядом, и она впускает его в свой мир. Эта рыжеволосая фея должна, наконец, понять, что их встреча была предопределена, и не нужно от этого бежать! Но она проезжала мимо, не глядя в его сторону. Ничего, он будет ждать сколько нужно.

Прошло еще пять дней, и свершилось! Как в сказке, белоснежное «рено» остановилось у обочины. Подбежав к машине, парень быстро сел и закрыл за собой дверь. Сердце выпрыгивало из груди, хотелось сжать в объятиях эту мучившую его столько времени женщину.

По его лицу за какое-то мгновение пробежали и радость, и боль, и отчаяние, и надежда.

— Ты хоть на занятия ходишь? — улыбаясь, с мягким укором спросила Нина.

— У меня все нормально, — поморщился тот, — ты как мама. Ее только отметки и интересуют.

— Но я ведь и гожусь тебе в мамы, милый.

— Даже не говори об этом, — он окончательно перешел на «ты». — Я тебя люблю. Ничего не соображаю, честное слово. Каждый день без тебя был такой пыткой. Я так рад, что ты наконец остановилась. Ты поняла, что я настоящий?

Нина увидела его сияющее от счастья лицо. Она промолчала, просто смотрела в его голубые сияющие глаза. Они говорили обо всем без слов. Вот она сидит рядом, его первая, трудная, нежданная любовь, добиваться которой он будет, несмотря ни на что! Дистанции, разделяющей их, для него не существовало. Он уже достаточно взрослый, чтобы быть с желанной женщиной, а не тяготиться обществом этих жеманных кукол, вешавшихся ему на шею. Они были готовы для него на все. Пустые, глупые трещотки. Так жалко было тратить на них драгоценное время, не хотелось прослыть белой вороной. Теперь все будет иначе. Он нашел ту, о которой мечтал. Он больше не отпустит ее в никуда.

— Я люблю тебя, — тихо сказал он и ласково провел кончиками пальцев по ее щекам, подбородку, шее. Как художник перед рисованием с натуры, пристально вглядывался в каждую черточку ее лица. — Я ничего не хочу знать о тебе. Ты можешь ничего о себе не рассказывать, только будь рядом. Не исчезай так надолго! И если ты решилась сегодня остановиться, давай дойдем до конца. В этом не будет ничего дурного, если мы оба этого хотим. Ты веришь? Не молчи.

— Ты не смеешь... — Нина почувствовала, как постепенно волна желания захлестывает ее. Никуда от нее не отвернуться. Она не в силах противиться ощущениям.

— Смею, смею, потому что я люблю тебя, — юноша нежно целовал ладони Нины, обжигая их горячим дыханием. — Я умру без тебя.

— Откуда ты такой взялся?

Он околдовал ее своими речами. Просто заворожил и заставил забыть обо всем: о своих принципах, правилах, возрасте, замужестве, работе. О времени и пространстве, наконец. Иначе как объяснить, что она, едва заметно кивнув головой, повела машину. Они ехали на квартиру Лены Смирновой. Та снова была в очередной командировке, а свои ключи всегда оставляла подруге. Ощущение опасности напрочь затмило желание непредвиденного, запретного. Нина не хотела думать, что же после. Хотела чувствовать сейчас.

Время пролетело незаметно. Они лежали на широкой кровати обнаженные, совершенно не стыдясь своей наготы. Нина взяла лицо юноши в ладони:

— Ты не жалеешь? — спросил он и замер в ожидании ответа. Нина ничего не ответила, только нежно поцеловала его в веки, лоб, губы. Она была переполнена ощущениями, для которых трудно найти слова. Сегодня слова — что-то лишнее. Они только все усложнят, они не нужны.

На часах было половина второго, когда Нина нашла силы сказать юному Казанове «нет» и направилась в ванную приводить себя в порядок. Она чувствовала и усталость, и прилив энергии одновременно. Вместе с тем где-то в глубине души начало зарождаться самоуничтожающее раскаяние, неловкость, разочарование. Наверное, поэтому ей трудно было о чем-либо говорить в машине и, остановившись неподалеку от колледжа, Нина поцеловала своего спутника в щеку. Для нее это был прощальный поцелуй, продолжения приключения она не хотела.

— Мы встретимся завтра? — в его тоне это звучало не как вопрос, а как ответ.

— Нет, милый.

— Я уже скучаю по тебе, — в искренности его слов трудно было усомниться. — Назови день сама. Только не воскресенье — у меня день рождения, традиции нужно соблюдать.

— О, так ты станешь совсем взрослым, — пошутила Нина и, кажется, не совсем удачно.

— Мне казалось, что возраст определяется не паспортными данными, — обиженно произнес юноша.

— Ну, извини, — Нина потрепала его по густым волосам. Вдруг ей захотелось сделать ему подарок, но тут же она прогнала этот каприз, хотя вслух сказала другое. — Хорошо. Тогда давай двадцать шестого вечером, около пяти. На нашем перекрестке.

— Договорились, — он явно не хотел расставаться. — Ты тоже будешь скучать?

— Постараюсь погрузиться в работу и не думать о тебе. Я ведь очень занятая женщина, между прочим, —

Зорина увидела, как юноша покачал головой. — Я больше ничего не скажу. Я помню: ты ничего не хочешь знать обо мне.

— Пока, понимаешь?

— Да.

— Все, до встречи, — выйдя из машины, он наклонился к стеклу, чтобы послать ей воздушный поцелуй. Нина поймала его и прижала к сердцу.

Юноша направился к зданию колледжа, закуривая на ходу. Его походка стала более твердой, важной. Он не обернулся, так же как и в первый день их знакомства. Было заметно, что невероятная гордость переполняла его. Казалось, он стал сильнее, красивее, выше. Зорина наблюдала за юношей до тех пор, пока за ним не закрылась дверь колледжа. Тогда Нина привычным движением завела двигатель и тронулась с места. Она все еще была во власти объятий, чувствовала вкус поцелуев.

И он прокручивал в голове сегодняшнее утро, на занятиях его мысли были далеки от программирования. Он боялся, что время идет слишком медленно и до понедельника он просто не доживет. Уже сожалел, что завтра не сможет ее хотя бы увидеть, что такое день рождения в сравнении с возможностью обладать этой необыкновенной женщиной. Он ничего не хотел знать о ней, понимая, что любая информация может усложнить отношения. Юный компьютерный гений многое понимал и без объяснений, он просто все больше погружался в себя. Мать, заметив несвойственную замкнутость и отрешенность сына, внимательно наблюдала за ним, не задавая банальных вопросов. Сердце подсказывало ей, что, несмотря на осень за окном, в душе у ее мальчика весна, весна любви. Оставалось только ждать, когда он ей сам об этом захочет рассказать, но он молчал. Он берег свое чувство, не будучи уверенным, что оно взаимно.

Он был недалек от истины. Нина не бросилась в омут страсти с головой, просто она вернула на время молодость, восхищение и, наконец, получила удовольствие. Она почувствовала себя совсем юной, безрассудной, но это ощущение не должно было овладеть ею полностью. Промелькнуло и довольно. Теперь Нина чувствовала в себе силы контролировать ситуацию. Единственное неприятное во всей этой истории — ложь и явное предательство по отношению к Зорину. Внутренний голос называл вещи своими именами, и от этого Нине становилось не по себе. Наверное, Алексей смог бы понять, простить возникшую помимо ее воли страсть, но любовные утехи с мальчишкой — уж слишком! Что это на нее нашло? Сказать, от безделья? Нет, она поломала свой деловой график, все сбилось с привычного ритма и теперь нужно до позднего вечера наверстывать упущенное. Господи, что она натворила! Этот мальчик годится ей в сыновья. Восторженный, красивый, сильный. Он бы еще долгое время влюбленно вздыхал, ждал, надеялся, мечтал, а она, старая развратница, избалованная бизнес-вумен, затащила его в постель. Его фантазии стали реальностью, и Нина почувствовала, что свершилось что-то ужасное, все внутри поднялось и повисло. Неприятное ощущение в груди, как в момент остановки скоростного лифта, до подкатывающей тошноты.

Подъехав к салону, Нина остановила машину. Она не могла сегодня выйти на работу, настроить себя на деловой лад. Ее состояние заметят сослуживцы, нач-

нутся вопросы, проявление внимания. Только не сейчас!
Нина достала из сумочки мобильный телефон.

— Алло, Катюша, это Зорина.

— Добрый день, Нина Михайловна, — приятный
голос секретаря почему-то казался слишком приторным,
подчеркнуто-вежливым.

— Я плохо себя чувствую. Сегодня на работе меня
не будет. Факсы примите, деловые бумаги на стол.
Я буду звонить.

— Хорошо, Нина Михайловна.

Нина развернула машину по направлению к дому.
Всю дорогу ее бил озноб, разболелась голова, подташ-
нивало. Она едва доехала. На стоянке нашла в себе
силы приветливо улыбнуться охраннику и поспешила
домой. Она шла, автоматически переставляя ноги. Они
словно не принадлежали ей, но все же продолжали подчиняться. На ходу Нина расстегивала «молнию» куртки, ворот свитера сжимал горло, душил. Ей хотелось
поскорее освободиться от вещей, а потом вывернуться
наизнанку, выпрыгнуть из кожи. Горячий душ и крепкий кофе немного привели ее в чувство. Нина даже
решила приготовить ужин для Алексея, что-нибудь его
любимое. Приготовление еды отвлекало от собственных
мыслей. Это была кулинарная психотерапия, которую
Нина частенько применяла раньше, в той, другой жизни. Сейчас снова подействовало.

Но Зорин опять пришел поздно и, может, это было
к лучшему. Нина лежала в кровати, уткнувшись в журнал. Приготовленный рис с отбивными остались нетро-
нутыми — Алеша где-то перекусил на скорую руку,
поэтому, переодевшись, уже сидел за компьютером. Нине

казалось, что ее компания доставляет мужу меньше удовольствия, чем общение с чудо-машиной. А может, это просто фантазия? Придумала сама себе проблему и увязла в ней по уши. После сегодняшнего «выступления» Нина уже ни в чем не была уверена. Единожды предав, согрешив, солгав. Что следует за этим? Ощущение пустоты затмило все остальное.

— Нин, я принес кассету с классным фильмом, — Алексей заглянул в спальню. — «Легенды осени» с Джулией Ормондт и Энтони Хопкинсом. Тебе понравится, присоединяйся.

— Нет, Леша, я уже почти сплю.

— Как знаешь. Спокойной ночи.

Нина не заметила, как действительно уснула, а утром ее разбудил аромат кофе и тостов — Алеша хозяйничал на кухне. Улыбнувшись, она подтянула одеяло к подбородку, свернулась калачиком и лежала, прислушиваясь к звукам, доносившимся из кухни. Потом потянулась за пультом управления и негромко включила музыку.

— Доброе утро, Рыжик! — прокричал Зорин издалека.

— Привет, — ответила Нина.

— Я убегаю, Нинуля, — Алексей на ходу допивал кофе. — Завтрак на столе. Я скоро. Поздравлю Пашку и домой. Придумаем что-нибудь. Все-таки выходной.

— Договорились, — вяло отреагировала Нина.

— Целую! — Нина молча кивнула. Услышала, как Зорин закрыл дверь на замок. Нина поднялась с кровати и из окна увидела, как его недавно приобретенный «мерседес» медленно въехал в арку, скрылся из виду. — Помчался на встречу с прошлым...

Погода была под стать настроению: пожелтевшую листву беспощадно трепал ветер, шел мелкий дождь, и небо было такое свинцовое, тяжелое. Нина благодарила Бога, что сегодня не нужно идти на работу. Нет обычной бодрости, ощущение полной разбитости. Не хотелось есть, пить. Только бы помолчать, не общаться ни с кем. Немного послушав музыку, Нина опять юркнула под одеяло, а когда Алексей вернулся и застал жену спящей, его удивление не было наигранным. Он сел в кресло напротив, и, наверное, от его испытующего взгляда Нина проснулась.

— Уже начало первого, дорогуша. Ты не заболела?

— Нет. Что-то ты рановато.

— Не за столом же мне там заседать. Я Пашку поздравил, а из этого корыта я больше не ем, — ответил на удивленно поднятые брови жены Зорин. Потом добавил, словно ни к кому не обращаясь: — Совсем взрослый парень стал. Витает где-то в своих мыслях. Даже поговорить с ним толком не смог, он не здесь, а где?.. Ладно. Ты очухивайся. Если есть желание, съездим перекусить к Кешке.

Кеша был его старым школьным другом и недавно открыл свой маленький уютный ресторанчик, быстро ставший любимым местом отдыха местной элиты. Через час Зорин изучал меню. Нина безучастно наблюдала за ним. Наконец выбор сделан: вырезка, грибы, картофель фри, шампанское даме, мороженое. Официант очень быстро вернулся с горячим заказом.

— Скажите, а Иннокентий Семенович у себя? — поинтересовался Зорин.

— Нет, он в отъезде.

— Жаль, — Алексей обратился уже к Нине. — Хотелось поговорить, давно не виделись.

— Не в последний раз, — отрезая маленький кусочек аппетитного мяса, заметила Нина. Она боялась, что не сможет есть, но, к счастью, ароматы ресторана подействовали на нее положительно. Немногословная трапеза подходила к концу, когда Алексей вдруг взял Нину за руку, слегка сжал, словно пытаясь согреть, и тихо сказал:

— Я хочу попросить тебя об очень важной для меня вещи.

— Да, слушаю, — не поднимая глаз, ответила та.

— Давай на следующий выходной пригласим Пашку к нам. Обед соорудим классный. Только не отвечай сразу. Пожалуйста, выслушай! — Зорин волновался. Закурив, он пристально посмотрел на Нину. — Я переживаю за него. Я не могу иначе. Парень совсем один. Он никому не нужен, и я чувствую, что теряю его. Чем вести разговоры, что пора завести хотя бы котенка, может, попробуем переосмыслить прошлое? В нем остался Пашка, а я хочу, чтобы он был в нашем настоящем и будущем. Давай наконец повзрослеем. Твое согласие противоречило бы всему, что ты мне тысячу раз говорила, но я прошу тебя не так часто. Нина, давай попробуем!

— Давай, — просто ответила Нина, и Алексей застыл от неожиданности, решив, что ему послышалось.

Он так долго ждал этого! Неужели все так легко? Нина повторила: — Давай попробуем.

Она пригубила шампанского и, едва улыбаясь кончиками губ, пошевелила пальцами, они занемели в разгоряченных ладонях Алексея. Она с легкостью дала согласие на просьбу мужа. Ей казалось, что так она сможет вымолить прощение и надеяться на спасение своей души. Это было подло, но Нина решилась на этот обед, думая именно так.

— Спасибо, — прошептал Зорин.

— Не стоит, — тихо ответила Нина и отвела взгляд в сторону. Кто-то заказал песню Уитни Хьюстон «Я буду любить тебя всегда». Услышав мелодию, Зорина нашла в себе силы посмотреть Алексею в глаза. Он ждал этого. — Я буду любить тебя всегда.

— Ты говоришь моими словами, — улыбнулся Алексей. У него было так легко на душе. Впервые за многие годы его покинуло чувство вины, горечи, время от времени угнетающей тоски. Он смотрел на Нину абсолютно счастливыми глазами.

В понедельник вечером она как бы забыла об обещанной «воробышку» встрече. Обманывая себя, гнала прочь мысли о том, что он точно будет нескончаемо долго ждать, потом придумает какие-то оправдания для нее. Как бы там ни было, Нина решила, что она вычеркнет из памяти это безумие. И мальчику, и ей нужно опомниться. Прочь миражи! У нее есть прекрасная реальная полноценная жизнь, есть ее сильный, красивый и желанный мужчина, потерять которого означало потерять саму себя. Она так долго шла к этому, столько ошибок, разочарований... Наконец все сложилось как должно. И не надо ничего преувеличивать, все идет так, как надо. Просто не бывает каждодневных праздников, бесконечных фейерверков эмоций. Со временем все укладывается в определенную схему и это нормально. Зачем самой воздвигать непреодолимую преграду? Нина дала бы голову на отсечение, что при всей своей занятости, внешней отрешенности Алексей был все так же влюблен в нее. Настоящий, уверенный мужчина, с которым много лет назад судьба подарила ей удивительную встречу. Такого с ней никогда не было — она сразу увидела в нем опору, друга, любимого. И не ошиблась. Он всегда рядом, когда ей трудно. Ненавязчиво, немногословно его помощь приходила в нужное время, и проблемы как ни бывало. У Алексея в этом особый дар. Нина старалась соответствовать таким отношениям, и у нее это получалось без напряжения, ломки. Рядом с мужем она могла не играть, не притворяться. Они принимали друг друга со всеми своими недостатками, капризами, желаниями. И испортить такие отношения из-за восторженных, пусть тысячу раз искренних, излияний мальчишки?!

Нина съежилась. В последний раз сказала себе, что все кончено, такая романтика не для нее. И даже Ленке она не скажет о случившемся ни слова. Это лишнее. Ни Смирновой, ни маме. У нее слишком много секретов от них, одним больше, одним меньше. Нина была довольна результатами своего аутотренинга. А если, не приведи бог, судьба снова столкнет ее с этим парнем, она-то сможет сделать вид, что видит его впервые. Ни один мускул не дрогнет на ее лице. К четвергу Нина уже без внутреннего содрогания и брезгливости к себе вспоминала мимолетное приключение. Оно ушло в прошлое, в ту его часть, в которую нет входа и откуда не возвращаются.

К концу недели Зорина окончательно пришла в норму. Но одна головная боль сменилась другой. Теперь ее беспокоила предстоящая встреча с сыном мужа. Даже поход к косметичке, плавание в бассейне и, наконец, покупка очередного платья не расслабили ее так, как того хотелось. А в воскресенье, мимоходом поглядывая телевизор, Нина накрывала стол. Шла передача с символическим для этого дня названием «Пока все дома». В последний раз оглядев себя в зеркале, Нина вдруг выпалила:

— Ты знаешь, Леша, я не могу. Давай вы пообщаетесь, пообедаете. А я... Я не могу. Думала, что у меня получится, но чувствую, что нет, — в который раз у нее все выпало из рук. Вилки, ножи оказались на ковре.

— Что ты, Нина?! — настроение Алексея упало. Он стал лихорадочно помогать жене, поднимая упавшие приборы. Казалось, мечта сбывается, и вот...

— Леша, если я его приму сегодня, значит, это будет повторяться потом в любой момент, а я не смогу быть всегда готовой. Не хочу делать вид, что рада его видеть. Прости, я все испортила, но...

Звонок в дверь остановил ее красноречие.

— Поздно. Теперь поздно трусливо убегать из собственного дома! — слова прозвучали слишком резко, и Алексей поспешил добавить: — Все идет прекрасно. Ты отлично выглядишь. Отбрось все предрассудки и будь что будет.

«Будь что будет», — вздохнув, словно заклинание мысленно повторила Нина, открывая дверь гостю. Она так и не успела приветливо улыбнуться ему. Наверное, для нее было бы лучше провалиться сквозь землю, испариться, испепелиться, чем увидеть не менее ошарашенного, потерявшего дар речи своего недавнего пассажира. Подумав, что оба слишком смущены встречей и потому онемели, остолбенели, Зорин бросился к дверям.

— Ну, что застыл, Пашка? Смелее. Проходи. Это моя жена, — сказал Алексей, помогая сыну снять куртку. — Ниночка, это мой Пашка. И только посмей сказать, что он не похож на меня!

Молчание затягивалось. Ну конечно, теперь Нина ясно поняла, что в этом парне казалось ей таким знакомым. Глаза, губы, подбородок словно срисованы с Алексея. Та же манера гордо держать голову и долго смотреть, не отводя глаз, часто проводя рукой по волосам. Вот он, Зорин-младший собственной персоной.

— Ну, как же не похож, еще бы. Он сын своего отца.

Паша стоял, не в силах произнести ни слова. Он занял дрожащие руки тем, что пытался развязать шнурки кроссовок, но это ему никак не удавалось.

— Алеша, загляни на кухню, курица, должно быть, готова, а я пока проведу Пашу на экскурсию по нашему дому, — Нина чувствовала, что мальчишка на грани срыва, и нашла в себе силы выглядеть непринужденно.

— Да, конечно, помоги парню освоиться, — Алексей, обрадовавшись, решил, что нужно дать им время немного пообщаться. У сына был такой растерянный

вид — настолько эта встреча его взволновала. — Я скоро
присоединюсь к вам.

— Давай я помогу тебе, — предложила Нина, увидев, что Паша, наверное, в ближайшее время не сможет
справиться со своими кроссовками.

— Я не могу, — он испуганно-зло посмотрел на
новоявленную мачеху. — Это сон. Я просто сплю! Я все
это время схожу с ума, не понимая, куда ты пропала,
что я сделал не так? А дело всего-навсего в том, что ты
оказалась женой моего отца. Как мне теперь жить? —
Паша пытался изобразить подобие улыбки, но от волнения у него получались только какие-то беспомощные
гримасы. — Ты — моя мачеха!

— Жизнь на этом не заканчивается, милый, — Нина
пыталась успокоить его, едва владея собой. — Это была
ошибка, и все нужно забыть. Ради отца, дорогой, ради
его спокойствия, слышишь? Посмотри на меня. Ты ведь
любишь своего отца?

— Я люблю тебя, — тихо сказал юноша.

— Нет, не нужно. Это совсем другое. Прости меня,
пожалуйста. И давай, наконец, сдвинемся с места.

— Я не смогу сидеть за столом, есть... — прошептал Паша. Его глаза наполнились слезами, и скулы заиграли на разгоревшемся лице.

— Ты должен! — Нина с силой сжала его руку и,
пытаясь поймать его взгляд, добавила: — Мы справимся
с этим. Я помогу тебе, обязательно. У нас получится!

— Да вы еще в коридоре, — недоуменно сказал
Алексей. Он шел из кухни с блюдом аппетитной картошки с курицей, и еще большее, чем раньше, волнение

жены и сына насторожило его. — Что у вас тут происходит?

— Ничего. Все в порядке, — Нина присела и быстро развязала шнурки, потом чуть не стянула с Паши обувь и, взяв за плечи, встряхнула. — Пойдем. Надо подкрепиться. Пусть желудок поработает, а голова отдохнет.

За столом Алексей беспрерывно шутил. Он был счастлив. Нина много пила, почти не прикоснулась к еде, но Зорин приписывал это сильному волнению жены. Пашка часто слишком пристально смотрел на Нину. Зная его озорной и легкий характер, Алексей удивлялся, что парень никак не может раскрепоститься, контролирует каждое свое движение, каждое слово дается ему с невероятным трудом. Странным казалось то, что этот обед стал испытанием не для жены, а для сына. Вот покончено с десертом, и Паша, ссылаясь на цейтнот, просит извинения — ему давно пора идти.

— Послушай, какие дела? Ради бога, только не сегодня! — Зорин разочарованно посмотрел на сына. — Какие дела?

— Нет, пап. Я обещал к пяти быть у товарища. Спасибо. Все было замечательно.

— Ну, если по сокращенной программе... — Алексей вышел из столовой и, вскоре вернувшись, протянул Паше две книги по программированию, о которых парень давно мечтал. — Грызи гранит науки. Вот тут мы с Ниной подписали: «Зорину-младшему — будущему компьютерному гению».

— Спасибо. Я вспомню и об этом в своих мемуарах. Спасибо за науку, — обращаясь больше к Нине,

сказал Паша, и только они двое поняли двусмыслен-
ность прозвучавшего.

— В тебе очень много талантов, не забывай об этом.
Все только начинается, и только ты знаешь, на что
способен. Дерзай! — Нина в упор смотрела на парня,
видя, как на его лице возникает то ирония, то досада,
то недоумение, то почти страх. — Я верю, что тебя
ждет интересное будущее. Другого быть не может!

— Я все понял, — наконец тихо ответил он.

Когда Нина с Алексеем вышли провожать Пашу, на
какое-то время Зорин-старший оказался немного впереди, то ли случайно, то ли намеренно.

— Я не думал, что это будет так больно, — ни к
кому не обращаясь, сказал Паша. — У меня в голове
словно бомба разорвалась, а сердце больше не хочет
стучать. Жизнь стала бесцветной. Больше нет желаний.
Мне так холодно, — и, не давая Нине возможности
что-нибудь ответить, ускорил шаг, догнав отца.

— Давай я поймаю машину, куда тебе? — Зорин
хотел голосовать.

— Нет, нет, не нужно! — в голосе Паши послышался испуг. Он многозначительно посмотрел на Нину
и добавил: — С некоторых пор я больше люблю пешком. Спасибо еще раз. Я пойду. До свидания.

Отец по-мужски сильно пожал ему руку и приобнял.
Алексей что-то шепнул ему на ухо, отчего Паша улыбнулся. Он оттаял на мгновение, но едва перевел взгляд
на Нину, снова стал печальным, потерянным. Нина,
улыбаясь, поцеловала его в щеку. Она заметила, как
Паша закрыл глаза и едва заметно вдохнул запах ее
духов. Зориной хотелось взять его за руки, крепко сжать

их, давая понять, что они — друзья. Все пройдет, они переживут минутное безумие, и жизнь войдет в свое русло. Они будут встречаться, и память сама сотрет все воспоминания о том, через что сейчас так тяжело перешагнуть. Нина только собралась сказать что-то ободряющее на прощание, как Паша повернулся и стремительно зашагал прочь.

Через пару минут Паша был уже далеко. Он шел знакомой, легкой походкой, закинув сумку с книгами за плечо. Мысли путались в голове. Он шел в полное опасностей и ошибок никуда. Домой не хотелось, а оставаться у отца он больше не мог. Он просто автоматически переставлял ноги. Все вокруг перестало существовать, в один миг рухнул его призрачный, взрослый мир, в котором так легко солгать, делая этим добро. Как теперь быть? Конец. Никогда больше он не сможет поцеловать ее горячие, влажные губы. Ему больно вспоминать об этом. Он воскресил в памяти, как сладкая истома охватывает ее прекрасное тело, и все замирает в полуоткрытых блаженно-умиротворенных глазах.

Все эти дни он не терял надежду на встречу, жил только этим. Когда отец вдруг пригласил его к себе на обед, он даже не до конца осмыслил это. За столько лет все устоялось и теперь, честно говоря, ему было все равно, момент был упущен. В детстве он безумно скучал по отцу. Сначала мать чинила препятствия, всячески мешая им встречаться. Потом она будто была не против, но у отца становилось все меньше свободного времени. Все сводилось к телефонным разговорам, обязательным встречам под Новый год и в день рождения. Редко бывая у отца в гостях до женитьбы, Паша всякий раз хвастал своими отметками, преувеличивал детские подвиги. Ему были необходимы скупые похвалы мужчины, отражение которого он видел каждый день. глядя на себя в зеркало.

Когда у отца вскоре появилась новая семья, дома Паше стало совсем невыносимо от бесконечных истерик матери. Она истязала мальчика причитаниями о загубленной жизни, неудачах, преследующих ее. Ни один из ее романов после развода с Зориным не оказался серьезным. Ирина бесилась в одиночестве, срывая свою злость и досаду на сыне. Тогда он окунулся в мир компьютера, увлекся японским. Физически он находился дома, в колледже, а мысленно путешествовал по загадочной стране, в которой мечтал однажды побывать. Он углублялся в новую информацию, погружаясь в нее с удовольствием и находя в этом успокоение. Паша ставил себе задачи, решив которые он мог рассчитывать на интересное будущее, любимую работу, душевный покой. Он с юных лет мечтал о некой внутренней гармонии. Он добивался ее давно. Мать с улыбкой слушала его рассуждения на эту тему. Посмеивалась, но все внимательнее приглядывалась к сыну. В его голубых глазах иногда было столько света, реже — тоска, отчаяние. Чаще после того, как ему все-таки удавалось пообщаться с отцом. Так хотелось дать понять ему и его жене, как много они теряют без общения с ним! А сейчас это ребячество прошло. Он уже не нуждался в том, чтобы доказывать кому-то, что он — хороший мальчик. Паша вдруг сравнил себя с гусеницей. Она превратилась в бабочку, и теперь только ей решать, куда лететь, на какой цветок опуститься. Больше это никого не касается, а вообще — все предопределено...

Паша озяб, но упрямо шел, не замечая, как остается позади маленький городок его взрослого детства. Он не видел, как улицы сменила обочина загородной трассы и мимо стремительно мчатся автомобили. В его голове гудели набаты неразрешимых вопросов. Как теперь быть? Он снова и снова спрашивал себя. Он знал, что его чувства, скорее всего, останутся неразделенными. Но он не думал, что женщина, обладание которой значило для него больше, чем Вселенная с ее бескрайними просторами, окажется женой его отца. Да, мир всегда был тесен, но не до такой же степени!

Пошел дождь? Какой-то он странный. Паша запрокинул голову, посмотрел на серое, мрачное небо. Оно молчит. Нет дождя. Это слезы полились по холодным щекам. Пашка не стыдился их — его сейчас никто не видит. Алексей всегда учил его, что настоящий мужчина не должен позволять себе опускаться до слез. Это — оружие женщины. Оружие, которое нужно ей или для нападения, или для защиты. А Паше не нужно ни то, ни другое. Он не мог и не хотел бороться с собой. И разве, когда плачет твое сердце, можно сдержать слезы? Почему это случилось именно с ним? За что его нужно было так жестоко наказать?

«Господи! Господи! — повторял Паша, поднимая к сереющему небу мокрое лицо. — Какая грязь...» Внутри все словно оборвалось, и, сдавив руками голову, мальчишка побежал. Он стал задыхаться, раскаленные молотки били по его вискам, а сердце сжималось в тисках. Ему чудились раскаты грома и блеск молний далеко на горизонте. Он уже не видел ни обочины, ни дороги и не слышал беспомощного визга тормозов «жигулей», водитель которых пытался остановить машину и избежать столкновения. Глухой удар тела о капот прервал это безумие.

— Врача, врача! — находясь в шоковом состоянии, кричал хозяин «жигулей». Он быстро расстегнул одежду и прижал ухо к грудной клетке Паши. Потом осторожно приложил пальцы к артерии на шее. Остановившиеся водители помогли ему положить Пашу на заднее сиденье, тот едва слышно застонал, его губы зашевелились. .

— Он что-то говорит, — над ним склонилась какая-то молодая женщина. — Зовет Нину. В больницу его надо поскорее.

«Жигули» развернулись в сторону города. Водитель выжимал из машины все, но было уже поздно...

Когда вечером раздался телефонный звонок, Нина стала перед аппаратом, чувствуя, что не хочет снимать трубку. Она только смыла косметику с лица, нанеся на кожу толстый слой питательного крема. Минуту назад Зорин посмеивался, глядя на нее. Но сейчас ее лицо застыло под маской. Она смотрела на телефон и не ждала ничего хорошего от этого звонка.

— Нинуля, ты что? — Алексей подошел сам. — Ты что застыла? Алло, слушаю вас. Что?!

Лицо мужа стало мертвенно-бледным, трубка выпала из руки на пол и потянула за собой телефон. Нина опустила глаза. Она почти наверняка знала, что случилось ужасное. Оставалось выяснить детали.

— Пашу сбила машина. Его больше нет, — тихо и страшно произнес Зорин. — Моего Паши нет, нет...

— Это не машина — это я его убила, — глухо сказала Нина и пошла в прихожую, к двери. На ходу вытирая ребром ладони крем с лица, она старалась не потерять сознание. Боль разрывала ее на части. Это было состояние тупого бессилия, когда ничего невозможно изменить.

— Что?! Что ты несешь?! Объясни сейчас же! — состояние Алексея позволяло ему быть резким. — Мне надоело твое ледяное спокойствие и загадочность!

— Если я объясню, то это убьет тебя. Прости меня, Алеша. Прости и прощай.

Он не стал ее останавливать, когда, взяв ключи от своей машины и набросив на плечи куртку, Нина вышла и закрыла за собой дверь. Ключи от квартиры остались лежать в прихожей на полке. Зорин взглянул на них и понял, что она ушла навсегда. Что это связано с гибелью сына. Опять позвонил телефон — это была Пашина мать. Она кричала что-то бессвязное, плакала, всхлипывая так, что у Зорина сжималось сердце. Он сам был на грани срыва и не слышал большей половины того, что Ирина пыталась донести до его ушей. Наконец Зорин четко услышал:

— Ты убил моего сына, ты и она! Он бредил и звал ее — твою Нину. Ненавижу вас, будьте вы прокляты! Где она, я хочу услышать ее голос! Пусть наберется наглости выразить мне свое соболезнование! Где она?!

Но Нины рядом не было. Зорин прижимал трубку, в которой давно раздавались гудки, а Нина в это время стояла на загородной трассе, подняв воротник куртки.

Ветер обдавал ее лицо, руки холодной сыростью. Она пробиралась под одежду, заставляя тело дрожать мелкой дрожью. Нина не могла даже сигарету прикурить. Несколько неудачных попыток привели к тому, что ее зажигалка полетела куда-то на грязную обочину. Нина держала руку, мечтая поскорее оказаться в машине. На этот раз ей было безразлично — легковое авто или тяжелый грузовик. Она просто должна исчезнуть. Для всех, кто знал ее, она умерла. Не сейчас. Это произошло гораздо раньше, когда не стало Панина, Соболева, Димы, теперь... Пашки. Ее карающий меч выбирает жертву и, не спрашивая ни о чем, вершит свое черное дело. Она остановит эту вереницу смертей, в которой ей досталась неприглядная роль палача.

Нина почувствовала, как в горле стало сухо, языком не пошевелить. Серая широкая лента дороги стала терять свои очертания. И в этот момент рядом раздался визг тормозов, шипение остановившегося дизеля. Из кабины огромного грузовика показалось небритое, усталое лицо мужчины лет сорока.

— Тебе куда, красавица? — он улыбнулся, и Нина сразу заметила, что справа у него нет нескольких зубов.

— Мне прямо, — тихо ответила Зорина.

— Тогда садись, подброшу, — в его глазах мелькнуло что-то похожее на предвкушение приключения. Нина села в кабину, потирая озябшие руки. — Замерзла?

— Да, — глухо ответила Нина, не узнавая своего голоса. — Мне бы сигарету.

— Пожалуйста, — водитель протянул ей пачку «Бонда».

— Прикури, — попросила Нина.

— Ну, царица! — засмеялся тот, хлопнув себя по бедру ладонью. Он быстро прикурил и снова посмотрел на странную попутчицу. Она прижалась к дверце и беззвучно плакала, закрыв глаза. Слезы стекали по ее побледневшим щекам. Водитель поджал губы, отвернулся.

— Сейчас, — всхлипнула Нина и шумно выдохнула. Взяла дымящуюся сигарету, глубоко затянулась. — Сейчас я перестану.

— Что это с тобой? — в голосе водителя недовольство смешалось с участием.

— Ничего.

— Плачешь, а говоришь — ничего.

— Тебе показалось, — выпуская очередную струю едкого дыма, ответила Нина. Она смотрела вперед, не поворачивая лица к удивленному шоферу.

— Галлюцинации, значит? — усмехнулся мужчина, искоса поглядывая на нее.

— Да, такого не бывает в природе. Ты когда-нибудь видел плач палача?

— Нет.

— Вот об этом и говорю, — Нина откинулась на высокое сидение.

— Тебя как звать-то?

— Леди Макбет, — Нина посмотрела на четкий профиль водителя.

— Леди, говоришь? Леди по дорогам не стоят, автостопом не ездят, — засмеялся тот.

— Лучшая шутка сезона, — сказала Нина и, зажав в зубах сигарету, захлопала в ладоши.

— А я — Павел, — произнес мужчина и протянул руку для знакомства. Нина осторожно прикоснулась к ней. — Ты вроде привидение увидела.

— Не обращай внимания, — сказала Нина и отвернулась к окну. — Красивое имя, очень красивое. Паша...

Это же имя повторял и Алексей. Он произносил его на разный лад, чувствуя, как с каждой минутой оно становится безжизненным, пустым звуком. Мозг отказывался верить. Несколько часов назад все будто стало на свои места, а сейчас у него нет ни сына, ни жены, уход которой означал, что никогда он не узнает всей правды, чего-то страшного, непростительного.

«Господи, почему я не поймал ему машину? Этот обед, я виноват, только я!» — Алексей перестал что-либо чувствовать. Он просто оделся, сел в машину и поехал в больницу. Там в холле увидел почерневшую от горя Ирину. Она бросилась к нему, казалось, хотела ударить, но только сунула ему в руки две грязные книги и, застонав, медленно пошла к выходу: это был их с Ниной подарок. Алексей поднял книги, прижал к груди. Медленно подошел к ряду стульев у самой стены, тяжело опустился на один из них. Зорин смотрел на лица входивших и выходивших людей, замечая тень горя, озабоченности на каждом. Никто не улыбался, все спешили, суетились, отрешенно глядя по сторонам.

Алексей не мог представить, что сможет сейчас сесть за руль. Еще труднее было открыть дверь квартиры и не застать там никого. Он остался один на один со своим горем. Никто не сможет разделить его с ним. Только она могла бы, но она ушла. Ее больше никогда не будет... Он не может вернуться туда, где все напоминает о том, как он был счастлив. Зорин поднялся, вышел из корпуса и, поймав такси, назвал водителю адрес родителей. Потом проехал немного и попросил вернуться обратно к больнице. Там он расплатился с удивленным таксистом и сел за руль своего «мерседеса». Он ехал домой, надеясь на то, что не доедет до него. Что-то должно случиться с ним. Обязательно случится, ведь он не переживет предстоящего дня. Или он попросту не наступит!

Проснувшись, Зорин удивленно поднял брови, увидев, что комната залита солнечным светом. Солнце посмело взойти! Какой цинизм, жестокость. Сбросив с кровати одеяло, Алексей окончательно проснулся и понял, что предстоит пережить самый страшный день в своей жизни. Все казалось кошмарным сном. Зорин хотел забыться и не мог. Мозг четко фиксировал все происходящее. Это было страшно...

Маленький городок гудел: похороны сына влиятельного бизнесмена, таинственное исчезновение его жены. Бесконечная череда тяжелых, давящих минут, часов. Зорин наконец остался один. Позади сочувствующие речи и взгляды знакомых, сослуживцев, посторонних людей. Он все время искал глазами ее, до последней минуты надеялся, что она не сможет не прийти. Он был готов простить ей любой проступок, услышать самый грязный рассказ, только бы не остаться теперь одному в их просторной, холодной квартире со своими мыслями. Неописуемая боль, горечь утраты, крушение надежд. «Соболезнуем трагической гибели сына...» —

адская мука. Но она не пришла, словно и не было ее никогда рядом.

— Тебе нужно заснуть, Алеша, — услышал он знакомый голос Лены Смирновой. Он вопросительно смотрит ей в глаза, и, понимая все без слов, Лена качает головой. — Она у меня не появлялась и не звонила. Вот выпей.

Белые спасительные таблетки, от которых Зорин забылся тяжелым сном. И вдруг улыбка пробежала по его усталому, постаревшему лицу. Алексею снилось море, бескрайняя зеркальная гладь. Навстречу издалека бегут загоревшие, смеющиеся Нина с Пашей, соленые брызги разлетаются и горят под яркими лучами солнца. Алексей начинает жестикулировать, чтобы они не спешили. «Обеда не будет, обеда не будет!» — кричит он, и, кажется, они начинают удаляться. Вот только морская гладь переливается под южным солнцем. Их нет, они исчезли, словно мираж. Улыбка сошла с лица спящего. Издалека раздается голос Нины: «Это я убила его...» — Зорин один, а вокруг только бескрайнее море, ставшее почему-то ярко-красным. Солнце садится за горизонт невероятно быстро. Черная мгла и шум прибоя. Стало темно, холодно, страшно.

Алексей проснулся, он один на их с Ниной широкой кровати. Вокруг темно, холодно, пусто, страшно...

По вопросам оптовой покупки книг
«Издательской группы АСТ» обращаться по адресу:
Звездный бульвар, дом 21, 7-й этаж
Тел. 215-43-38, 215-01-01, 215-55-13

Книги «Издательской группы АСТ» можно заказать по адресу:
107140, Москва, а/я 140, АСТ – «Книги по почте»

Литературно-художественное издание

Рощина
(Яес)
Наталия Анатольевна

ПЛАЧ ПАЛАЧА

Роман

Ответственный за выпуск *Р.Е. Панченко*
Художественный редактор *О.Н. Адаскина*
Компьютерная верстка: *М.Л. Теплицкий*
Технический редактор *Л.Т. Ена*
Корректор *Г.Ф. Высоцкая*

Общероссийский классификатор продукции
ОК-005-93, том 2; 953000 — книги, брошюры

Санитарно-эпидемиологическое заключение
№ 77.99.02.953.Д.000577.02.04 от 03.02.2004 г.

ООО «Издательство АСТ»
667000, Республика Тыва, г. Кызыл, ул. Кочетова, д. 28
Наши электронные адреса: WWW.AST.RU
E-mail: astpub@aha.ru

ООО «Издательство Фолио»
Свидетельство о внесении субъекта издательской деятельности
в Государственный реестр издателей, изготовителей
и распространителей издательской продукции
ДК № 502 от 21.06.2001 г.

ООО «Фолио»
Свидетельство о внесении субъекта издательской деятельности
в Государственный реестр издателей, изготовителей
и распространителей издательской продукции
ДК № 683 от 21.11.2001 г.
61057, Харьков, ул. Донец-Захаржевского, 6/8

Электронные адреса:
www.folio.com.ua
E-mail: realization@folio.com.ua
Интернет-магазин «Книга — почтой»:
www.bookpost.com.ua

При участии ООО «Харвест».
Лицензия № 02330/0056935 от 30.04.04.
РБ, 220013, Минск, ул. Кульман,
д. 1, корп. 3, эт. 4, к. 42.

Открытое акционерное общество
«Полиграфкомбинат им. Я. Коласа».
220600, Минск, ул. Красная, 23.

Рощина, Н.А.

Р81   Плач палача : [роман] / Наталия Рощина. — М.: АСТ; Харьков: Фолио, 2005. — 382, [2] с. — (Русский романс).

ISBN 5-17-028148-X (ООО «Издательство АСТ»)
ISBN 966-03-1989-4 («Фолио»)

Она красива и уверена в себе. Она всегда добивается того, чего решила добиться. Она захотела покорить Москву — и покорила ее. Теперь у нее есть все: достаток, любимое дело, выбранные ею мужчины. Но она несет разрушение и смерть всем, с кем ее столкнула судьба. Бывшая скромная провинциалка, мамина дочка Нина Орлова, разве этого ты хотела, разве к этому стремилась? Кто остановит эту череду смертей? Разве что ты сама…

УДК 821.161.1
ББК 84 (2Рос=Рус)6-44